AF588848

MAURICE LANDAY

UNE SECONDE DE FOLIE

ROMAN INÉDIT

LES MAITRES DU ROMAN POPULAIRE
ARTHÈME FAYARD et Cie
Éditeurs
18-20, Rue du Saint-Gothard, PARIS

Rien au-dessus des
Pilules Pink

Toutes les personnes qui en ont fait usage vous le diront; en certain cas, il n'y a rien au-dessus des Pilules Pink.

Les résultats journellement obtenus permettent, en effet, d'affirmer que l'efficacité des Pilules Pink est particulièrement active contre les affections consécutives à l'appauvrissement du sang et à l'affaiblissement du système nerveux.

Ainsi, l'anémie, la neurasthénie, l'affaiblissement général, les troubles de la croissance et du retour d'âge, l'épuisement nerveux sont toujours énergiquement combattus avec les Pilules Pink.

Les Pilules Pink relèvent les forces, donnent de l'appétit, stimulent l'activité de l'estomac et exercent une action des plus bienfaisantes sur l'ensemble des fonctions vitales.

« Je n'ai qu'à me louer de la bienfaisante action des Pilules Pink, déclare Mlle Benesteau, demeurant 8, rue de l'Hommeau, à Angers (Maine-et-Loire). Étant très anémiée, j'en ai fait une cure et je puis attester que ma bonne mine et ma bonne santé d'autrefois sont revenues. »

Les Pilules Pink sont en vente dans toutes les pharmacies. Dépôt : Pharmacie P. Barret, 23, rue Ballu, Paris. 5 fr. 25 la boîte; 29 fr. les 6 boîtes, plus 0 fr. 75 de timbre-taxe par boîte.

MAURICE LANDAY

Une seconde de folie

PREMIÈRE ÉPOQUE

I

L'étau de ses mains se desserra lentement...

Un tas d'étoffes flottantes, au dessus desquelles ballottait une tête affreusement pâle, s'effondra aux pieds de Marcel Hélin qui recula, horrifié, dans un coin de la chambre.

Le regard en arrêt sur sa victime qui ne donnait plus signe de vie, le meurtrier resta un long temps hébété, la bouche béante, les lèvres agitées, par un tremblement convulsif.

Et puis, il ferma les yeux, aspira une longue goulée d'air...

Sa main gauche remonta jusqu'à l'endroit du cœur...

Il poussa un long gémissement et s'écroula sur une chaise en sanglotant :

— J'ai fait cela, moi !... Moi, j'ai tué !... Moi !... Moi !...

Il demeura quelques secondes paralysé d'angoisse et de stupéfaction. Avec des imprécisions de cauchemar, tout son passé d'être normal et probe se matérialisa pour ainsi dire devant ses yeux. Il frissonna longuement, convulsivement...

Et, tout à coup, comme pris d'épouvante, il se leva, d'un bond...

En chancelant, sans plus se soucier de celle qui gisait là, il gagna la porte, l'ouvrit en s'appliquant à faire le moins de bruit possible, la referma, grelottant, sur sa pauvre carcasse brisée en deux...

En s'appuyant au mur suintant de crasse de cet escalier d'hôtel meublé où ils étaient venus échouer, après une courte scène, une heure avant, pour la première fois, il descendit les deux étages.

Il rassembla toutes ses forces, fit appel à toute sa volonté pour se donner, en passant devant le bureau, un air dégagé d'homme banalement satisfait.

Une fois dans la rue, dont il ne chercha pas même à connaître le nom, il poussa un soupir de soulagement, de presque délivrance et partit, au hasard, arpentant, dans un unique besoin de fuite, d'abord sans but, les unes après les autres, les voies étroites et fangeuses de ce quartier perdu de Paris.

Une pluie très fine tombait du ciel très bas.

Ce crépuscule de novembre était lugubre et glacial.

Au moment de passer d'une ruelle à peu près déserte dans une artère où la circulation était intense, il ralentit sa marche, s'orienta.

— Où suis-je? bredouilla-t-il comme sortant d'un rêve... Ah! oui, rue Daguerre... Et là-bas, c'est l'avenue d'Orléans... Parc Montsouris, pas loin...

En prononçant ces derniers mots, un frisson lui passa sur la nuque. Il rentra la tête dans les épaules. Un court sanglot tordit sa gorge.

Un agent qui passait à quelques pas de lui le dévisagea avec une insistance professionnelle qui l'inquiéta.

Marcel Hélin reprit sa course.

En quelques bonds rapides, il traversa la large avenue, tourna le coin de la rue Dareau qu'il descendit jusqu'à la rue du Saint-Gothard dans laquelle il se jeta en poussant un râle court.

Bientôt arrivé à dix pas d'une vieillotte bâtisse, il consulta sa montre.

— Six heures vingt... elle est sûrement là...

Il pénétra sous une voûte encombrée de plâtras et de moulages, prit, sur sa gauche, un petit escalier, monta deux étages et s'arrêta, suffoquant, devant une porte entrebâillée qui donnait accès dans une vaste pièce servant à la fois de chambre, de cuisine et de salle à manger...

Il poussa la porte et aperçut sa mère qui tisonnait le feu de sa cuisinière sur laquelle mijotait un odorant ragoût.

D'une voix mouillée, Marcel Hélin dit très bas :

— Maman !...

Mme Hélin, à cet appel, se retourna, d'un bloc.

En apercevant le visage livide de son fils, elle eut un haut-le-corps.

Une seconde, leurs regards se confondirent...

La brave femme, pressentant tout de suite un malheur, lâcha son crochet, courut à Marcel, le prit par les épaules, l'amena jusqu'au milieu de la pièce et interrogea, angoissée :

— Qu'est-ce que tu as?... Qu'est-ce que c'est que cette mine-là? D'où viens-tu, à cette heure?...

Elle l'assit dans un fauteuil, courut fermer la porte, revint à lui, voulut lui saisir les mains tout en continuant de questionner.

— Un accident?... Parle...

Marcel Hélin repoussa sa mère, rejeta les bras derrère lui en bégayant :

— Ne les touche pas !... Ne les touche pas !... C'est affreux !...

Il éclata en sanglots.

Mme Hélin fit un pas en arrière, contempla, dévisagea, au comble de l'inquiétude, cette épave humaine effondrée.

De grosses larmes perlèrent à ses yeux...

De grosses larmes qui roulèrent lentement au creux des rides de son visage ravagé par un feu intérieur qui la minait depuis plusieurs semaines que son « gars » n'était plus le même, ni avec elle, ni avec personne et que, inquiétée par un secret et douloureux pressentiment elle n'avait jamais osé interroger ou confesser.

La pauvre essuya ses pleurs, d'un revers de main, approcha une chaise, s'assit devant son « grand » et les mains jointes sur son giron, dit d'une voix suppliante :

— Parle... parle à ta mère, mon pauvre enfant...

Marcel Hélin pleura, pleura comme il y avait bien longtemps qu'il n'avait pas pleuré, comme il n'avait même jamais pleuré depuis qu'il avait l'âge d'homme.

Et soudain, il se cacha le visage dans les mains et balbutia :

— Ma pauvre maman, je ne t'ai, jusqu'ici, jamais fait de peine... et je vais t'en causer une très grande... très grave... Cependant, je ne suis pas un vulgaire misérable... Je suis un pauvre diable... Un pauvre diable qui vient de tomber bien bas et que tu vas, sans doute, repousser avec horreur quand tu l'auras entendu... Car il faut que je parle... Il faut que tu saches... C'est horrible !... Ne me maudis pas, surtout !

A ces mots, Mme Hélin ne poussa pas un cri.

Un peu plus de pâleur couvrit ses traits.

Le creux de sa poitrine amaigrie s'accentua.

Elle se tassa davantage sur sa chaise et dit d'une voix à peine perceptible :

— Je m'attends, depuis quelque temps, à beaucoup souffrir. Depuis que tu n'es plus le même qu'autrefois... Depuis que tu es devenu renfermé, taciturne, irascible à l'excès... Depuis que tu me fais tant de peine...

Marcel Hélin glissa aux genoux de sa mère, cacha son visage dans ce giron où il ne se réfugiait plus guère, sous ces mains dont il fuyait les caresses et qu'il décroisa pour les poser autour de son front brûlant de fièvre.

Il supplia :

— Oh ! oui, maman... Comme quand j'étais petit, que je te demandais pardon... pour une faute d'enfant...

Il se pelotonna contre sa mère.

Après un grand temps de silence, il se rejeta en arrière en avouant :

— Je suis un assassin !

Mme Hélin poussa un long cri.

Marcel s'écria :

— Ah ! surtout, ne va pas croire que je suis un voleur ! Non ! Non ! Je suis un criminel... Mais si j'ai tué, c'est dans une seconde de folie, de passion... J'ai tué sans bien savoir ce que je faisais... J'ai trop souffert, depuis des mois... Je ne voulais, je ne pouvais plus souffrir... Alors, mes mains, malgré moi, se sont jetées en avant... Mes doigts ont rencontré de la chair et j'ai serré... serré... serré tant que j'ai pu... Et cette chair s'est effondrée, tout de suite, à mes pieds, livide, les yeux révulsés... Voilà !...

Une seule question vint aux lèvres de la mère suppliciée :

— C'est une femme ?

Marcel fit oui, de la tête.

Mme Hélin insista :

— C'est *cette femme* ?

— Oui.

— Celle au bras de laquelle je t'ai plus de vingt fois rencontré ?

— Oui.

— Celle dont je t'ai dit un jour : elle te portera malheur ?

— Ah ! tu ne sais pas tout ce que j'ai souffert, par elle et pour elle !

— Je m'en doute.

Il ânonna dans un long sanglot :

— Et nous aurions pu être si heureux !... Le bonheur n'a pas voulu de nous... De moi, surtout... J'ai été marqué par le Destin, le jour de ma naissance... Ce n'est pas pour te faire plus de peine que je te dis cela, ma pauvre maman. Oh ! non !... C'est, au contraire, pour me rapprocher de toi qui n'as jamais eu beaucoup de bonheur, non plus...

Mme Hélin aspira ses larmes et dit :

— J'espérais en avoir grâce à toi et que tu me ferais oublier la trahison et l'abandon de celui dont tu ne portes même pas le nom. J'espérais d'autant plus en toi que tu as une bonne nature et que tu as été un bon petit gamin, un si brave petit homme... Dieu ne l'a pas voulu... Inclinons-nous... Et maintenant, achève ta confession... Vide tout ton cœur... Cette femme ?

Marcel Hélin se releva d'un coup de reins et se mit à marcher de long en large en effaçant ses larmes.

Il dit, avec un grand geste de découragement :

— Une femme ! Une femme qui est entrée en moi comme un poignard... Je l'ai rencontrée un soir, à la fête du Lion de Belfort... Elle traînait sa misère morale dans les lumières joyeuses des baraques et des manèges... Elle avait un pauvre visage de douleur tout suintant encore de larmes à peine séchées. Elle marchait, le dos voûté, le regard bas et terne... Je la suivis sans trop le vouloir, d'instinct, oui, d'instinct, poussé à cela par je ne sais quelle force fatale. Elle s'arrêta devant la roulotte d'une somnambule près de laquelle un homme déguisé en Nostradamus, faisait son boniment, d'une voix grave et impressionnante. Elle se fit tirer son horoscope. La femme extra-lucide lui dit à mi-voix, des choses vraies sur son passé, sur le présent, car elle se mit soudain à trembler de tous ses membres... Je me souviens : vous aimez et l'on vous aime. Vous souffrez de l'infidélité de celui que vous aimez. Et cependant, le cœur n'est pas en jeu, la chair seule est coupable. Patientez, et vous aurez raison de votre rivale qui est une femme de mauvaise vie. Ne vous laissez aller ni au désespoir, ni à la colère. Vous serez heureuse un jour prochain... très prochain. Vous rencontrerez sur votre route, et au moment où vous vous y attendrez le moins un homme digne de vous et qui sera votre ami. Ne le repoussez pas. De lui dépendra le bonheur de votre existence tout entière...

« Elle n'a pas voulu en entendre davantage. Elle est partie...

« Des gens riaient autour d'elle...

« J'étais certainement le seul à avoir deviné sa détresse...

« Je l'ai suivie...

« J'étais très ému... d'une émotion indéfinie et qui m'attendrissait comme jamais encore je ne l'avais été.

« Dans l'avenue de Montsouris, je m'approchai d'elle au moment où elle venait de s'accoter à un arbre et pleurait à chaudes larmes.

« Et, oubliant toute réserve, je lui ai dit tout bas :

« — Vous avez beaucoup de peine ?

« Elle cessa, sur la seconde, de pleurer, leva sur moi son regard mouillé et répondit avec un pauvre sourire grimaçant dans lequel passa toute sa détresse :

« — Je crois que cela se voit !

« Je perdis contenance. Je m'excusai. Je lui appris que je la suivais depuis près d'une demi heure, que j'avais entendu ce que la pithonisse lui avait dit et prédit. Et sans qu'elle m'y invitât je lui avouai que moi aussi je souffrais d'un mal moral indéfinissable... peut-être simplement d'être sur terre... Et je parlai de toi, ma maman chérie, de notre vie, pas très gaie, pénible souvent... Et puis... Et puis, dans un irrésistible et premier besoin d'expansion, de confession, j'ouvris tout grand mon cœur à cette femme qui souffrait tant, que je ne connaissais pas, mais vers laquelle m'avait conduit une volonté mystérieuse...

« Elle m'écoutait en plongeant d'étrange façon son regard dans le mien.

« Et ce regard, en me pénétrant, me causait une sensation nouvelle et très douce...

« Nous marchâmes à l'aventure, longtemps, sans doute... Et nous nous retrouvâmes devant les grilles du parc de Montsouris...

« Je revois tout... Il y avait un banc à notre gauche... Elle s'assit sur ce banc ou, plutôt, s'y laissa tomber en s'excusant :

— Je vous demande pardon, je suis brisée, anéantie...

« Et puis, elle ajouta :

« — Je ne voudrais pas vous retenir, ni vous importuner plus longtemps.

« Je me récriai :

« — Mais c'est moi qui vous importune depuis un quart d'heure, avec mes histoires ridicules et mes confidences inutiles... Je m'en irais bien, mais cet endroit est désert et peu sûr... J'ai peur pour vous...

« Et sans lui en demander la permission, je m'assis à côté d'elle.

« Un grand, très grand silence planait autour de nous... Un silence, qui, à notre insu, nous unissait plus étroitement que tous les aveux, toutes les confidences du monde...

« Plusieurs couples, étroitement enlacés, friands de solitude propice aux doux épanchements, passèrent près de nous. Je devinai qu'elle attachait son regard sur eux.

« Je l'entendis même murmurer une fois avec une suprême tristesse dans la voix :

« — Ils se croient heureux, ceux-là !

« Et en grinçant des dents, elle ajouta sur un ton de menace :

« — Comme les autres, allez !... Comme les autres !... Pour tout le monde, cela commence par un sourire. Un frôlement suit, qui veut être une caresse, puis des baisers, des promesses sont échangés, des promesses qu'on ne tient jamais tout à fait ou bien longtemps, des serments qu'on trahit, des abandons qu'on regrette... et cela finit par des reproches, des larmes, de la douleur... Et tout s'enlaidit... Rien n'est jamais tout à fait sacré pour les amants... Et par la suite, on devient des bêtes, de pauvres bêtes humaines, qui s'accouplent pour se distraire un peu et parce qu'on a pris l'habitude de certains plaisirs qui ne sont que les entr'actes du grand drame de l'amour...

« — Oh ! je me souviens de tout cela, vois-tu, maman. Ces mots sont restés gravés dans mon esprit. Ces mots qui n'étaient pas d'elle, qu'elle avait dû lire et apprendre par cœur...

« Tout ce qu'elle a dit encore ce soir-là m'est entré, syllabe par syllabe, dans l'âme et m'a causé beaucoup de peine, ma première, certainement, ma première grande peine, parce que je suis un tendre, comme toi, et que j'avais, plus d'une fois, galvanisé mon cœur, en l'offrant à des gueuses qui l'ont un peu fait saigner.

« Nous sommes bien restés, ce premier soir, une grande heure ensemble...

« Et puis nous nous sommes quittés vers dix heures, très émus, un peu gênés, sans nous promettre de nous revoir, sans même nous tendre la main.

« Elle est partie dans la direction de l'avenue d'Orléans, moi, je suis revenu à la fête, machinalement...

« Je me suis assis à la terrasse d'un café et, devant mon ballon de bière auquel je n'ai pas touché, je me suis absorbé dans mes pensées, dans une sorte de nuit que cette femme était seule à éclairer du rayonnement de son regard.

« J'étais très troublé mais bien loin de me douter que, de cette minute, je n'appartenais plus qu'à cette femme...

« Je me rappelai alors que je l'avais quittée sans lui demander un rendez-vous et, à la pensée de ne plus jamais la revoir, peut-être, un grand désespoir s'empara de moi...

Marcel Hélin, comme à bout de forces, interrompit son récit et s'affala sur une chaise.

Les coudes sur les genoux, le front dans les mains, il poursuivit, après un grand silence que sa pauvre maman n'interrompit que du bruit de ses timides sanglots.

« Et je devais la revoir !

« A une dizaine de jours de là, nous nous sommes rencontrés dans le métro. Ce fut un matin que j'allais faire une course de l'autre côté de l'eau.

« Elle accusait encore plus de douleur sur son visage définitivement ravagé...

« Assise dans un coin du wagon, le regard dans la pénombre du tunnel, elle s'isolait dans ses pensées.

« Elle ne me vit point à mon entrée dans le compartiment malgré que je l'eusse frôlée pour gagner un coin, à trois places d'elle.

« Je la fixai, très ému.

« Toute ma pensée était tendue vers elle.

« Mon regard, tout d'abord, ne la gêna, ni ne l'inquiéta.

« Alors, après deux arrêts de la rame, je pus venir m'asseoir en face d'elle.

« Elle m'aperçut et tressaillit. Un sourire se figea sur ses lèvres exsangues. Je m'enhardis à lui tendre la main. Elle m'abandonna la sienne, une seconde à peine. Tout de suite, je questionnai :

« — Vous allez mieux?

« Elle haussa lentement les épaules, fit une petite moue et répondit en se penchant vers moi :

« — Il y a des maux qu'on traîne toute la vie en soi.

« Nous restâmes sans plus nous parler jusqu'à la station du Trocadéro. Elle se leva. Je la précédai sur le quai et l'aidai à descendre.

« Elle me remercia d'un sourire et d'un clin d'œil.

« Arrivés à l'air libre, elle questionna :

« — Vous avez affaire dans ce quartier?

« Je balbutiai en manière d'excuse :

« — Non... Je vous demande pardon... Et vous?

« Elle répondit après un long soupir :

« — Je suis descendue ici, un peu machinalement... Je n'ai aucun but de promenade. Je vais ainsi, chaque jour, sitôt mon ménage fait, mon déjeuner préparé... Je ne peux pas rester chez moi, dès que j'y suis seule... L'après-midi aussi, je sors... par tous les temps.

« Elle fut prise d'une violente quinte de toux qui lui déchira la gorge et les bronches.

« Alors je questionnai avec intérêt :

« — Vous avez pris froid, ces jours derniers ?...

« Elle rattrapa difficilement sa respiration normale

et répondit, comme nous nous engagions dans l'avenue Henri-Martin :

« — Oui, il y aura lundi huit jours... au bois de Boulogne, je me suis, à dessein, laissé surprendre par la pluie... J'ai marché plus d'une heure sous l'ondée, avec l'espoir de prendre mal... J'ai réussi, mais pas autant que je le souhaitais... C'est curieux ce qu'il faut de volonté pour se suicider brutalement... Vous comprenez bien ce que je veux dire?

« Je comprenais. Je le lui affirmai.

« Et tout soudain, après un temps de silence, elle s'arrêta, me prit le bras, me le serra de toutes ses forces et implora :

« — Allez-vous-en !... Je vous en prie, allez-vous-en!

« Je n'en fis rien.

« Lorsque nous revînmes, deux heures après, vers la *station du métro, elle marchait à mon* bras. Nous avions tous deux le cœur très gros de tout ce qu'elle m'avait confessé. Oh ! ce qu'elle m'avait confessé n'avait rien d'extraordinaire, non... Le roman de sa vie n'était ni plus attachant, ni plus captivant que celui de beaucoup d'autres pauvres filles du peuple, qui s'abandonnent aux bras d'un amant pour oublier les misères d'une existence pénible et sans idéal. Elle avait réussi à se faire épouser par son amoureux qui ne le lui pardonnait pas. Il la trompait outrageusement restant quelquefois deux ou trois jours sans rentrer. Et lorsqu'il regagnait le logis conjugal il s'excusait, paraît-il, demandait pardon, jurait de ne plus recommencer et découchait le surlendemain. C'était plus fort que lui... Elle, pardonnait toujours... au nom de ce premier amour qui la torturait doublement.

« Tu vois que cela n'a rien de bien extraordinaire...

« Je la plaignais ...Je lui parlais gentiment, avec tout mon cœur, lui offrant d'être cet ami dont la pithonisse lui avait parlé.

« Elle ne répondit rien, mais je sentis, à la façon dont elle me serra le bras qu'elle ne refusait point.

« Des semaines s'écoulèrent.

« Nous nous voyions presque tous les jours un quart d'heure ou une heure. Je la quittais toujours bouleversé.

« Du jour où j'appris son adresse, ma vie devint un enfer.

« Je ne m'appartenais plus du tout.

« Après ma journée faite, à l'usine, je courais rôder autour de sa demeure. Après dîner, je faisais, le cœur meurtri de jalousie, les cent pas sous ses fenêtres...

« Cette vie-là dura jusqu'au jour où elle devint ma maîtresse.

« Près de trois mois s'écoulèrent durant lesquels nous fûmes des amants heureux. Je sacrifiai tout à ce semblant de bonheur : place, économies.

« Je réussis même à la décider à venir passer huit jours à Dieppe. Son mari ayant été obligé de se rendre dans le Midi pour installer des machines. Il est, comme moi, mécanicien. Durant notre séjour à Dieppe, je fis tout pour la décider à ne pas retourner chez elle. Un instant, elle consentit à me suivre en Angleterre où j'avais trouvé une place. Et puis, soudain, elle changea d'idée. Elle n'osa plus s'affranchir. Elle me demanda même de ne pas insister. Elle avait soi-disant peur de son mari. Je lui affirmai que je me sentais de force à la défendre ; elle me ferma la bouche avec un baiser. Après quoi, elle me dit : ne sommes-nous pas heureux ainsi? A quoi bon nous exposer à de sanglantes représailles, peut-être?

« Ce fut alors que je compris qu'elle aimait et qu'elle aimerait toujours son mari.

« Nous rentrâmes à Paris.

« La vie, entre nous, je n'ai pas besoin de te le dire, devint insupportable presque tout de suite. Des scènes éclatèrent, qui furent chaque jour plus graves. Je souffrais le martyre.

« Un jour, elle eut l'audace de me dire :

« — Je ne peux plus quitter mon mari, maintenant qu'il ne me fait plus de peine.

« Le monstre mettait de l'eau dans son vin ! Il s'assagissait !... Geneviève allait jusqu'à se donner des torts. Au cours d'une explication que je voulais définitive, elle eut l'audace de me dire.

« — C'est moi la coupable. Oui, c'est moi. Après tout, je n'ai que ce que je mérite. Je n'avais qu'à ne pas épouser un homme de vingt-deux ans quand j'en avais moi plus de vingt-trois. Il n'avait pas vécu sa vie quand je l'ai obligé à se marier... Il n'avait pas jeté sa gourme, maintenant il est plus raisonnable !... C'est lui que j'aime... Je le sens. Toi, je t'aime bien, c'est tout... Il ne faut pas m'en vouloir... Je ne veux pas te faire de peine... Je serai ta maîtresse, tant que tu ne te seras pas lassé de moi...

« — Mais je ne m'en lasserai jamais.

« — Alors, je serai ta maîtresse toute ma vie... Ne m'en demande pas plus...

« Un jour, dans une minute d'égarement, j'écrivis une lettre anonyme au mari... Il n'en résulta rien de tragique... Alors, j'écrivis d'autres lettres, je donnai des détails, des précisions... J'étais fou... »

Marcel Hélin, dans un sanglot, acheva :

— Et aujourd'hui, je l'ai tuée !... Voilà !...

Mme Hélin se tordit les mains et questionna :

— Et maintenant, malheureux, qu'est-ce que tu vas faire?

Marcel avoua, dans ses larmes :

— Sais pas...

— C'est la cour d'assises... le bagne... pour le moins. Il faut te sauver, très loin... Allons, voyons, ne perdons pas la tête... On te connaît dans cet hôtel?

— Non... J'y ai mis les pieds pour la première fois aujourd'hui.

— Et elle?

— Elle aussi...

— Alors, il faut partir tout de suite...

— Oui... Je vais partir... Mais où?

— N'importe où, d'abord... Une fois loin de Paris, tu réfléchiras...

— Loin de Paris...

— Oui, très loin... A l'étranger... En Belgique... En Angleterre...

— Il faut un passeport...

— Non, pas pour la Belgique... Le fils de la concierge qui est parti pour Bruxelles la semaine dernière n'en a pas eu besoin...

La pauvre femme se traîna jusqu'à son armoire à glace, l'ouvrit, y prit une petite cassette de fer dans laquelle elle cachait ses économies.

Elle revint près de son fils, tendit des billets de banque.

— Prends tout cela... Va-t'en vite...

— Ne me maudis pas... Mère, ne me maudis pas !...

Elle fondit en larmes, embrassa son fils, le poussa jusque sur le palier, referma la porte doucement sur lui, poussa le verrou et tomba à genoux.

II

Dans la nuit pluvieuse et froide, Marcel se traînait lamentablement.

Un poignant désespoir l'accablait de seconde en seconde davantage. Il se retrouva tout à coup sur les quais, devant l'île Saint-Louis. Il murmura :

— Qu'est-ce que j'ai donc fait, *depuis*?

Après un soupir il se rappela :

— Ah ! oui, maman... et puis... et puis je suis parti... Oui... oui... La Belgique... Quelle heure est-il?

Il consulta sa montre qui marquait huit heures.

— Où suis-je? La Seine ! Notre-Dame !...

Il fit trois pas sur le pont, s'accouda au parapet, fixa son regard sur le ruban mouvant du fleuve.

Un instant il pensa « que ce serait une solution ». Mourir, oui...

Il se rejeta en arrière, prit sa course en direction du Parvis, gagna la rue de Rivoli, héla un taxi.

— Gare du Nord, le plus vite possible.

Il s'effondra sur la banquette.

Les yeux dans la lumière des rues, ne voyant rien des choses qui l'entouraient, il s'absorba dans la vision de la Seine tragique.

Il se revit entrant à la suite de sa maîtresse dans cette chambre, fermant la porte en tremblant, se retournant, d'un bloc sur celle qui le suppliciait depuis si longtemps...

Et comme, docile, elle retirait son chapeau, il s'entendit lui signifier :

— Je te défends de te déshabiller. Nous ne sommes pas venus ici pour « cela »... C'est plus grave... Il faut en finir... Cette vie que je te dois ne peut pas durer... Tu ne rentreras pas ce soir chez toi... Je ne te demande même pas de choisir entre lui et moi... Non... C'est moi... Notre départ est préparé... Nous partirons, dans deux heures par le rapide de Boulogne, demain matin, nous prendrons le bateau d'Angleterre... Dans l'après-midi, nous serons à Londres... Tu vas lui écrire une lettre, quelque lignes pour l'avertir. Tiens, je t'ai préparé un brouillon... J'ai du papier... une carte-lettre... Voici mon stylo... écris...

Les yeux baissés, elle avait repoussé la main de Marcel qui, les dents serrées, avait menacé :

— Tu refuses? Prends garde...

Elle avait haussé lentement les épaules et murmuré :

— Fais ce que tu voudras... mais je ne te suivrai pas.

Alors, il n'avait pas pu se contenir.

— Tu l'aimes, hein?... Avoue-le... Moi, je ne compte pas... Je ne suis bon que pour t'offrir des bijoux, des parties de plaisir à la campagne. Ce n'est pas moi que tu aimes, c'est mon argent... Mon pauvre argent. Tes soi-disantes désillusions, tes souffrances, ton fameux calvaire d'épouse suppliciée, c'est de la blague... Ah ! tu as dû la jouer la comédie... Vous êtes peut-être même de mèche pour me plumer, m'exploiter !... Ce que vous devez vous payer ma tête, le soir, au coin de votre feu, quand vous dégustez la bonne bouteille et les douceurs que vous vous offrez avec mon argent...

Deux grosses larmes avaient perlé aux yeux de Geneviève qui suffoquait de honte.

Marcel, impitoyable, avait poursuivi :

— Ah ! tu peux pleurer, va... Cette fois, tu ne m'auras pas... Et maintenant qu'est-ce que tu décides? Réponds... Et pas de phrases... Pars-tu avec moi vers une vie nouvelle que je te ferai belle, aussi belle que tu peux la rêver.

Geneviève, sans voix, avait fait non de la tête?

Marcel avait insisté :

— Veux-tu rester à Paris?

— Oui...

— Mais avec moi seul?

— Non...

— Tu l'aimes donc tant que cela?

— Non...

— Alors qu'est-ce qui te retient près de lui, si ce n'est pas l'amour? Ce ne peut être la pitié... Une femme qui a souffert ce que tu m'as confessé ne peut avoir pitié d'un cocu comme ton mari. Si tu ne l'aimes pas et que tu n'en aies pas pitié, alors, je ne comprends plus ...

Il se donna du poing sur le front.

— Mais si, tu l'aimes... Que je suis bête ! Tu me l'as avoué... Moi, tu m'aimes bien, lui tu l'aimes...

— Non !

— Non?...

— Non !

— Alors, si tu ne l'aimes pas, viens !... Ne m'affole pas ainsi... Souviens-toi de tout ce qui s'est passé entre nous depuis des mois... Et comme je me suis appliqué à cicatriser toutes les petites plaies dont ton cœur saignait... Comme je t'ai bercée, des heures et des heures dans mes bras... Comme je me suis évertué à être ton amant et quels silences d'inoubliable abandon nous avons vécu... Tu te souviens, cet été, notre petite chambre de Saint-Maur...

Et de grosses larmes avaient roulé sur ses joues.

Leurs regards s'étaient, à cette seconde, confondus.

Il l'avait prise dans ses bras, l'avait pressée, à l'étouffer, sur sa poitrine dans laquelle le cœur battait de grands coups précipités.

Il l'avait sentie glisser contre lui, pâmée, haletante...

Et soudain, en la maintenant par les poignets, il l'avait fait reculer d'un pas.

— Regarde-moi !

Elle avait levé sur lui ses grands yeux embués de larmes.

Et se cachant la face dans les mains, il avait hoqueté :

— Mais que se passe-t-il?... Que se passe-t-il?... Quelle énigme ! Et tu m'aimes !... Oui, oui, tu m'aimes. Et ça va être aujourd'hui comme hier... Quand nous aurons bien pleuré, nous nous prendrons, notre chair triomphera de toutes nos angoisses, de toutes nos larmes... On se quittera las et saouls d'amour... Et moi, je me retrouverai dès ce soir malheureux, fou de jalousie... N'ayant de goût pour rien... Voilà deux mois que je ne travaille pas... Je me traîne comme une âme en peine !...

Et puis, après un temps, il avait mâchonné, rageusement :

— Mais lui? Lui, qu'est-ce qu'il dit de cela?... Car il sait... Je lui ai tout dit, jusqu'à mon nom... Il sait tout de notre histoire... Si ce n'est pas le pire des saligauds, alors?... Hein?... Il n'a jamais fait allusion à notre liaison?...

Et comme elle se taisait, il l'avait rudoyée en s'écriant :

— Mais réponds donc quelque chose?...

Elle s'était renfermée dans un silence insupportable.

— Tu ne veux pas répondre !... Alors, j'en reviens à mon premier soupçon : vous êtes de mèche pour vous payer ma tête... Tu sors d'entre mes bras pour tomber dans les siens... Rends-moi les bijoux que je t'ai donnés... Tu n'es pas digne de les porter !...

Docilement, Geneviève avait retiré une bague, dégrafé une broche...

Comme elle posait le tout sur la table, Marcel avait vu rouge... C'est alors que dans un geste dont il n'avait pas été le maître, il avait saisi Geneviève au cou... Ses doigts étaient dans les chairs...

Et tout de suite, Geneviève sans s'être débattue une seconde s'était écroulée sur le parquet, les yeux révulsés...

Marcel, dans le taxi, poussa un cri rauque...

Ses mains montèrent à sa gorge.

Il eut, une seconde, l'atroce sensation qu'on l'étranglait... Un gémissement d'agonie filtra entre ses lèvres.

La voix du chauffeur lui parvint par la portière entrebâillée...

— On est arrivé...

Il reprit ses esprits, descendit, s'excusa, paya et pénétra dans la gare. Il fit un gros effort pour retrouver son sang-froid. Ce fut d'une voix à peu près normale qu'il s'informa auprès de la préposée au guichet des grandes lignes :

— Le train pour Bruxelles s'il vous plaît ?

— Il n'y en a plus aujourd'hui. Le premier, demain matin, à six heures neuf, mais c'est un demi-direct...

— Merci, madame...

Il fit demi-tour, sortit de la gare et resta quelques instants à réfléchir sur le trottoir.

— Qu'est-ce que je vais faire, jusqu'à demain?

Il frissonna.

— Et mon portrait qu'elle porte toujours dans le petit médaillon fixé à son bracelet...

Il leva les yeux vers l'horloge lumineuse de la gare.

— Neuf heures moins le quart... Ils se sont peut-être déjà inquiétés de *notre* silence à l'hôtel... Je n'ai pas refermé la porte à clef... J'aurais dû... Et puis l'emporter, cette clef... Mais j'ai perdu la tête... S'ils ont découvert le cadavre, le commissaire doit être sur les lieux... Ma pauvre Geneviève... Quand je songe que je l'ai étranglée... Non, je ne crois pas... D'émotion, le cœur a dû éclater... Oh ! ses grands yeux... C'est affreux !...

Il regarda ses mains et les cacha derrière son dos.

Un peu plus cassé qu'auparavant il tourna dans la rue Lafayette, prit une rue, la première sur sa gauche...

En frôlant les maisons, s'attardant dans les rares pans d'ombres, il reprit son monologue :

— Et dans quel hôtel de quelle rue, l'horrible chose a-t-elle eu lieu?... C'est étrange que je ne me souvienne pas... Cependant, voyons, je l'ai retrouvée dans le petit café du boulevard Raspail... Nous avons remonté le boulevard jusqu'à la rue Daguerre, nous avons pris à droite jusqu'à l'avenue du Maine... et puis... et puis...

Il ne se rappelait plus...

— Une rue étroite, très étroite ; pas un passage, non, une rue... Je l'ai entraînée dans cet hôtel, j'ai demandé une chambre... En sortant, j'ai pris ma course comme si l'on m'avait poursuivi.

Comme il passait devant un chantier sur le seuil duquel se tenait un gardien de nuit, qu'il n'avait pas aperçu, il se laissa tomber sur un tas de madriers.

La tête sur la poitrine, les bras ballants, il resta écrasé de douleur et de remords.

Le gardien, intrigué, s'approcha de lui, le détailla de la tête aux pieds et finit par conseiller :

— Faut pas rester là, mon gars...

Marcel se dressa, d'un bond, bégaya :

— Je vous demande pardon...

Comme il allait s'éloigner, l'homme le retint par la manche de son pardessus.

— Tu peux tout de même te reposer un instant si tu es indisposé...

— Non, merci...

— Toi, t'as fait un sale coup... fit l'homme à voix basse.

Michel fit un bond en arrière et balbutia :

— A quoi voyez-vous ça?...

L'homme, en riant à petits coups, dit :

— Et t'as pas l'habitude... T'es du neuf... Ils vont te poisser tout de suite... C'est duro, aujourd'hui pour leur jouer la fille... Y a les empreintes... Si t'as jamais été condamné ça la foutra moins mal pour toi...

Michel se prit à grelotter d'appréhension.

Il voulut s'en aller, mais ses jambes se refusèrent à faire un pas.

Il eut la sensation qu'il était comme paralysé...

Il chancela et retomba en geignant, sur le tas de madriers.

Le chien du gardien de nuit qui était venu le flairer se mit à grogner.

— Couché La Veuve !... C'est un ami...

Marcel, qui s'était repris un peu, dit :

— C'est stupide... Ce malaise...

— J'te dis, t'as pas l'habitude...

— Vous vous trompez, mon pauvre homme... je ne suis pas ce que vous croyez...

— Alors, payez un verre... vous prendrez une arquebuse, ça vous remettra d'aplomb.

Marcel, machinalement, questionna :

— Où cela?

— Au coin, là, tout de suite, le petit bistro. Ce sont de bonnes gens.

Non... Tenez, voilà quarante sous... Laissez-moi me remettre un instant... Ça va passer... Ce n'est rien...

— T'as peut-être été gazé?

— Oui, justement... Alors, par moments j'ai des malaises... Mais ça ne dure pas longtemps...

— T'es ouvrier !

— Oui... mécanicien... monteur mécanicien... C'est-à-dire que je l'étais... Ah ! ça va mieux...

Il se leva, fit trois pas...

— Oh ! oui, bien mieux... Je peux partir, maintenant.

— Où vas-tu, comme ça...

— Gare du Nord...

— Par là? C'est pas le chemin...

— J'ai le temps... Jusqu'à demain matin six heures...

— Tu ne vas pas passer la nuit dans la rue... T'es déjà tout trempé et v'là que la flotte elle remet ça... Si tu restes dehors, c'est un coup à prendre la crève...

Marcel ricana :

— La crève !... Oui, la crève... Un peu plus tôt, un peu plus tard...

Il poussa un soupir, fit un grand geste las, et poursuivit sa route.

Le vieillard le regarda s'éloigner en marmonnant :

— Pour sûr que toi t'as fait un coup... et un sale coup encore... Et je m'y connais...

Il regarda Marcel disparaître lentement, dans le brouillard de pluie qui s'épaississait rapidement. Et bientôt Hélin ne fut plus qu'une silhouette, puis qu'une tache...

Lorsqu'il arriva au coin de la rue Louis-Blanc et du boulevard, une fille l'accosta, se colla à lui, lui glissant à l'oreille de pauvres mots qui avaient la prétention d'être prometteurs.

Il la repoussa rudement. Alors, elle l'apostropha, lui jeta une bordée de paroles ordurières.

Il traversa le boulevard, aperçut les branchages dénudés d'un semblant de square.

Il fut sur le point d'aller s'y réfugier, mais réfléchit qu'à cette heure les grilles en devaient être fermées.

Sous la voûte du métro il vit un banc sur lequel un homme et une femme se tenaient enlacés.

Il s'assit derrière eux.

Ils ne se montrèrent pas le moins du monde gênés par sa présence et continuèrent leur conversation.

La femme était d'extrême jeunesse, l'homme pouvait avoir à peine vingt-cinq ans.

Marcel entendit l'homme qui expliquait à sa compagne :

— T'en fais pas pour moi, je connais la vie et les besoins de la femme... On sait ce que c'est et t'es affranchie suffisamment pour comprendre ce que je te cause... Ton amant, comme tu dis, moi j'm'en claque. Pourvu que tu sois toujours ma gosse à moi, le reste, m'en fous... J'ai pas de prétention moi... J'ai que de l'amour pour toi... Ah ! mais dis, hein? de l'amour... de la vraie ça, tu peux me croire... Quand même que t'aurais deux, trois michetons à m'opposer, c'est pas ça qui me ferait pâlir... On a rancart tous les deux, tous les soirs, et puis le reste, c'est marre... Alors, tu viens, ma jolie?

La petite offrit ses lèvres. Après quoi, ils s'en allèrent en se tenant par la taille...

Marcel mâchonna :

— Et c'est cela qu'ils croient de l'amour... Sales gens !...

Il se leva à son tour et descendit le faubourg Saint-Denis.

Lorsqu'il se retrouva devant la gare du Nord, il dit, à part soi :

— Je ne vais tout de même pas tourner jusqu'au matin autour de la gare. Il doit y avoir des établissements qui restent ouverts toute la nuit...

Il se renseigna auprès d'un homme d'équipe qui lui recommanda un « bistro » de la rue de Dunkerque... Marcel y entra... Du premier coup d'œil, il aperçut, faisant suite à la boutique, un long boyau servant de resserre pour de menus paquets déposés là par des messagers de la banlieue parisienne.

Dans un coin, une table était libre. Il s'y installa.

Une bonne au regard canaille s'empressa vers lui et questionna tout en donnant son coup de « foulard ».

— Qu'est-ce que ce sera ?

— Ce que vous voudrez.

— C'est à votre choix. C'est pour manger?

— Manger?... Oui, si vous voulez... Qu'est-ce que vous avez comme potage?

— Vermicelle, croûte-au-pot, ou tapioca... Voulez-vous une petite marmite?

— Oui, c'est ça.

— Et comme boisson? Une chopine de rouge? Un litre?

— Oui...

La fille de salle s'éloigna, en hurlant la commande.

Marcel sentit ses yeux se mouiller lorsqu'il pensa :

— Je vais manger, comme tout le monde et elle est morte !

Il ajouta dans un murmure plaintif :

— Ma pauvre Geneviève !

Un camelot entra proposant, d'une main, des violettes, de l'autre des journaux du soir...

— *L'Intran*, *Liberté*, *Paris-Soir*, la *Presse*, édition spéciale... Le crime de la rue Lebouis... tous les détails...

Marcel fit un bond sur la banquette et devint livide.

Il bégaya :

— Rue Lebouis... rue Lebouis... Cette rue-là donne dans l'avenue du Maine ou pas loin de l'avenue du Maine... dans la rue de l'Ouest.

Il acheta la *Presse*.

De la glace coula dans ses veines lorsqu'il lut :

LE CRIME DE LA RUE LEBOUIS

(DERNIÈRE HEURE.)

Un crime que l'on suppose passionnel a été commis vers cinq heures dans un hôtel de la rue Lebouis. La victime, une jeune femme de vingt-cinq ans environ, assez élégamment vêtue a été trouvée étranglée dans une chambre de l'Hôtel de l'Ouest. Ce qui fait croire que l'on se trouve en face d'un crime passionnel, c'est que près de la morte ont été retrouvés des bijoux et un sac à main en argent...

— Et voilà la petite marmite annoncée... Après ça, voulez-vous un flageolet ou une salade mâche-betterave. C'est tout ce qui nous reste?

Marcel, les lèvres arquées par un rictus atroce, répondit :

— Oui... une salade... oui...

La fille de salle le dévisagea en clignant des yeux et se recula de deux pas pour dire :

— Je l'assaisonne, la salade ...

— Oui... Oui...

Elle s'empressa vers la cuisine en disant, entre ses dents :

— Il aurait fait un sale coup c'type-là que ça ne m'étonnerait pas...

Marcel, tout en repliant son journal, s'était regardé dans la glace qui lui faisait face.

Il frissonna, tant il constata de ravages sur ses traits.

Il ne se reconnaissait pas, sa bouche était tordue comme par une convulsion, ses yeux étaient agrandis comme par l'épouvante, sa tête paraissait comme enfoncée dans les épaules...

Il courba le front, avala sa soupe précipitamment.

Le potage englouti, il but coup sur coup, deux grands verres de vin...

Il éprouva alors une sorte de soulagement physique qui lui rendit quelque force et beaucoup de sang-froid...

Il mangea son bœuf, machinalement, en recommanda un autre, d'une voix apaisée et presque normale qui rassura la fille de salle.

Lorsqu'il eut achevé sa salade et son fromage, il se versa trois rasades de vin, demanda un café bouillant et deux petits verres de Calvados...

Son visage s'était peu à peu empourpré.

Bien calé dans son coin, son café pris, il croisa les mains sur ses cuisses et ferma les yeux...

Dormait-il?

Non... Il priait...

Il priait? Pour qui?... Pour sa mère? Pour le repos de l'âme de sa victime? Pour lui?

Non... Il priait... et pour la première fois depuis qu'il avait l'âge d'homme...

Étrange besoin qu'éprouvent certains de nous lorsqu'ils se sentent en détresse...

***

Lorsqu'il se réveilla, le lendemain, dans la petite chambre d'hôtel, où il s'était, vers minuit, décidé à se réfugier, il était un peu plus de cinq heures...

Il sauta à bas du lit et vint à la toilette pour se jeter un peu d'eau sur le visage.

A peine fut-il devant la glace du lavabo, qu'il poussa un cri de stupeur et se recula, épouvanté, dans un coin de la pièce ; ses cheveux étaient blancs, d'un blanc de neige...

III

L'état de douloureuse prostration dans lequel était tombée Mme Hélin après le départ de son fils, dura jusqu'à minuit, heure à laquelle elle parut comme revenir à la vie.

Le grand silence qui l'entourait lui causa une impression de très pénible angoisse.

Après avoir jeté un coup d'œil sur le cadran du petit réveil qui se trouvait à la tête de son lit, elle dit à voix basse en frissonnant d'appréhension.

— Que peut-il bien faire à cette heure?... Où est-il?

Une pensée horrible lui traversa l'esprit.

— Pourvu qu'il ne se soit pas laissé aller à une crise de désespoir.

Et tout de suite, un regret, cuisant comme un remords, s'empara d'elle. Elle se reprochait de l'avoir laissé partir seul. Elle aurait dû fuir avec lui et ne le quitter qu'après l'avoir aidé à gagner un lieu de retraite sûr.

Elle eut un grand geste de résignation.

A quoi bon regretter quoi que ce soit, maintenant.

La destinée pesait sur eux. il n'y avait plus qu'à s'en remettre à elle du soin d'éviter à Marcel de tomber entre les mains de l'implacable justice des hommes.

Elle jeta un regard autour d'elle, un regard de pauvre bête humaine blessée à mort, sur toutes ces pauvres choses, sur tous ces témoins inconscients de sa vie sans joies, sans clartés.

Elle se traîna jusqu'à son lit, s'y appuya les mains crispées sur les couvertures, et se prit à murmurer :

— C'est là qu'il est venu au monde, là que j'ai bercé son premier sommeil, là que plus tard il aimait, le dimanche, à faire la grasse matinée... Pauvre petit !...

Elle s'écroula sur la couche et se reprit à sangloter.

Plus cruellement que jamais, des souvenirs se matérialisèrent pour ainsi dire dans sa pensée.

A dix ans, orpheline, placée par le curé de son petit village natal dans une maison hospitalière, tenue par les sœurs du Bon-Secours qui, ne la trouvant pas assez religieuse, la mirent en service à seize ans chez un notaire du chef-lieu, un brave homme qui, tous les dimanches, suivait patiemment les offices pour plaire à sa clientèle. A vingt ans, son premier maître étant mort, sans laisser d'héritiers, elle avait cherché et trouvé une place à la ville voisine.

A vingt-deux ans, elle était venue à Paris et s'était engagée comme bonne à tout faire chez de petits commerçants de Montmartre. Ils tenaient un commerce d'épicerie qui devait revenir à leur fils unique, un crétin prétentieux, bellâtre qui était la coqueluche du quartier et mettait à mal les petits « bonnets blancs » avec lesquels il n'avait jamais de désagréments, pour cette raison qu'il ne s'attardait guère à profiter des faveurs de ces pauvres filles crevant à la peine et pour lesquelles l'amour n'était même pas une consolation.

Le « Don Juan » de la rue Houdon la remarqua. Ce n'était pas dans ses habitudes cependant de courtiser les bonnes de ses parents.

C'était contraire à ses principes.

Il fit une exception en faveur de Marguerite Hélin qui ne s'en montra pas autrement touchée, ni fière.

En effet, elle lui fit assez vertement comprendre qu'il perdait son temps. Il insista, tant et si bien qu'un jour qu'ils étaient occupés à mettre du vin en bouteilles elle dut calmer ses ardeurs au moyen d'une paire de gifles. Le malotru la calotta à son tour. Il y eut bataille. Le père et la mère durent intervenir et Marguerite Hélin fut congédiée.

Etant, à la suite de ce déplorable incident, restée une quinzaine de jours sans place, elle se décida à entrer comme manutentionnaire aux empaquetages dans une brûlerie de café de la rue André-del-Sarte.

Elle resta là trois ans.

Et puis elle devint demoiselle de boutique, chez un marchand de comestibles du boulevard de Clichy. Elle avait vingt-cinq ans.

C'était une très honnête fille, qui n'avait jamais éprouvé de satisfaction que dans le travail et qui, farouchement, s'était refusée à prendre une heure de plaisir facile, en compagnie de camarades de mœurs moins austères et de moralité moins intransigeante.

Or, à vingt-cinq ans, la digne fille avait presque soudain éprouvé une sorte de maladive lassitude.

Elle passait toutes ses heures de liberté à pleurer dans sa chambre.

Un sombre ennui s'empara d'elle.

Cette vie sans idéal, sans but, animale, lui pesait atrocement.

Une sorte de réveil de sa personnalité éclata soudain, un impérieux besoin de se prodiguer tendrement s'empara d'elle. Et ce fut alors qu'elle fit la connaissance de celui qui devait être son initiateur sentimental et son maître impitoyable.

Dans un élan de son cœur, de sa chair trop longtemps contrariés, domptés, elle se donna à Marcellin Rigot, client de ses patrons, qui prenait des airs penchés, parlait avec complaisance, devant elle, de son existence laborieuse et solitaire de chef comptable dans un magasin de nouveautés de moyenne importance.

Comme elle, il avait eu le malheur de perdre aux premières heures de son adolescence son père et sa mère. Comme elle, il avait une éducation religieuse qui ne l'avait point converti ; comme elle il avait dû faire, pour vivre dignement, un peu tous les métiers.

La vie passée semblait devoir les rapprocher.

Elle les rapprocha en effet.

Marguerite Hélin, après avoir bien longtemps hésité, se donna dans un sincère élan d'amour. Tout de suite elle se sentit comme régénérée par cet abandon voluptueux qui, dès les premières heures, fut pour elle une raison de joie intense et de satisfaction sans mélange.

Marcellin Rigot, dans l'enthousiasme que lui faisait ressentir sa facile victoire, se montra tout d'abord digne de la confiance de la tendre fille. Ils se mirent en ménage. Rigot occupait un confortable petit logement au sixième étage d'une grande caserne du boulevard Barbès : il offrit à sa maîtresse de partager son logis.

Elle accepta.

Et comme Rigot gagnait assez largement sa vie, il exigea que Marguerite quittât sa place. Elle refusa tout d'abord. Ils n'étaient pas mariés, elle voulait, sinon conserver son indépendance, du moins subvenir à ses besoins. Plus tard, on verrait. Et puis, puisqu'ils s'aimaient, pourquoi ne se marieraient-ils pas tout de suite. Rigot, en enveloppant ses phrases de papillottes, expliqua à Marguerite que l'amour et le mariage sont deux choses bien différentes, qu'avant de se marier, il faut bien se connaître, être sûrs l'un de l'autre.

Marguerite fut de son avis. Elle était toujours de son avis. Ils en étaient encore à la période des concessions, tout de suite consenties. Il suffisait que l'un d'eux exprimât un désir, une opinion, pour que l'autre fût immédiatement consentant.

Les six premiers mois de leur union se passèrent sans que le ciel de leur bonheur fût obscurci par le moindre orage.

Ils vivaient simplement une existence paisible de petits bourgeois peu exigeants.

Rigot, dans le courant du deuxième semestre de leur première année d'amour, s'aperçut, un peu tard et presque soudainement, que Marguerite n'était pas tout à fait la femme qu'il lui fallait.

Il avait quelques lettres, Marguerite n'était guère instruite. Il aimait à aller au Français, elle n'y prenait qu'un plaisir très relatif. Les beautés du répertoire classique lui échappaient et elle le faisait bien voir en somnolant souvent au cours du spectacle.

Il avait une prédilection marquée pour les concerts classiques : Marguerite ne goûtait pas la musique savante.

Après avoir tenté de faire son éducation sentimentale, il entreprit de faire son éducation intellectuelle au moyen de lectures propices. Elle lui déclara, les larmes aux yeux, qu'elle ne serait jamais qu'une bête et que les romans du *Petit Parisien* l'intéressaient infiniment plus que les ouvrages de M. Bourget.

Alors, il se fâcha.

— Comment veux-tu que je t'épouse, si tu restes obstinément si loin de moi?

Elle fit de gros efforts pour arriver à plaire complètement à son amant, mais sentant qu'elle ne pourrait jamais y réussir, elle lui dit un jour :

— Il vaut mieux rester comme nous sommes. Je ne serai jamais la femme que tu veux que je sois. Cela ne nous empêchera pas d'être heureux...

Pour la première fois, il regretta de s'être laissé « emballer ». Et, ce regret à peine exprimé, il s'aperçut des tares physiques de sa maîtresse. D'abord elle n'était pas jolie, elle avait un corps très ordinaire, des seins déjà fatigués, une vilaine dentition, des mains épaisses et rouges, les chevilles trop fortes, la peau rude. Elle n'avait rien de félin. Son odeur était quelconque.

Il ne prenait plus à la posséder le même plaisir qu'aux premiers jours. Avec elle, c'était trop toujours la même chose. L'amour était toujours une fonction, jamais un passe-temps.

De petites querelles éclatèrent aux minutes les plus intimes de leur existence.

Rigot reprit, peu à peu, son existence d'indépendance d'avant-liaison.

Et Marguerite Hélin sentit jour à jour grandir autour d'elle un isolement qui la plongeait dans le trouble le plus profond.

Elle n'en continua pas moins à faire son devoir de compagne attentionnée, jusqu'au jour où lasse du demi-abandon de son amant elle parla de se replacer.

Rigot n'y vit aucun inconvénient. Marguerite Hélin chercha une place maisne la trouva pas tout de suite. Sur ces entrefaites, elle eut confirmation d'une crainte qui l'avait plongée dans le plus grand émoi : cet amour qui s'étiolait venait de porter ses fruits. A l'annonce de ce qui, quelques mois auparavant, aurait été pour lui une chère et grande nouvelle, Rigot ne fit pas seulement la grimace : il se montra cruel et injuste, accusant sa maîtresse d'avoir « bien su ce qu'elle faisait ». Elle espérait lui forcer la main avec cette grossesse complaisante.

— C'est bien, nous nous marierons après la naissance de l'enfant, mais je sais à quoi m'en tenir !

Marguerite Hélin, à ces mots, suffoqua de colère, outragée dans les sources les plus profondes de son âme sensible et incapable du moindre et plus bas calcul.

Une scène grave, la première, eut lieu entre eux, au cours de laquelle ils échangèrent d'amères propos et de tristes reproches.

Rigot, qui comprit à temps qu'il avait été trop loin, eut honte de sa conduite, fit des excuses, demanda pardon. Marguerite pardonna, évidemment, — les femmes n'ont-elles pas toujours des trésors d'indulgence pour ceux qu'elles aiment, — mais sentit que son amant venait de creuser entre eux le premier abîme.

A dater de ce jour, Rigot se montra affectueux et prévenant comme par le passé, parla d'avenir. Il commença par donner congé du logement qu'il occupait et loua, au nom de sa maîtresse, le petit appartement de la rue du Saint-Gothard. L'enfant aurait plus d'air dans ce quartier qui était alors presque la campagne.

Durant tout le temps de la grossesse de Marguerite, la vie reprit pour eux son tran-tran des premiers mois de leur union.

Marcel vint au monde.

Rigot contracta en sa faveur une petite assurance sur la vie, plaça cinq mille francs sur la tête de la mère.

Et comme Marguerite, un soir, lui reparla timidement mariage, il répondit :

— A la fin de cette année, ce sera chose faite. Je n'attends pour t'épouser que la réalisation de la promesse d'augmentation que l'on m'a faite à mon magasin...

On était au mois de septembre.

Un soir d'octobre, Marcellin Rigot, ce qui ne lui arrivait jamais, ne rentra pas dîner. Fort inquiète, Marguerite l'espéra jusqu'à onze heures. A deux heures du matin, folle d'angoisse, elle fut sur le point de se rendre au commissariat de police. Mais elle hésita, puis décida d'attendre jusqu'au matin.

A huit heures, au premier courrier, on lui monta une lettre de Rigot dans laquelle celui-ci lui conseillait de ne pas se désespérer, qu'il avait été obligé de quitter brusquement Paris pour aller en province au chevet de sa grand'mère, — dont il n'avait jamais parlé, — qu'il reviendrait bientôt.

Elle ne devait jamais le revoir.

Au magasin où Rigot était employé, on apprit à Marguerite Hélin que son amant, à la stupéfaction de tous, avait brusquement donné sa démission et que l'on ne savait pas où il était. On n'avait rien à lui reprocher. Il avait agi dans la plénitude de ses droits.

En entendant cela, Marguerite fondit en larmes, et partit précipitamment.

Dans la rue, elle marcha, marcha, au hasard, égarée de douleur et de désespoir.

Tout soudain, elle s'arrêta dans sa course et parut comme tirée brusquement d'un cauchemar.

Elle regarda autour d'elle...

Et son regard tomba sur son enfant qu'elle tenait convulsivement serré contre sa poitrine. Elle dit, à mi-voix :

— Pauvre petit !...

Un sanglot étreignit sa gorge.

En pleine détresse, mais courageuse et résignée, elle prit le chemin de sa demeure.

Lorsqu'elle arriva chez elle, lasse et comme vidée de toute volonté, elle déposa son cher fardeau dans la bercelonnette et s'écroula sur une chaise.

Une atroce sensation de solitude se fit en elle et autour d'elle.

Elle ne se faisait aucune illusion : Rigot ne reviendrait jamais.

Comme c'était une vaillante créature, elle ne se laissa pas abattre et prit tout de suite un parti : travailler pour son fils et pour elle. Il y avait longtemps qu'elle s'attendait à vivre le drame qui l'accablait aujourd'hui.

Dès le lendemain, elle chercha du travail à faire chez elle ; trouva quelques petits travaux de ravaudage. Une entrepreneuse de la rue Dareau s'intéressa à elle. Elle gagnait ses trois francs par jour en commençant de tirer l'aiguille à cinq heures du matin pour ne se coucher souvent, qu'à près de minuit.

Elle réussit, au prix de quels efforts, à vivre pas trop mal et à élever son fils fort bien. Le petit était charmant. Ils étaient heureux. Ils le furent jusqu'au jour où Marcel rencontra Geneviève.

C'était tout cela que revivait la pauvre femme.

Et maintenant qu'allait devenir Marcel?

Quel nouveau calvaire n'allait-elle pas monter?

Elle resta pantelante et sanglotante jusqu'à l'aube. Aux premières lueurs du jour, écrasée de fatigue, elle s'endormit, comme une bête assommée de fatigue. Lorsqu'elle s'éveilla, il était huit heures. Elle se jeta un peu d'eau sur le visage afin de décongestionner ses traits brûlés par les larmes. Après quoi, elle descendit en hâte acheter des journaux. Au hasard elle en prit une dizaine, entra chez une crémière de l'avenue d'Orléans, se fit servir un café au lait et parcourut les feuilles. Soudain, elle fut secouée de frissons : *Le crime de la rue Lebouis.*

Lorsqu'elle eut achevé la lecture de l'article, elle fut convaincue qu'il s'agissait bien du forfait commis par son fils.

Elle replia ses journaux, les mit dans son cabas et s'en fut chez elle, tout en monologuant entre deux voix :

— Mon Dieu, faites que la police ne découvre rien contre lui... Il y a des criminels qui n'ont jamais été retrouvés... Marcel n'aura pas cette chance-là...

Lorsqu'elle eut refermé sur elle la porte de son petit logement, elle se laissa tomber sur une chaise et recommença de lire les journaux.

Un peu après dix heures, on frappa à sa porte.

Elle se dressa, d'un bond. Son regard, débordant de terreur, se fixa sur la porte. Elle resta médusée d'angoisse. On insistait. Une voix appela :

— Madame Hélin? Vous êtes là?... C'est Chouvet...

Elle fit un léger bond en arrière. Chouvet, son ancien patron de la rue Clignancourt qui s'était toujours montré si bon avec elle depuis qu'un jour il l'avait rencontrée avec son petit Marcel et qu'il avait appris son malheur.

Que pouvait bien lui vouloir Chouvet à cette heure?

Comme on insistait toujours et frappait plus fort, elle répondit :

— Voilà !... Voilà !... Tout de suite...

Elle cacha précipitamment ses journaux dans le fond d'un placard et s'en vint ouvrir. Chouvet n'était pas seul, sa femme l'accompagnait.

Tous deux étaient endimanchés, leurs visages étaient épanouis.

— Qu'est-ce qu'il y a donc, ma brave Marguerite, on n'ouvre plus aux amis, maintenant?

Elle balbutia :

— Oh ! mais si, m'sieur Chouvet, mais je me suis couchée un peu tard et je m'étais assoupie... Excusez-moi... Et vous aussi Madame Chouvet.

— On vous excuse, fit Chouvet en se calant dans le fauteuil Voltaire... et d'autant plus facilement que c'est nous qui vous dérangeons.

— Oh ! non, m'sieur Chouvet, vous ne me dérangez jamais.

Chouvet alluma une cigarette.

Mme Hélin questionna :

— Qu'est-ce que je vais vous offrir?... Une tasse de café?

— Si vous en avez de fait.

— Ce ne sera pas long.

— S'il n'y en a pas, je ne veux rien, ma femme non plus.

— Un peu de vin blanc...

— Un verre de vin blanc, ça ne se refuse jamais... Nous bavarderons en le buvant, car nous avons à bavarder, et sérieusement... très sérieusement. Et, Marcel, d'abord, comment va-t-il? Ça fait bien trois mois qu'on ne l'a pas vu. Il se fait rare comme les beaux jours, c'est le cas de le dire. Lui qui venait souper au moins une fois la semaine...

Mme Hélin expliqua :

— Il ne faut pas lui en vouloir... Il a été bien pris tous ces temps-ci.

Et la pauvre femme mentit :

— Il a changé de place... Oui... Il avait un service de nuit...

— Oh ! on ne lui en veut pas, bien sûr... On était seulement un peu inquiets. Et, à part cela, il est content?

Mme Hélin tremblait un peu.

— Mais oui, très content. Il gagne bien sa vie...

En clignant de l'œil à l'adresse de sa femme, Chouvet dit :

— Il la gagnerait mieux s'il était établi à son compte.

Mme Hélin leva les yeux sur les visiteurs et questionna :

— S'il était établi?

— Oui... établi...

— Oh ! ça, ce n'est pas possible...

— Et pourquoi donc?

— D'abord, il n'a pas les fonds nécessaires...

— Ça se trouve...

Chouvet se frotta les mains, lampa une gorgée de vin blanc. Après quoi, il dit :

— Ah ! ce n'est pas tout ça... Pas la peine de faire plus longtemps de cachotteries... Entre nous ce ne serait pas de saison... Ma bonne Marguerite, voilà ce qui nous amène... J'ai vendu mon fonds, il y a quinze jours à mon chef de cuisine qui a fait un petit héritage. Je l'ai vendu comptant et un bon prix. Avec ce que nous avons, nous allons pouvoir nous reposer dans notre petite maison d'Epinay. Entre nous, nous ne l'avons pas volé, depuis trente ans qu'on s'échigne à vendre de l'échine de porc et du pâté de foie, des côtelettes à la sauce et des boîtes de conserves. Juliette, notre fille, a vingt-trois ans, nous n'avons qu'elle d'enfant, pas besoin de mourir à la peine, pas vrai?

— Oh ! bien sûr, m'sieur Chouvet.

Chouvet se jeta dans le gosier une seconde gorgée de blanc, alluma une autre cigarette, consulta sa femme du regard et continua :

— J'aurais pu marier Juliette à un cochonnier comme moi, mais elle n'aime pas le métier... Tout le monde n'est pas obligé de l'aimer... Je ne lui en veux pas pour cela... Ce qu'elle voudrait, c'est avoir un petit intérieur bien coquet et un mari qui ne sente pas la panne ou le boudin. On ne veut pas la contrarier, c't'enfant... Et c'est bien dans c't'intention-là que nous sommes venus vous voir... Marguerite, répondez-moi bien franchement : croyez-vous que Marcel soit le mari qu'il faut à notre fille?

Mme Hélin poussa un petit cri étouffé.

Une expression d'indéfinissable tristesse se plaqua sur ses traits.

Elle balbutia :

— Marcel, un mari pour Juliette?... Oh ! m'sieur Chouvet...

Alors, éclatant de rire, Chouvet dit, bon enfant :

— Eh bien quoi? Qu'est-ce que ça a d'extraordinaire. Ces gosses-là se sont connus tout mômes, ils ont toujours sympathisé... Dans le temps, pour de rire, ils jouaient au papa et à la maman. Aujourd'hui on va leur permettre d'y jouer pour de vrai... On a vu des choses plus compliquées que ça...

— Je ne dis pas, m'sieur Chouvet, je ne dis pas, bredouilla Mme Hélin.

— Alors?

— Alors... Alors... Marcel n'a pas de position...

— On lui en fera une... Il y a justement Jaubois, le serrurier de la rue d'Orsel qui veut vendre son fonds. Il s'y connaît Marcel en serrurerie, puisqu'il a été à Châlons... Ça lui plaira sûrement. Surtout que Jaubois fait plutôt de la serrurerie d'art... Du fer forgé... Il n'est pas trop exigeant. On pourrait avoir son fonds pour une trentaine de mille francs comptant... Ce serait la dot de Juliette... Avec ce fonds-là et puis une vingtaine de billets pour commencer, je crois que nos gosses ne seraient pas à plaindre.

Mme Hélin éclata en larmes.

Chouvet, interloqué, s'écria :

— Si c'est l'effet que ça vous fait, ce que je vous dis, c'est à dégoûter d'apporter des bonnes nouvelles. Vous n'allez pas pleurer comme une Madeleine...

« Maintenant, c'est peut-être à la pensée de vous séparer de Marcel, que vous pleurez?... Si c'est ça, faut vite vous consoler. Juliette vous aime bien et elle le disait encore hier soir, nous pouvons être très heureux tous les trois, la mère de Marcel est une si brave femme...

Comme les larmes redoublaient, Mme Chouvet s'approcha de la mère de Marcel, lui tamponna le visage en disant :

— Pourquoi pleurez-vous, Marguerite?... Est-ce de joie?... Oui, certainement...

— Et de quoi veux-tu que ce soit ? fit Chouvet.

Mme Chouvet insista :

— C'est de joie, n'est-ce pas, Marguerite?

Alors, Mme Hélin, faisant un gros effort pour parvenir à parler, laissa entendre faiblement :

— Non... ce n'est pas de joie... Je vous demande pardon...

Les visages de Chouvet et de sa femme se rembrunirent.

Le brave homme, inquiet, questionna :

— Alors, si ce n'est pas de joie?

Une crainte lui vint à l'esprit.

— Marcel est peut-être engagé?

— Non, m'sieur Chouvet... Mais c'est pis...

— Pis?

— Oui... Je ne crois pas que Marcel se marie jamais..

— Et pourquoi cela?

— Il en aime, peut-être une autre? interrogea anxieusement Mme Chouvet.

— Voilà ! fit Mme Hélin... Vous avez deviné juste, il en aime une autre... Il n'y a pas longtemps...

Chouvet et sa femme échangèrent un regard noyé de tristesse.

Ils eurent tous deux la même pensée, à la même seconde : « Comme Juliette va être malheureuse ! » Car, ce mariage qu'ils proposaient, ce n'était pas eux qui en avaient eu l'idée, ce n'était pas un projet à eux, non, Juliette s'était confessée à sa mère lorsque Chouvet lui avait proposé d'épouser son successeur qui avait de l'affection pour elle, et s'en était ouvert à son ancien patron. Juliette aimait Marcel d'un de ces amours charmants qui sont comme le reflet des tendres sentiments de la prime enfance.

Et voilà que Marcel n'était pas libre.

Chouvet bredouilla :

— Ça... Ça, c'est un sale coup pour la petite... Elle va pleurer tout ce qu'elle va vouloir... On ne s'attendait vraiment pas... C'est donc pour cela qu'on ne voyait plus Marcel?

— Probablement... C'est même certain, fit Mme Hélin en baissant la tête pour cacher la rougeur qui venait de lui monter au front...

Mme Chouvet, très émue, questionna :

— Maintenant, ce n'est peut-être pas si sérieux que ça...

— Oh ! si, si, c'est très sérieux...

— Il y a un mariage de projeté?

— Oh ! non, s'exclama Mme Hélin.

Les traits du visage de Chouvet se détendirent.

— S'il n'y a pas de mariage de projeté s'écria-t-il, alors, rien n'est perdu. Il ne faut pas désespérer... si ce n'est que d'une maîtresse qu'il s'agit... Juliette attendra... On la fera attendre... Moi, je m'en charge...

Alors, Mme Hélin dit d'un ton affirmatif :

— Marcel n'épousera jamais Juliette... D'abord, il n'est plus à Paris...

— Plus à Paris?... Et où est-il?

— Il voyage... Une nouvelle place...

— Il voyage?... Une nouvelle place?... répéta Chouvet.

Et après un instant de réflexion, il ajouta :

— Qu'est-ce que c'est que cette blague-là?... Marcel voyage?... Pourquoi?... Pour qui?... Il a changé de métier?...

Mme Hélin bredouilla :

— Voilà... changé de métier, oui...

— Mais il ne voyagera pas tout le temps !

— Oh ! longtemps, très longtemps... Il y a même des chances pour qu'il ne revienne jamais à Paris.

— Jamais à Paris? répétèrent les Chouvet.

— Non, jamais.

— Mais alors, vous? questionna Chouvet...

— Moi?

— Oui... vous allez le rejoindre?

— Je ne crois pas...

— Et vous ne le reverrez pas?...

— J'en ai peur... A moins qu'il m'écrive d'aller le rejoindre... Mais ce ne sera certainement pas avant longtemps... et je serai peut-être morte d'ici là !

— Morte ! s'exclama Chouvet. Allons, allons, ce n'est pas naturel, tout ça, vous nous cachez quelque chose, ou vous nous faites du boniment... Avec nous, vous le savez, il faut jouer franc jeu... Pas la peine d'essayer de nous en compter, ça ne prendrait pas... Votre histoire de voyage, je n'en crois pas un traître mot... vous feriez bien mieux de nous dire que Marcel s'est fiancé à une fille de province contre votre gré certainement et que, ne lui pardonnant pas ce mariage vous avez juré, quelque peine que cela doive vous causer, de ne jamais le revoir...

Avec empressement, Mme Hélin dit :

— Voilà... vous avez deviné juste... Je ne voulais pas vous le dire...

— Oui?... Eh bien, ça aussi c'est de la blague... Je le lis dans votre regard que c'est de la blague... N'essayez pas de protester... Moi, je suis un vieux renard... Les blagues, j'en ai dit toute ma vie aux clients... Si Marcel était fiancé, vous nous l'auriez fait savoir il y a belle lurette... et d'autant plus vite que ce mariage vous aurait causé de la peine... Il y a autre chose que vous nous cachez...

— Oh ! m'sieur Chouvet...

— Il n'y a pas de Monsieur Chouvet qui tienne... Faut nous dire la vérité... A nous, vous ne devez rien cacher... Allez-y, ouvrez votre, cœur... après, s'il le faut, on pleurera ensemble... Allez, on vous écoute, Marguerite... Et cette fois-ci parlez vrai. Sinon, je prends mon chapeau et vous ne nous revoyez jamais.

Mme Hélin se tamponna les yeux en disant :

— Vous voulez savoir la vérité?

— Toute la vérité...

— Eh bien, je vais vous la dire... Non, Marcel n'est pas fiancé... Marcel est parti, depuis hier... très loin... pour essayer d'oublier le souvenir d'une femme qui a gâché sa vie... voilà !... Une femme mariée qui l'a fait bien souffrir... Maintenant, et cela tout à fait entre nous, où est-il, je ne le sais pas... Je ne le saurai que dans quelques jours... Peut-être en Belgique, peut-être à Londres où on lui avait proposé une place, peut-être ailleurs... Il est parti comme un fou... un fou qu'il est depuis qu'il a fait la connaissance de cette gueuse qui a gâché, bouleversé son existence, et la mienne, par-dessus le marché... Et me voilà toute seule. Pour combien de temps?... Dieu ou le diable, seuls, le savent !... Vous voulez savoir la vérité, la voilà...

Et la pauvre femme éclata en sanglots...

Chouvet avait les yeux humides ; sa femme retenait ses larmes.

Le brave homme, en hochant tristement la tête, laissa entendre :

— Ça, c'est un coup !... Un coup !... Oui... notre pauvre Juliette !... Qu'est-ce qu'on va lui dire !... Car il va bien falloir lui dire quelque chose... Et elle qui voulait monter avec nous... Heureusement que je l'ai fait attendre dans un café de l'avenue de Montsouris... On va pouvoir avoir le temps d'inventer quelque chose... Va falloir mentir... et ne pas en avoir l'air surtout... Hein, ma femme?...

— Oui, Chouvet...

— On ne peut pas lui dire, comme ça, brutalement... Non, ce n'est pas possible... Qu'est-ce qu'on pourrait bien lui dire?... Voyons, Marguerite, aidez-nous !...

— Oh ! moi, vous savez, je ne suis plus bonne à rien... Depuis hier soir, qu'il est parti, je n'existe pour ainsi dire plus... Voyez... réfléchissez... Tout ce que vous ferez ou direz sera bien fait et bien dit... Mais quel malheur que vous ne soyez pas venu deux jours plus tôt... Vous auriez pu lui parler, le sermonner... Il vous aurait écouté, vous, car il vous aime bien... Vous avez toujours été un père pour lui...

— Oui... oui... mais tout ça, ce sont des mots... vous êtes sûre qu'il ne reviendra pas?

— Oh ! sûre, oui... Il me l'a dit... Et je dois aller

le rejoindre quand il se sera fixé quelque part...

Chouvet se prit le front à deux mains.

Quelle histoire plus ou moins vraisemblable allait-il conter à sa fille?

Mme Chouvet proposa timidement :

— Et si nous disions à Juliette la moitié de la vérité.

— C'est-à-dire?

— Que Marcel est parti pour l'étranger, très loin... En Amérique, par exemple... Qu'il a dû s'embarquer sans délai et qu'il a promis d'envoyer de ses nouvelles... Que ce voyage peut durer un an... En un an de temps, nous aurons le temps de lui changer les idées à notre fille... Et puis, si Marcel pouvait ne pas nous écrire, ni à vous, ni à elle, ça nous aiderait bien... Elle comprendrait qu'il ne l'aime pas, qu'elle fait fausse route... Tu n'es pas de cet avis?

— Oui, fit Chouvet en poussant un gros soupir, on peut essayer de s'en tirer comme ça... mais ce n'est pas de chance tout de même... nous qui étions venus ici le bec enfariné et puis qui nous en retournons avec cette nouvelle-là sur le cœur... N... de D... ! ce n'est pas de veine !... Enfin ! quand on gémira pendant des heures, ça n'arrangera pas les choses. On est venu trop tard... on est venu trop tard... Ce qui est fait, est fait... C'est dommage tout de même... Si encore on savait où il est... on pourrait aller le rejoindre. Je dis cela, c'est pour la petite qui est capable d'en faire une maladie... Et on n'a qu'elle... Si on avait plusieurs enfants ce serait moins pénible... Mais voyez-vous, qu'elle nous prenne une maladie de langueur !... Ce serait à se ficher à l'eau !...

— Il ne faut pas désespérer comme cela, m'sieur Chouvet... Par la suite, tout peut s'arranger... Attendons que Marcel m'ait envoyé sa première lettre !

— Et s'il n'écrit jamais?

— C'est impossible !

— Ça dépend... Si vous nous avez encore raconté des blagues ... en nous parlant de c'te femme mariée... Il n'y a peut-être pas plus de femme dans cette histoire de départ que de beurre en broche dans la rôtissoire d'un marchand de poulets.

— Oh ! m'sieur Chouvet...

— Quoi?... Quoi, m'sieur Chouvet... On a vu des choses, dans la vie... Il lui est seulement peut-être arrivé une sale histoire, à Marcel... Parce que, enfin, depuis quelque temps, il avait bien changé à tous les points de vue... Je me souviens, la dernière fois qu'il est venu chez nous, il avait l'air d'un fou, d'un piqué... Il ne tenait pas en place... On lui parlait blanc, il vous répondait noir... On lui causait noir, il répondait blanc.

— C'était cet amour qui lui tournait la tête, affirma Mme Hélin.

Alors Chouvet serra les poings et s'écria :

— Elle aurait bien mieux fait de lui f... la paix, cette garce-là !...

Chouvet se jeta sur son chapeau en disant :

— Oh ! et puis, pas la peine de parler de ça plus longtemps on finirait par dire trop de bêtises... On va s'en aller, nous, notre paquet de notre espoir en bouillie... Ça commence bien, mon métier de rentier... Ça promet... Allons, tu viens, ma femme?... Au revoir, Marguerite... ou adieu... Ça dépendra de ce qu'écrira votre fils et de la façon dont ma pauvre petite prendra la chose...

Chouvet entraîna sa femme, la fit passer devant lui, revint sur ses pas pour serrer la main à Mme Hélin en lui disant :

— Espérons toujours... Ça ne nous coûte rien.

— Oui ! espérons ! murmura la pauvre mère qui avait de bonnes raisons de désespérer.

IV

Dans le train qui l'emportait, Marcel Hélin, tassé dans son coin, le regard dans la lumière grise des vitres du wagon, sentait monter en soi une sorte de vague de désespoir qui l'anéantissait.

Où allait-il? Il avait pris son billet pour Bruxelles, mais pensait déjà à descendre en cours de route, puisque le train s'arrêtait à plusieurs stations.

Dans le Nord? Oui, c'est encore là qu'il serait plus à même de se cacher.

Dans un pays de charbonnage.

Conduire une machine au fond d'un puits, dans la nuit d'une mine... Se terrer au cœur du sol, y croupir, y vieillir, y crever comme une bête acculée là par une meute humaine, qu'il sentait à ses trousses.

Après le terrible réveil qu'il avait eu en constatant le résultat de la révolution morale qui faisait de lui, d'aspect, un demi-vieillard, il s'était cependant repris, peu à peu.

Ces cheveux blancs ne venaient-ils pas à son secours?

Ce bouleversement définitif de ses traits le rendait à peu près méconnaissable.

Cela lui rendit, avec un peu d'espoir, quelque courage.

Il avait quitté l'hôtel sans que le garçon se montrât surpris de le voir avec des cheveux de neige. A moitié endormi lorsqu'il avait conduit Marcel à sa chambre, l'homme n'avait certainement attaché aucune importance aux détails physiques de son client attardé.

Une fois dans la rue, Marcel Hélin, plus calme, se dirigea du côté de la rue de Dunkerque, où il avait, la veille, aperçu une boutique de fripier.

Il acheta une combinaison de toile bleue, rapiécée à souhait, un chandail, de gros souliers et une veste de cuir, le tout heureusement usagé, troqua son feutre contre une casquette, fit très soigneusement un paquet de ses vêtements propres, l'enferma dans un morceau de toile de tente que le marchand lui donna par-dessus le marché et déclara :

— Comme ça, Citroën est capable de me donner dix francs de plus par jour...

Ayant soldé sa dépense, il revint à la gare, prit son billet pour Bruxelles, et se dirigea vers les quais.

Un moment, il fut sur le point d'acheter un journal, mais il réfléchit qu'il pouvait se trahir à la lecture des détails, des constatations de la police.

Et puis, que lui importait ce qu'on pouvait dire, soupçonner, déduire dans les feuilles. Il savait, lui, et cela lui suffisait...

Il monta dans un compartiment de troisième classe, s'installa dans un coin, rabattit la visière de sa casquette sur ses yeux. Chaque fois qu'un nouveau compagnon s'installait près de lui, il le dévisageait... La peur du policier commençait à le hanter. Les regards de ses voisins se posant plus ou moins longuement sur lui, lui causaient une fugitive et douloureuse angoisse. Il se sentait pris de frissons.

Son sang se glaçait dans ses veines.

Pour un peu, il aurait laissé passer une plainte sur ses lèvres.

Jusqu'au départ du train, il grelotta de crainte.

Lorsque le contrôleur lui demanda son billet pour le poinçonner, il eut une demi-défaillance.

Quand le train eut franchi la limite des fortifications, Marcel Hélin essaya de dormir, mais il ne put y réussir. Alors, et presque à son corps défendant, il analysa naïvement ce qu'il ressentait. Il se trouvait dans un étrange état d'esprit. C'était comme si un autre homme se fût réfugié en lui.

Les terribles événements de la veille lui revenaient à l'esprit, sous une forme singulière, tour à tour imprécise, floue, nette, angoissante et suppliante.

A une crise de trouble torturant succédait une période de calme déconcertant, durant laquelle il envisageait froidement, paisiblement, la situation.

Son crime alors, semblait très loin de lui dans son souvenir. Il marchait allégrement vers une vie nouvelle dont il escomptait les attraits. Il éprouvait une sorte de réconfortant soulagement à penser qu'il ne souffrirait plus par cette femme...

Il poussa un dernier soupir et somnola...

A un ralentissement du train, il se pencha pour lire le nom de la station :

— Chantilly... On est déjà loin de Paris... Dans trois heures, j'aurai passé la frontière... Non, décidément, vaut mieux pas... Je m'arrêterai à Lens. Là, je me débrouillerai...

Pourquoi Lens, plutôt qu'Amiens ou Beauvais? L'enfer de la mine l'attirait.

Lorsqu'il sauta sur le quai de la gare de Lens, il se sentit plus léger...

Au moment de donner son billet, il hésita. Il confessa à l'employé :

— Je n'ai pas eu le temps de prendre mon billet à Paris... combien dois-je?

Il paya sans qu'on lui fît la moindre observation et sortit en ville.

Il s'orienta tant bien que mal et se porta sur la route du charbonnage.

Il faisait un froid vif qui le pénétrait douloureusement.

Une bise glacée lui cinglait la peau du visage et des mains qu'il ne réussissait pas à cacher tout à fait dans les manches de sa veste doublée d'un léger molleton de laine.

Il marchait d'un pas allongé, le regard à l'affût derrière la grille des cils se rejoignant dans un perpétuel plissement des paupières.

Une sorte de frénésie le poussait aux épaules vers la cité noire, au-dessus de laquelle planaient, lourdes et basses, les fumées des cokeries en plein travail.

Au long des routes, aux bas-côtés encore encombrés çà et là, de tas de briques et de moellons noircis, de ferrailles tordues par l'incendie de la guerre, il allait allégrement, s'arrêtant de temps en temps pour jeter derrière lui un regard soudainement inquiet, mais qui se rassérénait tout de suite. Il était seul sur le grand chemin dont la poussière grise s'éparpillait en vagues basses autour de lui et s'abattait en pluie pulvérisée sur les champs de betteraves ou sur les labours encore lourds.

Où allait-il? Il n'en savait rien. Au petit bonheur.

Après avoir marché une grande demi-heure, il rencontra des hommes aux visages sombres, qui lui firent un geste de la tête d'avant en arrière, sorte de signe de bienvenue.

Alors, il questionna l'un d'eux :

On embauche sur les carreaux?

L'homme un grand gaillard, au masque glabre, taillé en hercule répondit :

— A la fosse, oui... On manque de herseurs... tout droit devant toi...

Il remercia, reprit la route.

Un quart d'heure après, un chef porion lui déclarait :

— C'est plein chez nous... manque seulement des hommes de fond... aux écuries... Seulement, c'est dur, si tu n'as pas l'habitude.

— On se fait à tout quand il faut gagner sa vie...

Il se dirigea vers les bureaux qu'on lui indiqua et qui se trouvaient isolés au milieu d'un vaste corps de bâtiment où haletaient les machines. Mais, au moment d'entrer dans l'étroite cage aux flancs garnis de vitres, dans laquelle se tenaient le maître porion et ses commis d'écritures, il parut hésiter. On allait lui demander son nom, son livret militaire, des pièces d'identité, peut-être? Ah ! non, pas ça ! Il fut sur le point de faire demi-tour. Mais il se ravisa.

— S'ils exigent des papiers, je leur répondrai que je les ai laissés à Paris... ou que je vais les recevoir... Enfin, entrons toujours... On verra bien après...

Il frappa à la porte du petit réduit. Une voix cria :

— Entrez !

Il pénétra dans la cage de verre. Un vieillard lui fit signe d'approcher et questionna :

— C'est pourquoi?

— On m'a dit qu'on avait besoin d'hommes pour le fond.

— Qu'est-ce que tu fais de ton métier?

— Un peu de tout. En dernier lieu, j'étais charretier dans une ferme à Leuvin... S'il y a des chevaux à soigner, ça me va... Et il doit y en avoir dans la mine.

L'homme vint à celui qui devait être le chef, lui parla à l'oreille, non par discrétion, mais parce que le bruit assourdissant que faisaient les monstres d'acier en plein travail dévorait les paroles jetées à distance.

Le chef-porion cligna des paupières pour détailler le nouvel arrivant, hocha la tête, haussa les épaules. Marcel espéra qu'il disait au vieux commis : « Si tu veux. »

L'homme vint rejoindre Marcel Hélin et lui annonça :

— Pour toi, nous n'avons qu'une place de garde d'écurie, au fond... Ce sera quinze francs par jour, prime comprise.

Hélin fit, de la tête, signe qu'il acceptait et mâchonna :

— Quinze francs, ça vaut toujours mieux que rien.

Alors l'homme prit une fiche, demanda nom, prénoms, date de naissance.

— Hélin répondit d'une voix qui tremblait un peu :

— Eline... l-i-ne, Jean-Baptiste, 18 mars 78.

L'homme le dévisagea. Avec ses cheveux blancs, ses traits ravagés, Marcel en paraissait bien cinquante-cinq. Il crut bon d'ajouter :

— Mes cheveux, c'est pendant la guerre qu'ils sont devenus comme ça... Dans une sape où je suis resté quatre jours à moitié crevé.

L'homme n'en demanda pas davantage.

Il fit signer Hélin qui traça gauchement son nom sur la carte maculée de poussière noire.

L'homme, après avoir fait disparaître la fiche dans un classeur, vint rejoindre le nouveau, le prit par le bras.

— Viens avec moi... Tu commenceras demain...

Il conduisit Marcel à travers un dédale de salles basses et empuantées de relents d'huile rance, de senteurs fades de charbon, jusqu'au bureau des matriculations, puis au contrôle.

Ils revinrent dans l'enfer des machines, jusqu'au trou béant que bouchait à cette heure la benne de descente.

— T'auras qu'à être là, demain matin à quatre heures. Je t'attendrai. Jusqu'à ce soir, tu es libre. A partir de demain, ce sera l'enfer.

V

Lorsqu'il se retrouva sur la route, Marcel aspira plusieurs longues goulées d'air.

La sensation d'étouffement qu'il avait ressentie, en traversant ces lieux sinistres où la misère du labeur souterrain s'affirmait de façon presque hallucinante se calma peu à peu.

Il consulta sa montre. Il était près de midi.

Qu'allait-il faire jusqu'au lendemain? Quelques légers tiraillements d'estomac lui conseillèrent :

— Manger d'abord...

Oui, manger et puis chercher un gîte. Il faut toujours bien coucher quelque part, même lorsqu'on est un criminel.

Il s'orienta.

A sa droite, la grande route de Lens s'amorçait au cœur d'un véritable fouillis de houille.

Son regard s'arrêta sur une bicoque construite en briques, au fronton de laquelle pendait une loque décolorée qui avait été un drapeau.

Un épais brouillard étant tombé du ciel d'encre pâlie, la fenêtre et les vitres de la porte laissaient filtrer une lumière jaunâtre que répandaient chichement quelques lampes électriques aux filaments usagés. Il s'approcha, jeta un coup d'œil dans l'intérieur de la maisonnette. C'était un débit de boissons comme on en trouve tous les dix pas dans les centres miniers.

Il poussa timidement la porte, entra en se coulant contre le chambranle, salua de la main gauche la tenancière qui tricotait un chandail derrière le minuscule zinc sur lequel traînaient des verres maculés, deux chopines.

Une forte odeur de choux mijotant, lui pénétra l'arrière-gorge.

Il demanda presque honteusement :

— Est-ce que vous donnez à manger?

La femme, une gaillarde d'une quarantaine d'années, le toisa d'un regard un peu méprisant et répondit avec un fort accent d'Auvergne :

— Je crois que ça se sait dans le pays...

Il s'excusa :

— C'est que moi, c'est la première fois que je viens par ici...

— Vous cherchez de l'embauche à la mine?

— J'en ai trouvé. Je commence demain matin...

Le visage de la femme s'éclaira d'un semblant de sourire. Elle annonça :

— J'ai du salé aux choux, des lentilles et des endives en salade. Pour le salé, faudra attendre un peu, il n'est pas encore à point.

Marcel Hélin s'assit à l'une des dix tables qui meublaient la salle commune.

— Qu'est-ce que vous prendrez avant le manger?

Il répondit d'une voix pauvre et flûtée :

— Je ne sais pas trop...

— Je n'ai que des amers et de l'anis Pernier... L'anis s'est plus cher, mais il y en a davantage... Je vais vous en donner un...

Il approuva de la tête. Il n'avait aucune préférence.

Il dit, lorsque la femme vint poser le verre de poison devant lui :

— Pourvu que ça réchauffe.

La tenancière crut bon de partir d'un gros rire et dit :

— Ça secoue le sang !... Fait pas chaud aujourd'hui. L'hiver s'annonce plus rude que l'année dernière. Tant mieux, l'été sera meilleur. Et à part ça, vous venez d'où ça?

— De Liévin.

— Vous êtes hercheur?

— Non... je suis mécanicien... c'est-à-dire non, pas mécanicien précisément. J'ai conduit une batteuse, puis j'ai fait un peu de tout dans une ferme, à Linoy, un tout petit patelin.

— Je connais pas.

Il mâchonna :

— Tant mieux.

La femme reprit.

— Qu'est-ce que vous allez faire à la mine?

— Au fond... garde d'écurie. Je m'y connais...

L'aubergiste fit la moue.

— Je vous souhaite du bonheur... La relève tous les cinq jours et tout ce temps vivre dans le crottin et la pisse de cheval... Ah ! ça ne fait rien, ceux qui à Paris se chauffent bien tranquillement au coin de leur feu ne se doutent pas de la vie qu'est faite aux gens de la mine... S'ils s'en doutaient, ils ne gueuleraient pas tant sur la cherté du charbon... Enfin ! faut bien qu'il y ait des pauvres et des riches, des heureux et des guignards... Pas vrai?...

— Très juste...

Marcel avala une gorgée de sa consommation. C'était la première qu'il buvait de ce tord-boyau. Il eut un petit frisson.

— Bon Dieu ! c'est fort...

Il absorba une seconde lampée, remit un peu d'eau, après quoi, il s'informa :

— Je pourrai coucher, ce soir?

— Oui. J'ai une Adrian pour les passagers. Je prends trente sous la nuit, sans la goutte le matin. Avec la goutte, le café et une tranche de pain, c'est quarante-cinq sous, mais il y a de quoi boire...

— Je coucherai ce soir et les jours de relève...

— Entendu... Bonjour Confiture !... A part ça !

Un mineur venait d'entrer. Court sur jambes avec des épaules de lutteur et un estomac dilaté qui lui tombait dans le ventre, l'homme rejeta en arrière la loque qui lui servait de casquette et commanda en se tassant dans la bouche une pincée de tabac :

— A part ça, ce sera une anis gentiane.

— Ça fait la troisième... Je dis cela sans reproche.

— Et puis après?... Y a que ça qui me désaltère... C'est vrai, c'te N... de D... de poussière d'anthracite ça ne veut pas se délayer. J'ai le gosier, c'est comme une vraie cheminée de paquebot. Je parie que j'ai le tube noir comme un fourreau de parapluie. Pas vrai, camarade syndiqué, conscient et organisé, poil au nez?

Il venait de s'adresser à Marcel qui se força à rire et mâchonna :

— Il y a de quoi !

Alors, l'homme le dévisagea tout en se jetant la moitié du verre d'anis dans la gorge et dit :

— T'es nouveau, toi, dans le pat'lin?...

— Arrivé de ce matin.

— Encore un qui vient chez les foutus de Lens... T'as de la santé de te faire embaucher par ici. Faut avoir tué père et mère pour venir chez nous... mais, faut pas s'en faire, le mois prochain, vont voir un peu ! Faudra la faire cracher la machine à papier... Moi, je veux vingt-deux balles... à cause de la vie chère...

— Vous n'avez qu'à ne pas être si gourmand, fit la tenancière en se donnant une vigoureuse tape à l'endroit de l'estomac.

— T'en fais pas, la mère, on les aura !... et plus vite que les boches ! Qu'est-ce qu'il y a à bouffer?

— Du salé.

— Ça colle !... C'est vrai, quoi, après tout, mince, on est des hommes comme les autres... Moi, je veux mon dû...

— J'ai reçu des confitures d'abricot, annonça Mme Turlan.

— Vous en faites pas pour les abricots !... On les bouffera... n'avaient qu'à pas nous laisser pourrir pendant quatre ans dans les tranchées... On y aurait pas pris goût aux confitures ! Pas vrai, camarade?

Marcel approuva d'un clin d'œil.

— M'ame Turlan, passez-nous donc deux anis et pis vous, prenez quéqu'chose. Pas, camarade?... C'est pas que tu seras obligé de payer ta tournée après moi... Mais moi, je m'en fous ! C'est repos, aujourd'hui, alors je bois un coup ! Mince alors quoi, si on n'a même plus le droit de boire à sa soif quand on a de la poudrette jusque dans les boyaux, alors, qu'est-ce qu'ils foutent à Moscou... Oh ! et puis à Moscou c'est comme ailleurs. C'est toujours le gros qui bouffera le petit ! Faut pas s'en faire, vu que la guerre elle sera toujours la guerre, même la sociale... et les peuples toujours des poires ! A ta santé, vieux ! Bois ça... Ça te préparera les voies pour la poussière !... Va donc ! Quand on est saoul on rigole !

Marcel Hélin vida son verre d'un trait et commanda une autre tournée.

L'homme partit d'un grand éclat de rire, lui donna une bourrade dans la poitrine et déclara :

— Alors, toi, tu me plais... T'as un physique qui me revient... Tiens v'là Fou-d'Amour !

Un grand diable qui n'en finissait plus venait d'entrer, légèrement titubant, l'œil farouche, la face pâle, les lèvres violacées.

Il s'affala sur une chaise.

Mme Turlan se précipita et questionna :

— Qu'est-ce qu'il y a encore d'arrivé?

L'homme leva sur elle ses yeux d'un bleu si pâle qu'ils en paraissaient blancs. Tour à tour, sa bouche fut fendue par un sourire et par une grimace. Comme il allait parler, un hoquet lui coupa la parole. Il prit un temps, se frotta énergiquement l'estomac et dit :

— Je viens d'en f... un bon coup au boche... Je l'ai balanstiqué dans la mare aux pierrots...

— Vous êtes fou?

— Moi?... non...

— Ou saoul !

— Non, pas trop... Mais quand j'ai bu un coup de trop ou un coup de moins, je peux pas le voir ce saligaud-là !...

Le boche, c'était un Allemand, fait prisonnier en 1917 et qui n'avait pas voulu retourner chez lui à cause qu'il avait eu une liaison pendant l'occupation avec une fille du pays à laquelle il avait fait deux enfants...

Fou-d'Amour crut nécessaire d'ajouter :

— Et ce qui me dégoûte, c'est qu'on peut lui dire ou lui faire ce qu'on veut à ce veau-là, il répond rien... Rien !... c'est pas un homme, c'est un boche !...

Juste comme Fou-d'Amour achevait de prononcer ces mots, la porte de l'estaminet fut ouverte à la volée. Une femme surgit... L'œil mauvais, les traits convulsés, elle marcha sur Fou-d'Amour, saisit une carafe et la lui brisa sur la face. Le sang jaillit. La femme se planta devant l'homme, les poings sur les hanches. On se précipita entre eux. La femme Turlan cria au secours. Confiture et Marcel maintinrent Fou-d'Amour qui voulait s'élancer sur la femme. Celle-ci fit un pas en arrière, tira un revolver de son corsage, le braqua sur l'agresseur du boche et hurla :

— Fais un pas, je te brûle... Grande saleté !... Qu'est-ce qu'il t'a fait mon boche, comme tu dis, hein?... Qu'est-ce que tu peux lui reprocher?... La première fois que tu tapes dessus, je te descends, comme un rat de mine que tu es...

La femme Turlan revenue de son émotion s'interposa :

— Allons... allons, Baptistine... pas de vilain chez moi...

Baptistine la repoussa d'une ruade en gueulant :

— Vous en faites donc pas, ni pour vous, ni pour moi... Je veux pas ameuter le monde... Je veux seulement lui dire son fait à ce grand salaud-là !... Oui, salaud !... Il y a des choses que personne ne connaît et que je veux qu'on sache... T'es un propre à rien... un bon à tout... On a été élevés ensemble... Il m'a jamais touchée jusqu'à la guerre... Il a foutu son camp au front, comme tout le monde... On a occupé chez nous... Je me suis donnée à un pauvre type, à *mon* boche, oui, qu'est un homme autrement que toi, qui m'a aimée... Pis, l'armistice est venu, le père de mes gosses a été fait prisonnier... T'es revenu, toi, avec tes grands airs... Tu m'as eue un soir, des soirs quoi, la paix est arrivée, mes parents ont retrouvé de la morale pour me reprocher ma faute et que j'étais malheureuse. Tu m'as conté des histoires, des belles phrases... Avec toi, c'était le paradis au coron... Et puis, le boche est revenu tout penaud pour faire son devoir... T'as voulu que je le quitte... Eh bien, non... Toi, je t'aimais bien... mais lui, je l'aimais parce que lui il m'avait eue vierge et que c'est que le premier amour qui compte dans notre vie de femme. T'entends, salaud !... Et parce que j'ai pas voulu me conduire comme une crosse vis-à-vis du père de mes deux gosses, surtout vis-à-vis de mon premier, ça... ça !... ça a voulu lever... Ça a levé la main sur moi... Ça m'a pris à la gorge... Ça a voulu m'étrangler... Ça m'a laissée pour morte dans le bois des Cros... Salaud !... Alors que ça aurait dû m'être reconnaissant de m'être donnée... de lui avoir fait éprouver du plaisir... Salaud ! Salaud ! Et maintenant, ça veut tuer le père de mes gosses ?... La première fois que t'y touches, tu entends, je te descends... six balles dans la peau... Et là-dessus motus, et bonsoir... ou bonjour !...

Baptistine cacha son revolver dans son sein, demanda un verre de blanc, le but d'un trait, jeta dix sous sur le zinc et sortit en claquant la porte.

Fou-d'Amour, écrasé sur son tabouret, se débarbouillait le visage balafré d'un grand trait rouge qui saignait abondamment.

Confiture, en vidant son verre, avoua que « ça l'avait désaoulé »... et Marcel, lui, assis, effondré dans son coin, avait laissé tomber son front sur ses mains croisées sur la table...

Mme Turlan, en donnant un coup de torchon au comptoir, déclara que ces scènes-là, elle n'en voulait pas chez elle...

Confiture, en clignant de l'œil, désigna son verre et dit :

— Avec tout ça, je serai jamais saoul pour ce soir... Remettez-nous le truc, la patronne, mais léger, pour pas vous causer d'ennuis.

La tenancière emplit les verres.

Marcel, lui, pleurait silencieusement. Ce qu'il venait d'entendre avait ravivé en lui tout ce qui vivait encore de l'affreux drame de la veille... C'était, à peu de chose près, son histoire, sa lamentable aventure que Baptistine venait d'évoquer... Il se prit à sangloter...

Mme Turlan, Confiture et Fou-d'Amour se retournèrent sur lui...

Leurs regards pesèrent sur le pauvre diable au point qu'il en sentit tout le poids et se redressa d'un coup de reins.

Confiture lui jeta à voix basse :

— Ça te rappelle quelque chose, à toi?

Marcel essuya ses yeux d'un revers de main, haussa les épaules et mâchonna :

— Tout rappelle toujours quelque chose !...

Des hommes aux traits maculés de poussière noire entrèrent à ce moment, silencieux et pressés, s'installèrent à leurs places accoutumées.

L'aubergiste se pencha sur Marcel et questionna :

— Vous ne mangez pas tout de suite?

— Oh ! non, j'ai le temps... maintenant.

Il appuya sur ce dernier mot. La porte qui, quelques heures avant son entrée chez la Turlan, s'était ouverte pour lui sur l'oubli venait de se refermer brutalement.

Il se leva d'un élan, sortit, fit lentement les cent pas devant la porte du traiteur en se lamentant :

— Quelle vie !...

Un flux de larmes qu'il ne réussit pas à refouler monta à ses yeux.

Alors comme des gens passaient sur la route et qu'il voulait cacher son remords et sa peine, il se jeta dans une ruelle qui longeait la bâtisse des Turlan et qui aboutissait à la plaine immense et nue sur laquelle le brouillard faisait jouer ses volutes de fumées tristes et lourdes...

Il marcha, vraiment au hasard, gagnant les labours dans l'humus desquels il s'aventura en direction d'un boqueteau qui dressait vers le ciel gris et sale les branchages maigrelets de sa centaine d'arbres.

Et, tout soudain, il se laissa choir sur un tas de feuilles mortes, s'accota au pied d'un bouleau, les mains jointes, le torse plié en deux.

Et il se prit à monologuer :

— Et ça va être cette vie-là tout le temps... Jusqu'à toujours... Jusqu'au bout... Non... Pas possible... Pourrai pas !...

Des larmes roulèrent sur ses joues...

Il ne pleurait pas au terme précis du mot : c'était son âme qui fondait, peu à peu...

Un sifflet de locomotive, lointain et prolongé, lugubre comme un appel de désespéré, le fit tressaillir...

Il mâchonna :

— Vite fait, si je voulais... Oui... Le quai de la gare... Le train qui passe... pouff !... Plus rien... La grande paix... A vingt-huit ans !...

Et il sanglota :

— Ma pauvre maman !... Pour elle, je ne peux pas ! Je ne peux pas !... Oh ! mon Dieu !... Si l'on retrouvait mon cadavre... Pauvre femme !... C'est une mère !...

Comme arraché à son rêve sinistre par le grand souffle de la vie, il bégaya :

— Vivre !... oui... vivre !... Comme on y tient... Et que c'est souvent si triste !...

Et tout, autour de lui, prit fictivement un autre aspect...

En quelques secondes il revécut tout son passé.

Le premier souvenir, très vague... Cinq ans, six ans... Du soleil, un coin de cour... des poules... un gros chien... Oua ! Oua !... Un très gros chien... Et puis un autre bébé : avec une robe rose... très rose avec du soleil autour...

Il laissa glisser sur ses lèvres :

— Ah ! oui !... Juliette... Juliette Chauvet... Pauv' gosse !...

A cette minute si grave, si dramatique de sa vie, la petite Juliette était comme un rayo nde lumière venant illuminer, réchauffer son pauvre cœur ulcéré.

Jamais encore ces souvenirs de prime enfance ne s'étaient révélés à lui sous une forme plus tendre, plus attendrissante.

Des bouffées de regrets imprécis lui montaient à l'âme.

Et le souvenir de Juliette, des Chouvet, fit place à celui de sa mère.

— Pauvre femme, quelle nuit elle a dû passer !... Quels jours va-t-elle vivre !...

Il se dressa d'un élan en mâchonnant :

— Oui, oui... Paris !... me constituer prisonnier... après tout, je ne suis pas un vulgaire assassin... Crime passionnel !... On les excuse... On en a acquitté qui étaient plus coupables que moi, dont le forfait était plus monstrueux. Oui, je vais regagner Paris. Autrement quelle sera ma vie? Une vie de fuite... Une dramatique partie de cache-cache avec la police... Une vie abominable au fond de cette mine, dans cette nuit atroce. Allons, il n'y a pas à hésiter... Je partirai ce soir...

La décision qu'il venait de prendre lui rendit quelques forces.

Ce fut d'un pas plus allègre qu'il regagna l'estaminet.

La mine presque réjouie, il pénétra dans la salle commune, s'installa à une table où Confiture et Fou-d'Amour avaient déjà pris place, commanda son repas. Mais au moment de toucher aux mets qu'on plaça devant lui un nouvel accablement le faucha. Il avait la gorge serrée comme dans un étau.

Il but coup sur coup deux verres de vin, absorba quelques cuillerées de soupe et repoussa son assiette.

— Ça ne veut pas passer, hein? questionna Confiture en le couvant d'un regard aigu.

Il fit non de la main.

— Malade, quoi?...

Il haussa les épaules et répondit le regard mort :

— Non, autre chose... ça passera...

— Avec le temps? fit sournoisement le mineur.

— Peut-être bien... A propos, à quelle heure y a-t-il un train pour Paris?

— Ah ! ce n'est pas ce qui manque... T'en as un à trois heures, un autre à cinq heures vingt-trois et l'express vers six heures et demie... Mais je croyais que tu t'étais fait embaucher à la mine... C'était pas la peine si tu pars à Paris. Maintenant, tu crois peut-être que t'y trouveras quelque chose de mieux... T'auras pas de peine...

Comme on plaçait devant lui une portion de petit salé, il la refusa en expliquant qu'il était mal à son aise.

— Ça doit être ces apéritifs que j'ai bu... Quand on n'a pas l'habitude.

Il sentit que le regard de Confiture restait en arrêt sur ses mains. Il les cacha dans les poches de son pantalon. Elles le trahissaient par leur blancheur sans doute.

Confiture grommela avec un énigmatique rictus au coin des lèvres :

— Ça ne t'a pas trop écorché les doigts, le travail de la batteuse... Ou alors, c'est que t'es soigné de ta personne.

Marcel Hélin ne répondit rien, ferma les yeux.

La patronne, à l'arrivée de deux nouveaux clients, s'approcha de Marcel et dit :

— Si vous ne mangez pas, il vaut mieux vous tenir au comptoir et ne gêner personne... Je n'ai déjà pas trop de places...

Il se leva, ramassa son baluchon et vint s'accouder au comptoir où il se fit servir un café arrosé de rhum.

Fou-d'Amour se pencha vers Confiture et dit, très bas :

— Pour moi, c'est couru, c'est un type qu'aura fait un sale coup...

Confiture approuva.

Marcel paya sa consommation, prit son paquet et se disposa à sortir.

Alors la patronne questionna du bout de la salle :

— Faudra-t-il, quand même, vous retenir votre place dans l'Adrian?

— Je vous dirai cela tout à l'heure, je vais faire un tour...

Il sortit précipitamment, se lança sur la grand'route à longs pas.

Il marchait tête baissée, face au vent qui s'était levé et soufflait maintenant en vagues pressées, par longues rafales. Marcel ne sentait pas le froid le pénétrer jusqu'aux moelles. Une fièvre intense le dévorait...

Une impatience faisait jouer ses muscles raidis comme des filins d'acier.

Il marcha ainsi une grande heure, sans avoir conscience du chemin parcouru. Lorsque, presque à bout de forces, il s'arrêta soudain et leva les yeux, il constata qu'il était en rase campagne. Sur sa droite, assez loin, Lens s'apercevait dans une sorte d'auréole de fumée rougeâtre d'incendie apaisé.

Il fit demi-tour, reprit le chemin parcouru. Et puis, soudain, il se laissa tomber sur une borne kilométrique, paralysé de découragement. L'effort qu'il venait de faire l'avait brisé.

Il grelottait.

— Autant crever là !... De toute façon ma vie est finie... on ne se relève pas d'un coup pareil. Je ne suis pas de ceux qui se tirent d'un mauvais pas.

Il se laissa glisser en boule dans le labour qui se trouvait derrière lui et dont la nappe sombre fuyait à perte de vue vers l'horizon de grisaille...

Comme le vent s'apaisait, une pluie fine commença de tomber.

Au bout d'une grande heure d'affalement il eut un frisson qui lui secoua les chairs par tout le corps. Du froid, de la glace coulait dans ses veines. La bête humaine reprit le dessus, eut raison de l'homme. Il sentit que s'il restait là, il risquait d'attraper la mort.

Il se releva, jeta son paquet de hardes sur son épaule et reprit la route des mines...

Il n'avait plus maintenant le courage de repartir, de gagner Paris.

Il n'avait plus aucun courage.

Il mâchonna :

— S'ils tiennent à me mettre le grappin dessus, ils n'ont qu'à venir me chercher...

Il refit, en se traînant, le chemin parcouru.

Comme il venait de franchir les premières maisons du coron, une voix lui cria :

— Alors? Ça va-t-il mieux?

Il leva les yeux, aperçut la femme Turlan, les poings aux hanches sur le pas de sa porte.

— Tiens, oui, fit-il, un café...

Il entra dans l'estaminet, désert maintenant, se laissa crouler sur un tabouret.

— D'où que vous venez, comme ça? questionna la tenancière.

Il fit un grand geste dans la direction de la campagne :

— Prendre l'air... tuer le temps...

Après avoir déposé devant lui un bol de café bouillant, la Turlan s'assit devant lui, s'accouda à la table et dit :

— Ça ne va donc pas du tout... Je vous dis ça, c'est par intérêt... Il y a des gens, comme ça, qui vous sont sympathiques tout de suite.

Il remercia d'un sourire et dit, dans un murmure :

— Non... pas trop... Ça ne va pas trop... Et puis, j'ai froid...

— Approchez-vous du poêle !... On n'a pas idée de déambuler comme ça par un temps pareil... C'est des coups à attraper la crève...

— Ah ! si je pouvais crever, allez, je serais bien débarrassé... Pour ce que je fais sur terre et ce que je ferai jamais !...

— Ah ! on a chacun ses misères... Mais il faut éviter de se laisser abattre... Vient toujours un moment où on a son tour de chance ; s'agit seulement de savoir en profiter et c'est le plus dur bien souvent... Buvez votre jus pendant qu'il est chaud... Je vais vous mettre un peu de raide dedans, ça remonte, à condition de ne pas en prendre trop...

La femme alla chercher une bouteille qu'elle cachait au fond d'un placard de sa cuisine, expliqua que c'était le sien et qu'elle n'en donnait qu'aux amis. Non pas à cause du prix mais parce qu'elle n'en avait que juste son compte pour son année.

— Et puis vous ne savez pas ce que vous devriez faire quand vous aurez bu ça? Vous coucher. J'ai un cabinet de libre au premier, avec un bon lit... C'est pas luxueux, mais le matelas est fameux et il y a une cheminée... c'est pas le charbon qui manque, je peux vous faire un bon feu... Je vous demanderai même pas la permission. Laissez-vous faire, allez... Une fois n'est pas coutume... Mais vous devriez chercher un autre emploi que celui que vous avez trouvé, c'est pas un métier pour vous... Je sens bien que vous n'êtes pas un homme comme les autres de par ici... Ça se voit tout de suite...

Marcel venait de boire sa dernière gorgée de café.

Une bonne chaleur le pénétrait tout entier.

La femme Turlan le saisit par la manche de sa veste de cuir.

— Allons, venez... Demain, il n'y paraîtra plus...

Il n'opposa aucune résistance et monta devant la tenancière l'étroit escalier qui conduisait aux chambres.

La femme Turlan ouvrit une porte, fit passer Marcel.

— Voilà l'affaire... C'est pas grand, mais pour un homme seul c'est bien tout ce qu'il faut... Je vais vous allumer le feu... Il n'y a qu'à mettre une allumette. Je le prépare toujours d'avance...

Presque tout de suite, une grande flamme monta dans l'âtre, jetant en la chambre une clarté gaie...

— Là, le voilà pris... vous n'aurez qu'à lever la trappe quand ça ronflera. C'est du flambant... Ça brûle comme de l'amadou... Je reviendrai tout à l'heure avec une boule d'eau chaude.

Alors Marcel s'excusa. Il était honteux de lui donner tant de mal.

— On sait ce que c'est que l'ennui...

Elle lui serra la main et se retira, fermant tout doucement la porte derrière elle.

Sitôt seul, Marcel se dévêtit en hâte, fit sa couverture.

Comme le feu était pris, il leva le rideau de la cheminée.

Une claque de chaleur lui brûla le visage. Il se précipita vers le lit, se coula entre les draps, se mit en boule, joignit les mains sous sa tête et poussa un gros soupir.

Une volupté sans mélange l'engourdit peu à peu et il s'endormit d'un sommeil de brute effondrée.

VI

En quittant Mme Hélin, les Chouvet, tête basse, tout à la peine que venait de leur faire éprouver le récit de la pauvre mère suppliciée, gagnèrent la rue Dareau, tournèrent à droite dans l'avenue de Montsouris.

Au moment de pénétrer dans le petit café où les attendait leur fille, Chouvet questionna :

— C'est-y toi ou moi qui vais parler à Juliette?

Douloureusement résignée, Mme Chouvet répondit :

— Ce sera comme tu voudras... mais je crois bien que pour l'instant, il vaut mieux que ce soit toi...

— C'est bien... Du moment que tu crois que ça vaut mieux, je vais lui parler...

— Qu'est-ce que tu vas lui dire?

— Ce qui me viendra bien sûr... Allons, entrons...

En les apercevant, Juliette se prit à sourire. Mais, tout de suite, ses traits se contractèrent.

Lorsque son père et sa mère se furent assis, lui devant elle, elle à sa gauche, elle questionna sourdement :

— Il n'a pas dit oui?

— D'abord on ne l'a pas vu... et pour cause... Il est en voyage... Faut bien qu'il fasse ses affaires, ce garçon... Tout le monde n'est pas rentier... Tu as l'air de me regarder, là... Oui, Marcel est en voyage... Sa mère ne sait même pas au juste quand il reviendra... Les voyages comme ça on sait toujours quand ça commence et jamais quand ça finit... Il prendra son temps.

Le regard de Juliette s'assombrit.

Elle interrogea timidement :

— Et où est-il?

— Pas en France, bien sûr, puisque je te dis loin... très loin...

Mme Chouvet crut bon de venir au secours de son mari.

Elle embrassa sa fille et dit :

— Il ne faut surtout pas te faire des idées... Il est en Amérique ou en Angleterre... Je crois que c'est en Angleterre pour l'instant... Tu comprends, ma fille, il faut que Marcel se fasse une position...

— Il aurait pu se la faire à Paris...

— A Paris !... à Paris ! s'exclama Chouvet, voilà que tu vas comme toujours vouloir faire tes quatre volontés !... S'il ne l'a pas faite à Paris c'est que ça ne lui a pas plu... Un point, c'est tout... Chacun est libre...

— Et qu'a dit sa mère?

— Comment, ce qu'elle a dit? bredouilla Chouvet... mais rien. Qu'est-ce que tu veux qu'elle dise, cette femme... Elle a été contente... Elle ne s'attendait pas à notre visite. On a bu un verre de vin blanc tout en parlant. Elle nous est bien reconnaissante d'avoir pensé à son fils pour toi. Elle va lui écrire la nouvelle... Il répondra, ce garçon, et comme ça on saura à quoi s'en tenir... Il a beaucoup d'amitié pour nous... C'est une bonne petite nature... L'affaire est dans le sac... Seulement, il faut que tu aies un peu de patience... Paris ne s'est pas fait en un jour... Ah ! et maintenant on va regagner Montmartre...

Il appela le garçon, paya les consommations auxquelles ils avaient à peine touché, se leva et gagna précipitamment la porte en criant aux deux femmes :

— Vous venez?

— Oui, oui, un instant, fit Mme Chouvet... Rien ne nous presse.

Chouvet revint à sa place.

— Tu comprends bien, ma fille, dit Mme Chouvet en cherchant ses mots, que nous ne pouvions pas faire mieux... Nous ne pouvions pas nous douter que Marcel n'était plus à Paris... Il ne t'avait rien dit, à toi, la dernière fois qu'il est venu à la maison?

Juliette balbutia :

— Non, rien... Il m'a paru seulement un peu plus triste que d'habitude.

— Pas triste, mais préoccupé...

— Oui, c'est ce que j'ai voulu dire...

Juliette poussa un gros soupir et dit :

— Papa a raison... Il vaut mieux rentrer... On sera mieux chez nous pour parler de tout ça...

Cette fois ce fut elle qui donna le signal du départ.

— Si on prenait une voiture? proposa Chouvet.

— Oh ! oui, c'est cela ! fit Juliette avec un empressement marqué...

Chouvet arrêta un taxi. Ils s'y engouffrèrent.

Durant le trajet, Juliette ne dit pas un mot. Elle avait le regard très loin et soupirait de temps en temps. Mme Chouvet hochait la tête en mâchonnant :

— Ça va être bien de la peine pour tout le monde.

Une fois le seuil de leur appartement franchi, Juliette se précipita dans sa chambre, s'écroula sur un fauteuil, s'enfonça les poings dans les yeux et se prit à sangloter, en se plaignant.

Chouvet, lui, s'enferma dans la salle à manger.

Près de sa fille, Mme Chouvet essayait de la raisonner.

C'était ridicule de se mettre sans motif dans des états pareils. Elle n'était plus une gamine. Mme Hélin n'avait pas dit non. Quant à Marcel, il dirait certainement oui.

— Et puis, ce qui arrive est un peu de ta faute. Tu n'avais qu'à te prononcer plus tôt... C'est vrai. Tu surprends tout le monde et puis, tu es toute étonnée que les choses n'aillent pas comme tu le désires...

Juliette coupa la parole à sa mère.

— Oui !... Oui, maman, tu as raison... C'est moi qui suis fautive... Seulement vous feriez bien mieux de me dire la vérité...

— La vérité?

— Mais oui...

— Mais quelle vérité veux-tu que nous te disions?

— Que Marcel ne m'aime pas...

— Nous n'en savons rien...

— Ou qu'il n'est pas libre... Oui, c'est cela, qu'il n'est pas libre... Et qu'il en aime une autre.

— Qu'est-ce que tu vas chercher là !... Mais tu te trompes... tu te trompes tout à fait... Marcel t'aime beaucoup... Sa mère nous le disait encore tout à l'heure...

Impatientée, Juliette s'écria :

— Et puis ne parlons plus de ça... Où est-il, Marcel? Je vais lui écrire...

— Où il est?

— Oui...

— Sa mère, elle-même, n'en sait rien...

— Comment, elle n'en sait rien? Alors il est parti de France, comme ça, sans rien dire à sa mère...

— Il doit lui écrire... Aie un peu de patience... Sitôt qu'elle aura reçu une lettre, elle nous avertira. Ça, elle l'a promis.

— En ce cas, attendons.

— Voilà, attendons... C'est ce que ton père a dit du reste... et il ne parle jamais à la légère... Et là-dessus nous allons déjeuner.

— C'est ça, maman, mettons-nous toujours à table, ça le fera peut-être revenir.

Juliette ôta son chapeau qu'elle jeta, avec son manteau, sur le lit.

Et comme sa mère la prenait contre son cœur pour l'embrasser, elle la repoussa doucement en la suppliant de la « laisser tranquille ».

Et elle s'échappa en disant :

— Je vais aider Julie à mettre le couvert, ça me distraira...

Réunis dans leur chambre, M. et Mme Chouvet échangèrent à voix basse leurs impressions.

— Qu'est-ce que tu en dis, toi, Monsieur Chouvet?

— J'en dis que, pas tout de suite, évidemment, mais dans huit jours, une quinzaine au plus, nous ferons bien de lui dire toute la vérité...

— Il n'y a rien à espérer du côté de Marcel, c'est ton avis?

— Rien... Pour moi, il est parti avec sa femme mariée...

— J'ai pensé cela... moi aussi... Mais alors, Juliette?

— Juliette? Eh bien, elle fera comme les camarades... Elle se consolera avec un autre... Il nous faut simplement lui donner le temps d'oublier Marcel... Après, nous serons tranquilles... Un mari de perdu, dix de retrouvés... T'en fais donc pas, va... Je regrette seulement d'avoir été faire l'idiot chez Marguerite. J'en avais le pressentiment que ça tournerait comme ça pour nous...

— Alors, déjeunons.

— C'est ça, déjeunons.

Durant le repas, Juliette, au grand étonnement de ses parents, se montra gaie, trop gaie même, riant à propos de tout et de rien, exubérance derrière laquelle se cachait sa douleur qu'elle trouvait inutile de faire partager à ses parents d'une mentalité diamétralement opposée à la sienne.

Après le déjeuner, elle alla chercher dans sa chambre un ouvrage de broderie auquel elle travailla jusqu'à trois heures. Elle parla alors d'aller faire seule une visite à une de ses amies de pension qui habitait avenue Trudaine.

— Laisse-la y aller, conseilla Chouvet, ça va lui

changer les idées. Je suis très content de la tournure que prennent les choses.

Mme Chouvet, avec cet instinct particulier aux femmes, se montrait beaucoup moins satisfaite de l'attitude de sa fille.

Une crainte naquit même en son esprit :

— Pourvu qu'elle ne fasse pas de sottise... Avec les jeunes gens, aujourd'hui on n'est jamais tranquille...

Une fois habillée, pomponnée, Juliette prit congé de ses parents en promettant de revenir de bonne heure.

Lorsqu'elle eut tourné le coin de la rue Stéphenson, elle se mit à courir dans la direction du boulevard Barbès, sauta dans un taxi et se fit conduire rue du Saint-Gothard.

Lorsqu'elle arriva chez la mère de Marcel, la pauvre femme allait sortir pour se rendre rue Lebouis dans le but d'avoir des nouvelles fraîches.

En voyant Juliette, Mme Hélin s'exclama :

— Toi !... J'aurais dû m'en douter !...

Les deux femmes se tendirent les bras et restèrent longtemps embrassées.

Et puis, en desserrant l'étreinte, Mme Hélin questionna :

— Tes parents t'ont répété?...

Juliette se laissa tomber sur une chaise en disant :

— Ce qu'ils m'ont raconté et rien c'est la même chose. Je n'ai pas cru un mot de leur récit... Et c'est pour cela que je suis venue... pour savoir la vérité... Où est Marcel?

En levant les bras au ciel, Mme Hélin répondit :

— Hélas ! ma pauvre petite, je ne le sais pas moi-même...

Avec des yeux agrandis par la stupéfaction, Juliette dit :

— Vous ne le savez pas?... Mais alors?... Il n'est cependant pas parti sans vous avertir...

Cassée en deux, Mme Hélin expliqua :

— Il est venu, hier soir... Il m'a parlé... Je lui ai donné toutes mes économies et il est parti...

— Mais où?

— Je souhaite le savoir dans quelques jours...

— Mais... parti... Comment? dans quel état d'esprit?... Pourquoi?...

Mme Hélin éclata en larmes et supplia :

— Ne me questionne pas, ma pauvre petite... Fais comme moi... Attends.

— Marguerite, je veux savoir toute la vérité. Maintenant que mon père vous a parlé et ma mère aussi, maintenant que vous connaissez le secret de mon cœur, vous devez vous douter dans quel état d'esprit je me trouve... et surtout après ce que vous venez de me confirmer !...

Juliette, soudainement abattue, balbutia :

— Parti !... Parti comme ça... A l'aventure, alors?... Comme un vagabond? Oh ! non, n'est-ce pas?...

— Comme un malheureux ! fit Mme Hélin dans ses larmes.

Juliette insista :

— Comme un malheureux?... Un malheureux?... Qu'entendez-vous par là?... Aurait-il commis quelque faute?... Ah ! vous pouvez tout me dire... tout !... Je l'aime... Je l'aime de toutes mes forces... Vous entendez !... Qu'il ait fait n'importe quoi?... Qu'il ait même commis un délit, un crime, cela m'est égal, je l'aime... Mais si, comme vous dites, il est malheureux, s'il souffre, je veux prendre ma part de son malheur et de sa souffrance... Parlez !... Je vous en supplie, parlez... Je suis venue ici pour tout savoir, tout entendre !

Mme Hélin prit Juliette dans ses bras, l'embrassa de tout son pauvre cœur torturé et dit :

— Ma pauvre petite !... Tout te dire !... C'est impossible !... à toi, non, je ne peux pas...

— Mais si, il faut... Il faut, entendez-vous?... A nous deux, nous pouvons peut-être lui être utiles...

— Non !

— Pourquoi?

— Parce que personne ne peut lui être utile... Le pauvre enfant !... Oh ! quel malheur que ton père ne soit pas venu il y a huit jours !... Mais, dis-moi, ma chère petite, savait-il que tu l'aimes?...

— Non... Peut-être l'a-t-il compris...

— Oh ! non, sans cela l'autre n'aurait pas...

Mme Hélin venait de dire la moitié de son secret.

— L'autre, s'exclama Juliette... Quelle autre?... Une femme, n'est-ce pas?...

Mme Hélin supplia :

— Oublie ce que je viens de te dire !... Il le faut !...

— C'est avec une femme ou pour aller la rejoindre, qu'il est parti?

— Oh ! non !... Si ce n'était que cela, je n'aurais pas le chagrin que j'ai...

Révoltée d'impatience, Juliette s'écria :

— Mais parlez donc, alors !... Puisque je vous jure devant Dieu que je l'aime assez pour tout entendre !

La pauvre mère fondit en larmes.

Juliette comprit que la maman de Marcel n'était pas loin de se confesser et qu'elle n'avait qu'à se montrer tendre et patiente pour obtenir satisfaction.

Elle s'agenouilla devant la désespérée, lui prit les mains derrière lesquelles elle se cachait le visage, la força à la regarder et dit sur un ton de prière :

— Marguerite, je veux partager votre peine, je le veux de toute la force de mon affection pour vous...

Mme Hélin poussa un gémissement :

— Mais ma pauvre enfant, ce que tu me demandes là est au-dessus de mes forces... Tu devrais le comprendre... Tu dois me croire, je ne peux pas parler... n'insiste pas... Et ne parlons plus de cela... Veux-tu?...

— Mais vous ne pouvez rester ainsi seule?

— Oh ! si... Seule... Toute seule...

— Non... vous allez venir avec moi, chez nous...

— Y penses-tu? Chez vous !...

— Ou alors, je vais rester avec vous... Si... si, quelques jours seulement....

— Mais que diraient tes parents?... Allons, c'est insensé... Viens me voir si cela te fait plaisir... viens tant que tu voudras... Tu me causeras une grande joie... N'en demandons, n'en exigeons pas plus...

— Vous êtes cruelle avec moi...

Mme Hélin s'était levée, nouait un châle fin autour de sa tête.

— Vous alliez sortir quand je suis arrivée, n'est-ce pas?

— Oui...

— Une petite course dans le quartier?

— Oui...

— Ne vous gênez pas pour moi... Je vous attendrai...

— J'irai quand tu seras partie...

— Je voudrais rester un peu ici... Vous n'y voyez pas d'inconvénient? Rester ici, c'est un peu être avec lui...

Mme Hélin pensa : « Je ne peux cependant pas tout lui refuser. »

— Eh bien, soit, fit-elle, attends-moi... Je ne serai pas longtemps à revenir. Si je tardais, cependant, ne m'attends point... Tu me le promets?

— Oui...

La brave femme embrassa la jeune fille et sortit.

Une fois seule, Juliette jeta un coup d'œil circulaire autour d'elle.

Son regard s'arrêta sur la porte qui donnait accès dans la chambre de Marcel.

Elle s'exclama dans un murmure :

— Là !... c'est là !... sa chambre !...

Elle hésita quelques secondes, puis entra dans l'étroite pièce, plus que simplement meublée d'un petit lit de fer, de deux chaises, d'une table en acajou sur laquelle Marcel avait travaillé tant et tant d'heures, d'une modeste petite toilette installée sur une table de bois blanc drapée de rideaux de cretonne imprimée.

Aux murs, piqués à l'aide de punaises, quelques dessins, des épures.

Dans de minces cadres de bois laqué blanc, des photos... La sienne y figurait à divers âges... Cela l'émut aux larmes.

L'attention de Juliette fut ensuite attirée par la présence, sur le lit, d'une dizaine de journaux, jetés là, en tas...

Un secret instinct la poussa vers ces feuilles qui, et cela la frappa tout de suite, portaient toutes la date du jour.

Et, soudain, elle poussa un sourd cri d'angoisse.

Dix fois le même titre avait frappé son regard :

Le crime de la rue Lebouis... Un drame passionnel.

Un masque de pâleur couvrit ses traits...

Un soupçon traversa son esprit...

Cette femme trouvée étranglée dans une chambre d'hôtel... Le brusque départ, la veille, de Marcel pour une destination inconnue... Ces larmes versées par Mme Hélin, le trouble de ses parents...

Elle s'affaissa sur le bord du lit en murmurant :

— Si c'était lui !... Où est-ce, cela, la rue Lebouis?... Et cette course que vient d'aller faire Marguerite... Chez le commissaire de police peut-être...

Elle se courba en deux, pliée sous le poids d'une affreuse appréhension, comme la frêle tige d'une plante sous le rude frôlement d'un vent d'orage.

Elle marmonna :

— Lui !... lui, un assassin !... Oh ! ce serait affreux tout de même !...

Elle tressaillit. La porte du logement venait d'être ouverte et refermée violemment. Des pas pressés se firent entendre dans la pièce voisine. Un cri retentit à trois pas d'elle.

— Juliette !... Qu'est-ce que tu fais là?

Juliette désigna le tas de journaux, et dit dans un gémissement :

— C'est lui, n'est-ce pas !... Oh ! maintenant, vous pouvez parler... j'ai tout deviné, tout compris... C'est Marcel qui a tué cette femme.

Mme Hélin joignit les mains, implora :

— Plus bas !... plus bas, malheureuse, si l'on t'entendait !...

— On ne sait rien encore?...

— Non... Au moins je l'espère... Les journaux du soir ne sont pas encore parus... du moins, ils ne sont pas encore arrivés dans le quartier...

— Il a avoué?...

Mme Hélin, qui étouffait, poussa un gros soupir et dit en tremblant :

— A moi, oui... Maintenant tu sais tout son secret...

— Oh ! non, protesta Juliette, non !... Il faut tout me dire, car il s'est confessé... vous ne lui connaissiez pas cette liaison...

— Si... et je la redoutais... Cette gueuse l'avait littéralement affolé... Si tu savais comme il avait changé, en trois mois... pendant ces trois derniers mois... Pauvre petit ! Ah ! la maudite !... Dieu l'a frappée, paix à son âme !... Une femme mariée !...

— Trois mois ! répéta Juliette en hochant la tête... Oui, trois mois de silence... et pour moi de transes et de douleur... Ah ! j'aurais dû me douter !... J'aurais surtout dû parler plus tôt...

— Et entre vous jamais le moindre soupçon d'accordailles?

— Non, jamais... Par moments, il me regardait avec une grande tendresse dans les yeux, ses lèvres s'entr'ouvraient... Je croyais qu'il allait parler, dire les mots que j'espérais tant... Mais non... il était soudain plongé dans un grand embarras, baissait les yeux ou détournait son regard du mien et nous nous quittions...

— Pauvre petit !... La passion qu'avait déchaînée en lui cette femme était plus forte que l'amour que tu lui avais certainement inspiré...

— Mon pauvre Marcel !... Et c'est bien vrai, vous ne savez pas où il est...

— Non... Il doit avoir été se réfugier en Belgique ou en Angleterre... Il écrira peut-être...

— Oui, sans doute, mais pas tout de suite...

Et dans un grand sanglot, Juliette supplia :

— Il ne faut plus nous quitter, ma pauvre Marguerite... Ah ! non, maintenant, ce n'est plus possible... Nous viendrons tous les jours ici voir s'il y a une lettre... le reste du temps nous le passerons ensemble... confondant notre peine et ne vivant que de nos espoirs... Pensez donc aux heures que vous allez vivre !

— Oui, oui, fit Mme Hélin en secouant la tête... j'y pense...

Juliette essuya ses larmes, se mit un peu de poudre pour cacher la rougeur de ses yeux et les traces des pleurs.

— Allons chercher les journaux, fit-elle.

— Oui... Mais, surtout, pas un mot à ton père et à ta mère.

— Non, cela ne regarde que nous... Venez, Marguerite, et puis vous allez rentrer rue Clignancourt avec moi...

— Oh ! non !

— Si... si, je le veux...

— Mais s'il arrive une lettre pendant que je ne serai pas là !

Un pauvre sourire passa sur les lèvres de Juliette qui fit, sur un ton de navrant scepticisme :

— Une lettre !...

— Oui, tu penses comme moi... Il n'écrira pas tout de suite...

— Peut-être jamais !

— Oh ! ne dis pas cela.

— Tout dépendra de la tournure que prendront les choses. Allons, viens...

— Chercher les journaux?

— Oui...

— Je voulais aussi aller rue Lebouis...

— Dans quel quartier se trouve cette rue?

— Pas très loin d'ici. Du côté de l'avenue du Maine, rue de l'Ouest.

— Allons-y... mais soyons prudentes... L'hôtel et les alentours doivent être pleins de policiers...

— Peut-être pas...

— Enfin, allons... nous verrons bien...

— Oui, allons...

Mme Hélin et Juliette partirent.

Elles ne mirent pas vingt minutes pour se rendre rue Lebouis...

L'aspect de cette voie, peu passante alors, n'offrit rien de particulier à leurs regards inquiets.

Elles passèrent devant l'hôtel de l'Ouest, dans le bureau duquel à travers les glaces de la devanture elles aperçurent la silhouette de quelques hommes qui parlaient en faisant de grands gestes.

Sur le trottoir opposé, elles remarquèrent un café marchand de vins sur le pas de la porte duquel trois types s'entretenaient avec des airs mystérieux, les yeux fixés sur la façade de l'hôtel de l'Ouest.

— Entrons là, fit Juliette à voix basse... et gardons notre sang-froid, surtout...

— Oh ! j'ai peur, bégaya Mme Hélin.

— Peur de quoi?

— Peur de tout et de moi !... Si j'allais me trahir !...

— Allons donc... pas avec moi.

— Je t'admire...

Les deux femmes pénétrèrent dans le débit.

L'atmosphère toute chargée de fumée était à peu près irrespirable.

Quelques consommateurs, habitués du lieu, péroraient avec véhémence...

Ils parlaient du crime...

— Vois-tu, fit l'un d'eux, moi ce qui m'épate, c'est que le garçon de l'hôtel n'ait pas pu fournir de renseignements sur l'homme. Je ne dis pas qu'il en fasse un portrait, mais de là à ne pas pouvoir dire s'il est jeune ou vieux, brun ou blond, grand ou petit... Ça, ça m'épate... Et puis, hein? paraît qu'à ce sujet-là, il s'est fait salement ramasser par le commissaire de police et les inspecteurs...

— Et ce qu'il y a de plus rigolo, dit un autre c'est qu'il ne reconnaissait pas davantage la femme.

— Oh ! ça, tu sais, avec leurs sacrés chapeaux qui leur cachent jusqu'aux yeux et puis leurs fourrures qui leur viennent dans le nez, c'est plus excusable...

— Oui, admettons... mais l'homme !... Quand même qu'il aurait relevé son col du pardessus... Voyons...

— Quelle brute que ce garçon !

Juliette et Mme Hélin buvaient littéralement ces paroles qui les remplissaient d'espoir.

A chaque instant, des gens entraient qui venaient donner des nouvelles, ou, pour parler plus exactement, qui venaient dire qu'on n'en avait aucune.

L'assassin n'avait pas laissé la moindre trace...

On avait bien relevé des empreintes sur le marbre de la cheminée, sur la glace de l'armoire, sur la tablette de la table de nuit, sur le guéridon, mais ce ne pouvait être d'un grand secours. Le garçon de l'hôtel avait avoué qu'il faisait rarement le ménage de cette chambre où passaient, certains jours, plus de dix à quinze couples. Dans ces conditions, les services de l'anthropométrie de la préfecture de police ne sont pas au bout de leurs peines.

Et on ne pouvait pas dire que l'assassin avait été troublé, le garçon, s'il ne se souvenait pas des traits de ses clients, avait affirmé que de l'instant où il avait conduit le couple à la chambre jusqu'au moment de la découverte du crime, personne, comme par un fait de hasard, n'était entré ou avait circulé dans l'hôtel.

— Bizarre !... Bizarre !... C'est peut-être seulement un copain du garçon qui a fait le coup.

— Tais-toi donc, fit un homme qui habitait l'hôtel, j'ai eu cette idée-là... Et tu sais qu'on n'a pas trouvé un seul papier d'identité dans le sac de la femme... et pas d'initiales au linge... Rien qui puisse guider la police... Et elle n'avait pas l'air d'une grue. Je l'ai vue... Une petite bonne femme très soignée.

— C'est intrigant, hein?...

Mme Hélin, dont le cœur battait à grands coups, se pencha sur Juliette et lui dit à voix basse :

— Allons-nous-en, j'ai un malaise... J'ai peur de m'évanouir...

Juliette paya les consommations et elles sortirent.

Une fois dans la rue, Mme Hélin passa son bras sous celui de la jeune fille et l'entraîna vers la rue de l'Ouest en disant :

— Ah ! ça fait du bien un peu d'air...

— Oui...

— Tu as entendu, hein?... Le garçon n'a pas pu donner le signalement de l'homme et la femme n'avait aucun papier sur elle.

— Mais le mari?

— Quoi, le mari?

— Elle était mariée, cette femme-là?

— Oui... Eh bien?

— Le mari, évidemment, ignorait la trahison de sa femme. Il aura bien lu les journaux, lui aussi... L'absence injustifiée de sa femme va l'inquiéter... Ce soir ou demain, on va publier le portrait de la victime dans les journaux... Il la reconnaîtra, sa femme... La première chose qu'il fera, ce sera d'aller à la morgue et puis, en rentrant chez lui, de fouiller dans les affaires de son épouse... Pourvu que Marcel n'ait jamais écrit de choses compromettantes, qu'il n'ait jamais signé de son nom...

Mme Hélin, à ces mots, frissonna.

— Ah ! mon Dieu ! oui... Tu as raison... Il a dû écrire... Oh ! ce serait effroyable... Non, non, il n'aura pas fait cela... Les journaux !... achetons les journaux...

Elles prirent l'*Intransigeant*, *La Liberté*, tous les quotidiens du soir.

— Retournons vite chez nous... Ne les lisons ni dans la rue, ni dans un café...

Juliette Chouvet héla un taxi, donna l'adresse de la rue du Saint-Gothard.

L'auto était éclairée intérieurement. Elles déplièrent les feuilles, lurent avidement les nouvelles...

Ce crime ne faisait pas grand tapage... C'est à peine si on en parlait en *Dernière heure*. Une dizaine de lignes tout au plus.

— Alors? fit Juliette.

— Alors, mon enfant?

— Jusqu'à présent ça ne va pas trop mal pour nous. Souhaitons que ça continue... Et maintenant, est-ce bien utile d'aller rue du Saint-Gothard?

— Oui... oui... et même je veux te le dire, je désire n'en pas bouger...

— Marguerite, non, ne revenons pas là-dessus... C'est promis, c'est juré... Tu viens chez nous...

— Mais ton père, ta mère...

— Je m'en charge...

L'auto venait de stopper.

Juliette sauta sur le trottoir.

— Attendez-nous, chauffeur, je vous garde...

Les deux femmes, presque courant, gagnèrent l'escalier extérieur qui conduisait au logement de la mère de Marcel.

En moins de dix minutes, les deux femmes eurent empilé dans une petite valise en toile cirée un peu de linge, des chaussons, quelques bibelots, un portrait de Marcel.

Elles regagnèrent en hâte la voiture. Lorsque le taxi eut dépassé le Lion de Belfort, Mme Hélin, en écrasant une larme, dit à voix basse :

— Tu as raison, ma grande... Toute seule, je ne sais trop si j'aurais le courage de vivre...

Juliette prit la pauvre mère dans ses bras et la berça en l'embrassant comme elle aurait fait d'un petit être vagissant et malade.

VII

Le grelottement aigrelet du timbre du réveille-matin de son voisin tira Marcel de sa torpeur.

Il se dressa sur son lit, se frotta énergiquement les yeux.

Après quoi, il promena autour de lui un regard hébété...

Les choses, à la lueur de la veilleuse, maintenant mourante, que sa logeuse avait posée sur le marbre de la cheminée s'offraient à lui sous des aspects étranges, presque hallucinants...

Rien ne se précisait. Il ne voyait que des taches vacillantes de clarté douteuse se profilant en longs pinceaux, en points, en traits, sur la lividité des murs passés à la chaux.

Peu à peu, cependant, tout s'apaisa, puis se précisa.

Après avoir bredouillé : « Quoi? où suis-je? » il dit, plus calmement, en bâillant longuement :

— Ah ! oui... Lens... La petite auberge... Ah ! oui...

Tout d'abord, il s'était cru à Paris, réfugié pour quelques heures dans une chambre d'hôtel... Maintenant, il reprenait ses esprits...

Oui, il était à Lens, là où il était venu échouer la veille.

Il s'étira avec volupté, puis cligna des yeux pour mieux voir l'heure à sa montre bracelet.

— Trois heures...

Il retomba sur ses oreillers, tendit ses membres dans la tiédeur du lit douillet.

Des bruits peu à peu autour de lui s'élevèrent, des éclats de voix fusèrent...

Il se remit sur son séant, allongea les bras sur ses cuisses, joignit les mains et monologua :

— Ah ! oui... Lens...

Un retour de pensée se fit en son cerveau engourdi.

— Lens. hier... La mine... c'est ce matin, à quatre heures que [illegible]is commencer... Et puis des souvenirs : la route... la pluie... la patronne... Alors?... Paris?... Non?... Non !...

Il sauta à bas de son lit, alluma sa bougie.

Autour de lui, derrière les murs, sous le plancher, devant les carreaux de la fenêtre les bruits de vie se matérialisaient d'instant en instant davantage. Des voix encore éraillées de sommeil jetaient des mots, en patois ; des mots qu'il ne comprenait pas, mais qui étaient pour lui comme autant d'appels au travail.

Il s'habilla, se débarbouilla la frimousse, devant la petite glace gondolée qui lui renvoyait, par place, une image comiquement déformée.

Il passa, lentement, dans ses cheveux plus blancs encore que la veille, deux mains inquiètes et se prit à dire :

— Tout de même, je ne méritais pas cela... Je l'aimais tant, cette malheureuse... Il s'assit, au pied de son lit et continua :

— Mais comment ai-je pu faire, moi?... Pas possible, j'avais bu... Et cependant, non. Deux demis à la chope du Lion?... Oh ! non, ce n'est pas cela qui m'a mis dans cet état-là. C'est elle, avec son air tranquille, ses yeux qui ne me parlaient plus... Pauvre femme, tout de même... Morte !... Et quelle mort !... C'est épouvantable !... Mais elle, du moins, ne souffre plus... Tandis que moi...

On donna deux coups de poing dans sa porte.

— Qui est là?

Une voix qu'il reconnut, celle de Confiture, lui cria à travers le panneau :

— Alors, quoi, camarade?... Toujours mal foutu, ou debout ?...

Il s'en vint ouvrir et dit, la main largement tendue :

— Non... Ça va mieux... Un vieux cafard qui se promenait... J'ai dû l'écraser en dormant, cette nuit...

Confiture partit d'un gros rire et dit :

— C'est la patronne qui m'envoie... Alors, ça, c'est une femme !... Vivement, nippe-toi... Elle nous a préparé une soupe à l'oignon... Je crois qu'elle a le béguin pour toi... En tout bien, tout honneur, dis, hein?... Parce que la femme Turlan, c'est une femme ! Tu me comprends, dis, hein? C'est pas de la femme, c'est une femme !... Une vraie. Ça n'a de sang que pour faire le bien... T'as vu?... Elle m'a dit... pour ta chambre... Hein?... Dis donc, hein? t'as du pognon?... Faut lui faire au zanzibar... Ce serait moche... Mais non, toi, t'es un as... seulement, t'es dans la mistoufle... C'est le moral, hein?... Oh ! tu peux dire, va... Moi, j'suis affranchi... Dix ans de tôle pour une fantaisie... et puis de la mine, tant que ça peut... Ça me va... Je me saoule avec mon pèze... Ah ! dis donc, à propos... on est de semaine ensemble... Je suis au fond aussi, à l'autre écurie... La nuit, on rigolera bien. Les copains descendent du pinard, quoi que ce soit défendu plus d'un litre... Et puis y a les mômes qui passent les tartines pour dix ronds... Oh ! tu verras, on ne s'emm... pas un brin... Seulement, ah ! seulement, faut comprendre la vie... Comme disait mon père qu'était receveur buraliste à Nangis : « Faut l'aimer la vie, ne jamais en abuser... J'en ai pas abusé moi, pis que j'ai jamais refroidi personne !... »

Une voix éclata, derrière Confiture.

— Tu ne vas pas le jamber trois heures, c't'homme-là, hein?...

C'était la patronne qui venait délivrer Marcel.

Confiture se fit humble et dit en se passant la main sur le menton :

— Ah ! ça va... dites... J'y fais pas de mal à c't'homme-là... J'y parle philosophie.

— Oui... Eh bien, ça va... Il en a plein, ça se voit... descendez !...

— C'est vrai, camarade?

— Mais non, mon vieux, c'est très juste tout ce que tu dis... Ce n'est pas profond, mais c'est très juste et puis vécu...

— Ah ! pour du vécu, j'suis là !

Mme Turlan retourna Confiture d'une poussée et l'envoya sur le palier.

— Allez, file... La soupe t'attend... Les lendemains de cuite, il est encore plus saoul que la veille... celui-là.

Le visage de « Madame » Turlan prit soudain une expression d'infinie tendresse lorsqu'elle questionna en s'adressant à Marcel :

— Et vous?... Cette nuit?... Ça s'est bien passé?...

Confiture regagna la salle commune en grommelant, doucement, et sans méchanceté des mots de grand révolté.

Marcel, qui finissait de se donner un coup de peigne, répondit presque souriant :

— Mais, moins bien qu'avant hier, et mieux qu'hier...

— Alors, ça va... J'ai fait faire à Noémie une bonne soupe... Vous direz à tout le monde que vous l'avez payée trois francs... ça paraîtra plus naturel...

Elle partit sur ces mots, en éclatant de rire.

Marcel enfila sa veste, jeta son baluchon dans le bas d'un placard qui se trouvait à la tête de son lit et descendit retrouver Confiture qui l'attendait avec impatience.

Il s'assit à la table que sa logeuse lui désigna et sur laquelle elle apporta la soupe promise que Confiture renifla en poussant de petits grognements approbateurs.

Autour de lui, des hommes, des femmes, des gamins et des filles s'entassaient les uns se jetant de l'alcool dans l'estomac pour se donner « du cœur au ventre », les autres mangeant gloutonnement les tartines beurrées qu'ils trempaient dans de grands bols de café au lait ou de bouillon de choux. Comme il vidait, dans sa cuiller, les dernières gouttes du jus parfumé d'oignon et de gruyère, il leva les yeux et aperçut une toute jeune hercheuse dont la combinaison de toile bleue accusait les formes aux contours prometteurs et qui le dévisageait avec une insistance pleine d'éloquence.

Ils échangèrent un sourire sans avoir pour cela, évidemment, d'autre raison que la sympathie qu'ils venaient de s'inspirer, sur la seconde, mutuellement.

Confiture, ayant levé les yeux, aperçut à son tour la jeune fille.

— Ah ! te voilà, toi « Tousse-toujours »... Comment ça va ce matin, ma gosse?

Justine se prit à rire et vint, la main tendue pour le vieux mineur.

— Chaque jour un peu plus mal, père Confiture. Mais voilà si longtemps que ça dure... Et vous?

Confiture garda dans les siennes la menotte fiévreuse de la hercheuse qu'il présenta en ces termes à Marcel :

— Un bon petit copain, bien vaillante... malgré sa mauvaise toux... Un nouveau camarade, Marcel... qui s'est fait engager aux écuries.

Justine parut presque joyeuse.

— C'est vrai? fit-elle... Ah ! ça, alors, c'est amusant, j'y descends aujourd'hui aux écuries et j'y resterai peut-être trois, quatre ou cinq jours : je remplace mon frère qu'a pris un mauvais rhume à son tour... C'est vrai, ce matin, il a voulu se lever malgré sa toux, il m'est tombé dans les bras, à peine debout. Et puis, il a eu des crachements de sang. Le docteur, que j'ai été chercher, va venir avant midi. C'est peut-être rien. A moins que ça ne soit les gaz qui le reprennent comme l'année dernière... c'est pas gai.

Marcel ne la quittait pas de l'œil. Et son regard accusait toute la pitié que lui inspirait ce pauvre être miné par la tuberculose et dont les yeux incendiés de fièvre disaient toute la misère physique.

— Alors, on y va ? questionna Confiture.

— On y va, fit Marcel en prenant Justine par le bras pour la faire, galamment, passer devant lui.

La petite sortit la première.

Marcel la détailla tout à son aise.

Elle était plutôt petite et la taille, bien prise dans la combinaison tendue à craquer à hauteur des hanches, ondulait gracieusement. Elle avait dix-neuf ans : sous ce costume on lui en aurait donné seize. La gorge, dont les rondeurs s'affirmaient à peine, se soulevait par petits coups saccadés, comme sous l'influence d'une intense émotion.

Elle jeta son capuchon sous son bras et vint se placer à la droite de Marcel, lui souriant toujours. Depuis qu'ils s'étaient regardés pour la première fois, ce sourire était figé sur les lèvres de la petite, des lèvres assez bien dessinées, très rouges et qui, par leur épaisseur, dénotaient une précoce sensualité. Les yeux étaient plutôt petits, mais ils étaient ombrés par la double rangée des cils châtain clair abondamment fournis, et derrière lesquels s'abritait un regard aigu et vif comme une flamme ardente.

Ils allaient tous trois silencieux et presque recueillis, marchant, tête baissée, sous le vent d'hiver qui leur tendait les muscles.

Marcel se risqua timidement à dire à la petite camarade :

— Vous ne devez pas avoir trop chaud si vous n'avez que cette combinaison sur la peau.

Justine éclata de rire et répondit :

— Oh ! moi, je n'ai jamais froid. Je grelotte tout le temps, hiver comme été, c'est de naissance.

— Vous avez tout de même bien une flanelle sur les reins.

— Rien que ma chemise...

— Bigre, j'en suis gelé pour vous !

Ils arrivaient à la lampisterie. Là, le vieux de la veille attendait Marcel pour lui donner ses dernières instructions. Lorsque ce fut fait, Confiture prit Marcel par un bras et le guida jusqu'au puits dont la benne de descente bouchait presque hermétiquement la gueule noire.

Ils passèrent tous trois dans la cage métallique qui frissonnait chaque fois qu'un mineur en foulait le plancher tout maculé de poussière de houille.

Lorsque le chargement fut au complet, le mécanicien qui manœuvrait le rudimentaire ascenseur ferma la porte, tourna une manette.

Marcel ne put retenir un petit cri d'angoisse. Il venait d'avoir la sensation qu'on lui arrachait le cœur.

Justine, dans un nouvel éclat de rire, dit en se collant sans le vouloir à Marcel :

— Oui, hein? c'est moins doux qu'au Bon Marché de Paris !... Moi, c'est dans le ventre que ça me vide, et puis je ne sens plus mes jambes.

Marcel questionna en se penchant vers elle :

— C'est profond, ce puits-là?

— Six cent vingt-cinq mètres...

— Et nous nous arrêtons?

— Au premier accrochage... Nous y voilà...

La benne stoppa, brutalement. Les câbles, raidis, firent entendre une plainte aiguë.

— Par ici la sortie ! indiqua Confiture.

Ils s'engagèrent dans la veine, haute de deux mètres cinquante et dont le tunnel, éclairé à l'électricité, se rapetissait rapidement à la façon des tubes d'une longue vue. Au bout de cent pas, Confiture s'arrêta, désigna un boyau plus étroit et questionna :

— Tu le conduis, Justine?

— Je pense bien, puisqu'on est de service dans le même coin.

— Alors, à tantôt...

Confiture serra la main de Marcel et se perdit dans la demi-nuit d'une coupe.

Justine prit Marcel par le bras en disant :

— Levez les pieds, y a des bosses...

Marcel se laissa guider, chercha de sa main libre la main de la jeune fille, s'en saisit avec émotion. De sentir collée à la sienne cette chair moite et douce, cela lui causa une sensation agréable.

Comme ils arrivaient à un carrefour, Justine tourna sur sa gauche et s'arrêta devant une sorte de crypte rectangulaire, à la voûte garnie d'épaisses solives et dont les murs creusés à même la veine étaient, sur deux côtés, garnis de mangeoires et de bas-flancs entre lesquels trois chevaux finissaient leurs rations de foin et de paille. Justine, d'un geste large, désigna le réduit à Marcel en disant :

— V'là notre château !

Marcel jeta un regard curieux autour de lui. A sa gauche, un tas de paille masquant à demi une couchette faite d'un lit de sangle sur lequel étaient jetées des couvertures et un sac de grosse toile servant d'oreiller.

— Comme ameublement, fit Justine en s'esclaffant, c'est plutôt pas luxueux, ce qui est plaisant, c'est qu'on a chaud, rapport aux chevaux, c'est déjà ça...

Marcel questionna :

— Et pour manger?

— Les copains se chargent des commissions. On n'est pas rosse entre nous.

— Et pour coucher?

— Il n'y en a jamais qu'un sur deux qui doit roupiller : c'est la consigne. On se colle sur la paillasse qu'on se fait en fourrant de la paille entre deux couvertures qu'on replie l'une sur l'autre. Ça fait le compte. Et le matin, ce n'est pas le petit jour qui vous réveille, c'est Soldat, le gros blanc qu'est au bout, là-bas. Il est rigolo. Sitôt qu'il sent quatre heures, il cogne du sabot et secoue son licol. C'est que c'est l'heure de se lever... A part ça, c'est moins moche que de travailler à l'extraction ou de pousser, le torse à poil, les wagonnets dans les galeries... Moi, ça va me faire des vacances.

Marcel se laissa tomber sur le lit de sangles, soudain accablé, presque désespéré par ce qu'il venait de soupçonner de cette vie de nuit qui allait être la sienne, six jours par semaine.

Au bout d'un court instant, ses mains montèrent contre sa poitrine, jusqu'à sa gorge qu'il libéra d'un geste brutal du carcan du col.

Justine ne le quittait pas des yeux.

Elle dit, d'une voix qu'elle fit très douce, presque caressante :

— Au début, comme ça, ça fait une sale impression, mais on s'y met vite... Ce n'est qu'une question d'habitude. Maintenant, si ça ne vous va pas, vous n'aurez qu'à le dire au chef porion... et à demander votre compte... on ne retient personne ici et la direction est bonne pour tout le monde... Et maintenant, c'est pas tout ça, faut soigner les bêtes... Pour aujourd'hui, prenez le blanc, c'est le plus doux, les deux autres font parfois des façons. Surtout Sultan. Celui-là ne se fait pas à la mine. Dans quelque temps, ils seront bien forcés de le remonter : ça fait déjà trois hommes qu'il esquinte à moitié...

Marcel regarda la bête, hocha la tête en murmurant à part soi :

— S'il pouvait me lancer un grand coup de sabot au bon endroit.

Justine dut deviner sa pensée, car son regard s'attrista et elle hocha tristement la tête.

Et tous deux se mirent au pansage des chevaux.

Marcel, du coin de l'œil, regardait faire Justine.

Il n'avait jamais fait cette besogne-là. Il s'y prenait si maladroitement que Soldat, malgré sa douceur légendaire, donnait des signes d'impatience et hennissait d'agacement.

Justine, en quelques tours de main, mit les bêtes en état et vint au secours de son compagnon.

— Donnez-moi l'étrille, ça me connaît... Pendant que je finis Soldat, allez chercher de l'eau et faites boire les chevaux... Pour le reste, demain ou après, ça ira tout seul...

Marcel ne se fit pas prier.

Lorsqu'il revint, au bout de dix minutes, il trouva Justine affalée sur un tas de paille, le front dans les mains, les coudes sur les genoux.

Au bruit qu'il fit en entrant dans l'écurie, la petite releva la tête et se prit à lui sourire. Empoignant un seau, elle fit boire ses deux chevaux tout en sifflant un air de danse.

Marcel, tout en présentant le breuvage à son cheval, ne la quittait pas des yeux. Il la détaillait avec une certaine complaisance. Mais sans la moindre arrière-pensée.

Elle n'était pas jolie, cette petite, mais un charme très particulier, presque étrange, se dégageait de toute sa personne.

Un grincement de roues sur les rails fit retourner Marcel.

— C'est les wagonnets, fit Justine. Il est six heures et demie. Ils ne sont pas en retard aujourd'hui.

Un grand diable au visage osseux s'encadra dans la baie.

— Bonjour, les gars !... Tiens, la tôle a changé de personnel ?

— Comme tu vois, mon grand...

— Un nouveau?

— Oui... Marcel, prenez Soldat et toi, Vanover, prends Fidèle, moi, je me charge de Sultan...

Les trois chevaux attelés aux petits tombereaux d'acier, le convoi s'enfonça dans la demi-nuit de l'étroit couloir.

VIII

Lorsque vint l'heure du repas, Marcel et Justine s'installèrent dans un coin de l'écurie. D'un panier d'osier, la petite tira une gamelle où, dans un liquide à peine tiède qui avait la prétention d'être de la soupe, nageaient quelques haricots blancs, deux carottes et quelques bouchées de bœuf bouilli.

Elle plaça entre eux la petite marmite d'aluminium et dit avec son éternel sourire entre deux accès de toux :

— En fait d'assiette, on prend son pain... C'est encore une question d'habitude... Ah ! mince ! La Turlan qui nous a mis un morceau de salé froid. Ça doit être votre part. Elle vous soigne... Ah ! et puis du fromage de roquefort et trois pommes... C'est un repas de riche... Et du pinard !... C'est une noce !... Moi, je mange la viande d'abord et je bois le bouillon ensuite.

— J'en ferai autant, fit tristement Marcel.

— Ah ! pleurez pas, je vous en prie ! s'exclama Justine gouailleuse.

Mais Marcel protesta :

— Moi pleurer? ma foi non, je n'en ai pas envie.

Alors, en le dévisageant, Justine questionna :

— Ça vous est-il arrivé quelquefois de pleurer?

Marcel crut bon d'affirmer :

— Quand j'étais gosse, oui...

— Moi, jamais... c'est rigolo, hein? Même quand le grand-père m'administrait une volée, — et il tapait dur, cependant, — je ne pleurais pas. Quand il est mort, j'ai subi un petit quelque chose de mouillé au bord des yeux, mais j'ai reniflé et ça a passé tout de suite. La mère m'a dit plus de cent fois que je n'avais pas de cœur. Elle, elle chiale tout le temps. Une vraie fontaine. Et ma sœur, donc !... Au cinéma elle se mouche que c'en est une vraie barbe...

Elle s'arrêta de parler pour avaler une lampée de soupe.

Après quoi et après un nouvel éclat de rire, elle continua :

— Pendant l'occupation fallait voir ma sœur Julie ! Elle pouvait pas apercevoir un boche sans sangloter comme une Madeleine. Faut dire aussi qu'elle avait de quoi en avoir peur, des boches. Elle a été violée deux fois, et bien par sa faute. Mais il n'y a pas eu de suite, alors, comme je lui disais toujours : mais grande dinde, ça ne compte pas, puisque tu n'as pas eu de gosse. Elle ne voulait rien entendre et se contentait de me répondre en geignant : on voit bien que tu n'y as pas passé, toi... malgré tes quatorze ans.

— Ça, le fait est que j'ai eu de la chance... C'est ma toux qui m'a sauvée. Faut bien que la tuberculose elle vous serve à quelque chose. Quand les « Michel » ils m'entendaient tousser, ils faisaient une grimace à dérider un moribond et m'évitaient. Faut dire qu'ils appartenaient à un régiment d'élite. Alors ils avaient de l'hygiène. Ceux qui ont passé après, c'était de la réserve et ils n'avaient plus le cœur à la rigolade...

« Ah ! oui, ma toux, je lui dois une fière chandelle.

« Et puis, faut dire qu'en femme je n'ai rien de bien tentant. Avec ma salopette, encore, ça passe, mais en jupe, avec mes mollets de coq et mon dos en dessus de tunnel, ça n'a rien d'excitant... »

Elle se jeta dans la gorge un verre de vin.

Marcel, tout en mangeant sans appétit, la regardait et la détaillait.

Cette créature de souffrance et de misère lui causait par instant un malaise singulier, et qu'il n'avait jusqu'ici jamais ressenti.

C'était indéfinissable et mystérieux.

Comme un peu de silence était tombé entre eux, il pensa :

« Et dire que je vais passer ma nuit avec cette petite... »

Il eut un soubresaut, comme une détente nerveuse.

Cela n'échappa pas à Justine qui questionna en ricanant :

— Y a quéqu'chose qui vous a piqué?

Il rit à son tour et répondit :

— Non... un frisson...

— Il ne fait cependant pas froid ici...

— La digestion qui commence...

— Des blagues ! s'esclaffa Justine. Vous avez quelque chose que vous ne voulez pas dire, vous... Veux-tu qu'on se tutoie, ça t'aidera peut-être à parler... A moins que ce soit un secret...

— Mais non... je t'assure... J'ai des idées noires, comme ça depuis quelque temps. Ça me prend tout d'un coup.

— Des affaires de cœur.

— Oui, c'est ça...

Elle partit d'un grand éclat de rire et assura :

— Ça passera... Paraît qu'il ne faut jamais s'en faire à ce sujet-là...

— On dit cela !... Tu verras plus tard.

— Oh ! moi, je suis tranquille, aimer, c'est comme de chialer, ça ne m'arrivera jamais. Je tousse trop... Qui donc qui voudrait de moi? Plus je vais, plus je m'amoche. J'aurai bientôt plus que la peau sur les os...

Et elle ricana.

— Ne parle pas comme ça...

— Et pourquoi?

— Parce qu'il ne faut jamais se moquer de sa misère, ni avoir l'air de blaguer son malheur... C'est pénible pour ceux qui vous entendent...

Justine eut un lent haussement d'épaules et dit :

— Après tout, je veux bien... Pour le temps que j'ai à vivre, je ne veux contrarier personne.

Marcel se rapprocha d'elle et questionna :

— C'est bien vrai que tu es si malade?

Un éclair douloureux passa dans son regard.

— Sans doute plus que je ne le crois moi-même, répondit-elle.

Leur conversation en resta là.

Un grand murmure, la voix du travail, venait de s'élever autour d'eux et, à chaque seconde, s'amplifiait au point qu'en cinq minutes ce fut un bruit formidable d'humains efforts, mêlé au grincement des roues des wagonnets, au lointain bruit des bennes, aux cris des charretiers, aux hennissements des chevaux, à tout ce qui s'exhalait de cette cité souterraine et laborieuse.

Justine, aidée de Marcel, moins emprunté qu'à son arrivée dans cet enfer, harnacha les trois chevaux. Tandis qu'un homme prenait livraison de Sultan, les jeunes gens partaient avec les deux autres dans les profondeurs de la mine.

IX

Sa journée faite, Marcel, le premier, gagna l'écurie.

Les litières avaient été changées, de la paille fraîche et du foin fleurant bon les granges campagnardes s'entassaient dans un coin. Les mangeoires étaient garnies. Les seaux étaient pleins d'eau bien fraîche. Les bas-flancs avaient été passés à l'éponge et le sol balayé soigneusement.

Marcel devina que tout cela était l'œuvre de Justine.

Il ne se trompait pas.

Comme il finissait d'attacher son cheval, un camarade ramena les deux autres. C'était un grand diable taillé à coups de serpe avec une bonne grosse figure de poupon de bazar et que ses compagnons avaient surnommé Pomme-d'Amour. Il s'appelait Baptistin Boulet.

C'était le fils d'un porion, brave homme, un peu bêta et qui grommelait tout le temps, pour le plaisir de grogner. C'était bien plutôt un tic qu'un vice de caractère. Il était célibataire et la terreur des filles qui, lorsqu'elles l'apercevaient, se mettaient à courir pour ne pas tomber sous sa coupe.

Grand trousseur de cotillons, il s'était plus d'une fois attiré des histoires. Mais, on ne lui en voulait pas trop, car il était bon fieu, toujours prêt à tendre la main et, pendant la guerre, mobilisé à la mine il avait rendu de grands services.

En constatant l'état d'inhabituelle propreté de l'écurie, il fit entendre un long sifflement, mâchonna deux ou trois phrases et finit par se décider à laisser entendre :

— N. de D !... c'est plus une écurie, c'est une mairie ici !...

Marcel se retourna tout d'une pièce et sourit à l'arrivant.

Justine revenait avec un paquet de provisions prises à l'économat.

— Tiens, t'es ici, toi l'*essouflé*?... Tu ne sais plus donc quoi faire chez ton père.

Justine l'écarta rudement pour aller déposer ses achats dans un coin, sur un lit de paille fraîche, et dit sèchement :

— Occupe-toi donc d'aller voir si la Catherine a le ventre qui pousse, grand bon à rien, tu feras bien mieux.

Catherine, c'était la bonne amie de Pomme-d'Amour, une fille de quinze ans qu'il avait bousculée dans un champ de blé et à laquelle il avait promis le mariage.

Pomme-d'Amour grogna, haussa les épaules, jeta un regard courroucé à Justine et fit demi-tour sans demander son reste.

Justine éclata de rire.

Pendant que Marcel se jetait un peu d'eau sur la figure et se lavait les mains, elle annonça :

— J'ai été chercher de l'extra, ce soir... Un jambonneau, des confitures et une salade et du roquefort... On va bien se taper la tête.

— Des folies ! Combien te dois-je?

— On verra ça tout à l'heure... Les canassons ont mangé?

— Ils sont en train.

— C'est l'essentiel... Ici, c'est comme au régiment, les chevaux d'abord, les hommes après...

D'un geste prompt, elle avait déboutonné le haut de sa combinaison, rentré le col. Ses épaules apparurent, maigres. Sa gorge aux rondeurs timides s'offrit, sans que ce geste ne fût voulu, aux regards de Marcel. La chair de ce buste rongé par la tuberculose était d'une blancheur ivoirine.

Justine fit sa toilette sans plus s'occuper de Marcel qui l'observait du coin de l'œil.

Elle n'y voyait pas malice.

Chez ses parents, tout le monde se lavait dans la même pièce, excepté le dimanche où l'on se savonnait du haut en bas.

Lorsqu'elle eut terminé, elle se donna un coup de peigne. Après quoi, elle s'exclama :

— Ouf ! Ça y est !... Maintenant, on va boire un coup, j'ai descendu de l'amer avec du citron... C'est ce qu'on boit chez nous... Tu aurais peut-être préféré de l'anis?

— Non... Ça m'est égal. N'importe quoi pourvu que je boive.

— Ah ! oui, la poussière de charbon... Quand on n'a pas l'habitude.

Elle emplit les verres. Ils trinquèrent.

Marcel but tout d'un trait.

Justine dégustait le sien.

Entre deux gorgées, elle questionna :

— Et alors?... Qu'est-ce que t'en dis du métier?

Sur un ton d'extrême lassitude, Marcel répondit :

— On se fait à tout quand c'est nécessaire... Ça ne me déplaît pas... Maintenant c'est peut-être parce que tu es là, petite... Quand tu seras partie ça ne sera plus si gentil.

— T'as le temps d'y penser. Mon frère est bien pris, va... C'est plus que du rhume... Je m'y connais ! L'en a pour un mois... sinon plus...

— A propos, fit Marcel, je croyais qu'on travaillait jour et nuit dans les mines?

— Pas ici. L'Administration ne veut pas, rapport aux gosses et aux femmes...

— C'est donc cela qu'on n'entend plus rien ?

— Et ce sera comme ça jusqu'à demain matin...

Comme ils avaient tous deux fini de boire leur apéritif, Justine lava les verres, étala les provisions sur le lit de camp. Pour la seconde fois, ils firent la dînette, mais prirent leur temps. Rien ne les pressait.

Jusqu'au bout, ils restèrent silencieux.

Et puis, soudain, Justine interrogea :

— Qu'est-ce que tu fais, au juste, dans la vie?

Comme s'il fût tiré d'un rêve, Marcel Hélin tressaillit et balbutia :

— Moi?... Pourquoi me poses-tu cette question?

— J'sais pas. Une idée comme ça qui vient de me passer par la tête. Et puis, parce que je sens que t'es pas un homme comme les autres ; les autres de chez nous. Je ne connais que ceux-là... mais enfin, t'as les cheveux trop blancs, pour ton âge, les mains trop belles...

— Parlons-en !

— Enfin, tu les avais trop belles ce matin.

— Il y a déjà quelque temps que je suis sans travail...

— Que tu dis...

— C'est vrai...

— Et puis tu ne bois pas d'un seul coup, tu ne t'essuies pas la bouche d'un revers de main et tu t'es nettoyé les dents avec un bout de paille... Tout ça, c'est louche... Mais enfin, chacun ses secrets... Moi, j'en ai pour personne... Et puis, faut dire que tu ne me connais pas encore assez... Mais c'est rigolo quand même, moi, ce matin, quand je t'ai aperçu, je ne sais pas ce que ça m'a fait, mais c'est comme si tu avais été un copain d'école... et puis qu'on se soit retrouvés... Je dis des bêtises, hein?... C'est pas l'amer, cependant, j'ai l'habitude d'en prendre.

Marcel bâilla discrètement.

Justine ajouta :

— Oui, je comprends, tu as sommeil... C'est le manque d'habitude... Etends-toi... moi je dormirai tout à l'heure.

Elle se recula jusqu'à l'extrême bord de la paillasse. Marcel se roula dans le sac garni de paille en disant :

— Ma foi, ce n'est pas de refus...

Il tendit la main à Justine et se tourna du côté de la muraille de minerai. Justine lui jeta une couverture sur les jambes, éteignit deux ampoules sur trois, se drapa dans un sac et s'allongea près de Marcel qui ne tarda pas à s'endormir d'un sommeil de plomb...

Justine, en se cachant le visage dans les mains, se prit à murmurer :

— Mais, qu'est-ce que j'ai donc, moi à être dans cet état-là !

A plusieurs reprises, et presque coup sur coup, elle venait d'avoir comme une révélation d'elle-même...

X

Lorsqu'après six jours passés dans cet antre de nuit, Marcel et Justine, unis, maintenant, par une affection aussi profonde que spontanée, remontèrent au jour pour y passer vingt-quatre heures de repos, ils éprouvèrent en revoyant la lumière une même sensation de joie et comme de délivrance. Marcel, surtout, qui n'avait pas l'habitude de la nuit de la mine et que cette semaine passée dans les profondeurs de ce bagne de charbonnage avait rendu nerveux et presque maladivement surexcité.

Lorsque la brise aigre de la plaine lui fouetta le visage, il poussa un gros soupir d'aise et aspira, coup sur coup, plusieurs lentes goulées d'oxygène.

— Ah ! ça fait du bien.

— Oui, fit Justine en riant de son petit rire habituel, ça décrasse la bête.

Le temps était splendide.

Le ciel d'une pureté de Provence...

Il gelait à peine et le soleil cernait de clarté tendre les gens et les choses.

— On va prendre un noir chez la mère Turlan? proposa Marcel.

— Si on veut, mais pas longtemps. J'ai hâte de savoir comment ça va au juste chez nous.

Elle avait bien eu des nouvelles de son frère par des camarades, mais cela ne lui suffisait pas.

— Et puis tiens, non, fit-elle, j'irai te rejoindre... Laisse-moi partir.

— Comme tu voudras... Ton impatience est si compréhensible...

Justine serra la main de Marcel et partit en courant.

Hélin tourna sur sa gauche, déboucha sur la grand'route.

Cinq minutes après, il entrait chez la Turlan.

Confiture était déjà attablé devant un demi-setier de « blanche » et il n'était que huit heures du matin.

En apercevant Marcel, il se mit sur pied d'un coup de reins, leva les bras au ciel et s'exclama :

— V'là mon poteau !

La mère Turlan s'empressa au-devant de son protégé et questionna en lui serrant les mains :

— Et alors? Cette santé?

— Comme vous voyez, pas trop mauvaise. J'ai été bien soigné...

— Et la gosse, gentille?

Avec une pointe d'émotion dans la voix, Marcel répondit :

— Une vraie petite sœur.

— Oh ! mais c'est une brave gosse que « l'essoufflée »... Et puis sage, hein? Un vrai exemple pour toutes les petites salopardes qui se font culbuter n'importe où...

Marcel remercia la Turlan pour toutes les attentions qu'elle avait eues pendant son séjour au sous-sol... Il devait lui devoir des sommes folles.

— Pour un gars comme vous, y a rien de trop bon, dit la brave femme sur un ton qui n'admettait pas de réplique et en servant à son protégé un plein bol de café noir dans lequel elle avait jeté deux petits verres de rhum.

Comme Marcel avalait sa première gorgée, la porte ouverte à la volée livra passage à deux gendarmes que Marcel aperçut dans la glace de la caisse.

Son sang ne fit qu'un tour, suivant l'expression populaire.

— Et alors? questionna Mme Turlan.

— Alors, alors, fit le brigadier, c'est comme je l'avais dit en partant ce matin, on n'a rien trouvé. Pensez-vous que des bourriques comme ça, ça se laisse prendre si facilement... Et puis, sans signalement précis, rien à faire... Et puis, par chez nous, qu'est-ce que vous voulez que ça vienne fureter, ce gibier-là... Et puis, c'est du passionnel, ce crime-là... Je m'ai fait tout de suite une conviction... Et là-dessus on va boire une goutte et s'en retourner. Rien de nouveau, chez vous? Pas d'arrivées?

— Pensez-vous?... Pour ce qu'on y gagne à la mine, ça ne presse personne d'y venir.

— Ah ! le fait est que c'est pas gras payé dans ce métier-là !...

Leur goutte bue, une cigarette allumée, les deux gendarmes s'en allèrent.

A peine avaient-ils refermé la porte sur eux que Confiture questionna :

— Qu'est-ce qu'ils veulent encore les cognes?

— Est-ce que je sais au juste, moi... fit Mme Turlan avec humeur. Paraît que c'est à cause d'un crime qu'a eu lieu à Paris, il y a une huitaine... Une femme trouvée étranglée dans un hôtel... Ils disent que c'est du passionnel... Ah ! mon Dieu !...

Mme Turlan et Confiture se précipitèrent au secours de Marcel Hélin qui venait de s'écrouler...

Ils tentèrent de l'aider à se relever, mais il était évanoui.

Alors, stupéfiés, ils l'accotèrent à la muraille et, tandis que le vieux mineur lui déboutonnait son col de chemise, la tenancière courut chercher la bouteille de vinaigre.

Au bout de dix minutes environ, Marcel reprit ses sens.

Il laissa errer autour de lui un regard sans vie.

Sa tête, un instant, roula sur ses épaules et puis, à nouveau ses paupières s'abaissèrent sur ses prunelles vitreuses.

Ses lèvres balbutièrent des mots inintelligibles.

Une pâleur de mort couvrit ses traits.

Confiture balbutia, perdant un peu la tête :

— Il ne va pas mourir entre nos mains, tout de même !...

Mme Turlan, qui avait repris tout son sang-froid, conseilla :

— Appuyez-le bien sur votre épaule et tenez-lui la tête haute... Moi, je vais chercher de l'éther dans ma chambre... Ça va le tirer de là.

Elle partit en courant.

Quelques instants après, elle revenait tenant à la main un minuscule flacon qu'elle plaça sous les narines de son client.

L'effet fut immédiat et salutaire.

Marcel rouvrit les yeux. Un long soupir s'exhala de sa poitrine oppressée.

Une plainte, presque un râle glissa entre ses lèvres...

— Allons, allons, ce ne sera rien, fit Mme Turlan... C'est le froid qui l'aura saisi au sortir de la mine... Manque d'habitude. Pensez donc, pour un homme habitué au grand air, rester une semaine sous terre, ça n'arrange pas la santé... Des métiers comme ça, il faut les commencer tout jeune...

Confiture hochait la tête.

— Vous croyez que ce n'est que ça? fit-il avec un air de doute.

Mme Turlan, qui n'en pensait pas un mot, affirma :

— Mais oui, ce n'est que ça... Qu'est-ce que vous voulez que ce soit?

Le regard en dessous, Confiture insista :

— J'sais pas, moi... D'avoir vu les cognes, ça l'a peut-être mis dans cet état-là...

— Taisez-vous donc, vieux serin !...

— Le v'là qui s'étiole à nouveau...

A ce moment, la porte de l'estaminet livra passage à Fou-d'Amour qui se précipita vers le groupe.

— Ah ! tenez, vous arrivez bien ! s'exclama la Turlan... Aidez-nous donc à le monter dans la chambre du premier...

— Qu'est-ce qu'il a?

— Un coup de froid, certainement.

Fou-d'Amour n'en demanda pas plus long, saisit Marcel sous les bras, tandis que Confiture le prenait par les jambes et tous deux, précédés par la brave femme portèrent Hélin sur le lit où il avait passé sa première nuit.

— Déshabillez-le, couchez-le, fit Mme Turlan, moi, pendant ce temps, je vais aller chercher le médecin.

Lorsqu'elle revint, suivie du Dr Barin, vieux brave homme qui depuis trente ans donnait ses soins aux habitants du lieu, Marcel paraissait reposer. Ses yeux étaient clos. De sa bouche, large ouverte, s'échappait un souffle rauque et court.

Le médecin se pencha sur lui, examina attentivement son visage, souleva les paupières, approcha son oreille de la cage thoracique.

Ce premier examen passé, il déclara à mi-voix et tout en lui tâtant le pouls.

— Rien au cœur, rien aux poumons... pas de fièvre pour l'instant. Seuls, les yeux m'inquiètent... Les yeux et ce front brûlant...

Il se fit donner des explications sur les incidents qui avaient précédé cet évanouissement.

Lorsque Mme Turlan l'eut minutieusement renseigné, il dit à voix basse :

— Oui... grosse émotion, peut-être... Congestion au cerveau... ou transport...

Il demanda de quoi écrire, rédigea une ordonnance et promit de revenir dans l'après-midi, faisant espérer que ce ne serait « peut-être rien ».

— Si ça s'aggrave, murmura Confiture, on fouillera dans ses papiers.

Ni Fou-d'Amour, ni Mme Turlan n'entendirent cet aparté. La tenancière interrogea :

— Qu'est-ce qui va rester près de lui?

— Ah ! pas moi ! s'exclama Fou-d'Amour.

— Moi, fit Confiture, j'peux le veiller une petite heure...

A ce moment, la voix un peu enrouée de Justine s'éleva dans l'escalier.

— Vous êtes là-haut madame Turlan?

— Oui... oui... voilà, je descends... Qu'est-ce qu'il y a de cassé?

Et Mme Turlan s'engagea sur les marches grinçantes.

— Oh ! rien que du bon, madame Turlan... Mon frère va beaucoup mieux. Il pourra, dès demain, reprendre son travail à la mine. Je venais vous annoncer cette bonne nouvelle et puis aussi à mon camarade Marcel.

En gagnant son comptoir, la marchande de vins annonça :

— Y ne va pas fort, ton camarade Marcel.

Justine, avec une généreuse émotion dans la voix, laissa entendre :

— Mon Dieu ! Qu'est-ce qu'il a?

— Personne n'en sait grand'chose et le docteur pas plus que nous pour l'instant. N'est-ce pas, m'sieur Barin?

Le médecin avoua son incertitude.

Justine, comme on parlait d'aller chercher une gamine pour rester auprès de Marcel, s'offrit à remplir ce rôle de garde-malade, et sans attendre de réponse de personne, grimpa quatre à quatre l'étroit escalier qui menait à la chambre où reposait le Parisien.

Sur le palier, elle rencontra Confiture et Fou-d'Amour.

Elle les écarta d'un geste presque brutal et se précipita dans l'étroit réduit.

En apercevant Marcel, livide, elle poussa un petit

cri d'angoisse et lui saisit une main dans les siennes en balbutiant :

— Marcel? Eh bien, quoi donc?... C'est moi, l'*essouflée*... Tu m'entends?

— Tiens, ils se tutoient déjà, fit observer malicieusement Fou-d'Amour. Et il ajouta :

— Ce serait rigolo que la gosse se soit décidée à goûter de l'homme.

Justine insistait :

— Marcel !... Marcel !... C'est moi, Justine !...

— Oh ! tu peux lui parler comme ça pendant des heures, va, il ne t'entend pas... ou s'il t'entend, il n'a pas la force de te répondre.

Justine s'appuya contre le lit, lâcha la main de Marcel.

Ses yeux se mouillèrent...

Une larme, puis deux roulèrent sur ses joues.

La brave petite pleurait pour la première fois de sa vie.

XI

Un peu après midi, le docteur revint.

Lorsqu'il se retira, il dit à l'oreille de Mme Turlan :

— Méningite... certainement...

Et, tendant une feuille de son bloc-notes sur laquelle il avait écrit ses prescriptions, il ajouta :

— Je passerai ce soir... Tâchez qu'on fasse le plus de silence possible autour de lui.

Dans la chambre, au pied du lit, après avoir prévenu ses parents qu'elle passerait la nuit auprès de Marcel, Justine s'était installée. Elle avait demandé qu'on lui envoyât du linge à ravauder.

La porte du malade était sévèrement consignée.

Depuis qu'il avait été fauché par ce mal subit et encore mal défini par le docteur, c'est à peine si Marcel à deux ou trois reprises avait paru reprendre ses sens.

Une fois, son regard vitreux s'était arrêté sur la jeune fille, ses lèvres avaient remué, mais faiblement et ses paupières, à nouveau, s'étaient closes.

Au soir, un peu après le crépuscule, une fièvre intense se déclara.

Des frissons coururent sur ses chairs. Il portait, soudain, les bras en avant comme pour repousser quelque chose ou quelqu'un.

Des sons inarticulés sortaient de sa gorge en feu. De grosses gouttes de sueur perlaient à son front que Justine essuyait avec une serviette de fine toile que lui avait donnée la patronne du bouchon.

Aux sons inarticulés succédèrent bientôt des membres de phrases peu compréhensibles.

Justine, ayant réussi à l'aide d'un oiseau en porcelaine, à lui faire absorber quelque peu de la potion ordonnée par le docteur, l'état de fébrilité diminua.

Marcel finit même par s'assoupir.

Lorsque le médecin revint, il ne tarda pas être fixé.

— Cette fois, pas d'erreur possible, c'est bien une méningite...

Alors, on courut à la ville chercher de la glace, des sinapismes.

Justine, sa soupe mangée, reprit sa place au chevet de son camarade, non sans avoir questionné le médecin.

— C'est grave?

— C'est toujours grave... Mais il n'y a pas encore lieu de désespérer... Attendons demain. Et il partit en hochant la tête.

Vers dix heures, un peu reposé, Marcel se réveilla...

Il reconnut Justine, car il prononça son nom.

Elle fit un bond jusqu'à lui, se pencha...

Alors, Marcel, dans un court moment de lucidité, faisant un suprême effort pour dompter le mal, parvint à balbutier :

— Mes papiers... portefeuille... à personne... les cacher... Si je meurs... les brûler.

— Oui, oui, fit Justine... compte sur moi...

— Prévenir seulement mère... cas de mort et...

Il n'acheva pas. La nuit se fit à nouveau en lui.

Un instant, sa tête roula sur l'oreiller et ce ne fut plus soudain qu'une pauvre bête pantelante dont on ne pouvait qu'avoir pitié.

Vers minuit, il commença de délirer...

Justine, penchée sur lui, essayait de saisir quelques bribes des phrases murmurées, bégayées, mais sans y parvenir.

Ce ne fut qu'au matin, alors que la maison commençait à s'emplir des bruits familiers, des voix des mineurs, que Justine saisit clairement le sens de ce que balbutiait Marcel.

Et, peu à peu, une grande partie du drame lui fut révélée...

— Etranglée... Criminel... pas voulu...

Comme Marcel parlait maintenant à haute voix, criait même par instants, et que des clients passaient dans le corridor et s'arrêtaient devant la porte, elle imagina de parler à son tour, de dire n'importe quoi afin que, les deux voix se confondant, rien de la confession du moribond ne pût être entendu par des oreilles indiscrètes.

Cette scène pénible dura jusqu'à sept heures.

Marcel, alors, s'apaisa à nouveau.

Elle lui versa une nouvelle cuillerée de potion entre les lèvres, changea la glace, raviva le feu qui était presque éteint. Elle grelottait. Elle n'avait pas sommeillé une heure. Elle se sentit prise d'un irrésistible besoin de dormir. Mais elle ne voulait pas dormir, Marcel pouvait avoir à nouveau le délire et dire des choses compromettantes.

Elle sortit, ferma la porte à clef et descendit boire un café bien chaud. En la voyant, Mme Turlan courut à elle.

— Et alors? questionna-t-elle.

— Il repose plus tranquillement. S'il pouvait dormir une couple d'heures, ça lui ferait certainement du bien.

— Il t'a parlé? J'ai entendu que tu lui répondais.

— Des bêtises, comme on en dit quand on a la fièvre.

— Il n'a rien dit sur lui?

— Non. Il parlait de la mine... des chevaux et de sa mère... c'est tout...

— Pauvre diable ! Pour moi, il y a un secret dans la vie de cet homme-là...

— Ça se pourrait bien.

— Eh ! tu vois? Il ne t'a rien dit dans la mine?

— Non, rien de sensationnel... J'ai plutôt parlé de moi... Et puis, dans la mine on n'a ni le temps, ni le cœur de bavarder... On vit comme des brutes... Ah ! bien, donnez-moi donc une soupe au lieu de café et puis un bout d'oreille de cochon. Je me sens faim... C'est d'avoir veillé certainement...

La Turlan servit la petite qui, sa soupe avalée, remonta près de Marcel manger son cochon et boire sa chopine.

Marcel n'avait pas bougé.

Il dormait profondément.

Sa respiration était moins courte.

Elle lui prit la main.

Au bout de quelques secondes, elle constata :

— Tiens, la fièvre est tombée avec le matin, c'est bon signe.

Lorsqu'il revint, aux alentours de midi, le Dr Baris déclara :

— Allons, ce sera moins grave que je ne le pensais. Continuez la glace et la potion... Je passerai ce soir.

Le soir, ça n'allait pas du tout.

Vers cinq heures, Marcel avait été pris d'une espèce d'attaque de fièvre chaude et il avait fallu le tenir de force dans son lit. Cet accès passé, il s'était, véritable loque, écroulé sur ses oreillers.

Et ce fut tous les jours à peu près la même chose durant la première semaine de sa maladie.

Aux heures d'accalmie, les yeux clos, il tenait des propos incohérents. Nul, sauf Justine, ne pouvait l'approcher ni le soigner.

Alors, on parla de le conduire à l'hôpital.

Mais Justine s'y opposa de toutes ses forces.

À part soi, elle pensait.

— Là-bas, il n'aurait qu'à parler et les gendarmes seraient tout de suite prévenus... Non... non...

Elle connaissait presque tout le drame.

Et ce qu'elle n'en connaissait pas, elle l'avait deviné.

Elle fit tant et si bien que l'on ne parla plus de conduire Marcel à l'hospice.

Du reste, la première semaine passée, Marcel reprit ses esprits, tout soudain.

Fort affaibli par l'assaut qu'il venait de subir, il vivait dans un état presque perpétuel de prostration.

C'est à peine s'il trouvait la force de sourire à Justine, admirable et touchante de dévouement.

Elle n'avait pas quitté son chevet une heure. Depuis le deuxième jour, elle couchait dans un coin de la chambre sur un petit lit de camp.

Sa mère était venue pour lui faire observer que là n'était pas sa place. On commençait à jaser dans le pays.

Mais Justine, qui n'avait pas sa langue dans sa poche, avait répliqué sur un ton dénué d'aménité :

— Ah ! celle-là, par exemple, elle est bonne !.. Pendant toute la guerre on n'a rien trouvé à redire quand je soignais des boches et aujourd'hui, je n'aurais pas le droit de ne pas laisser crever un Français comme un pauvre chien. Tiens, y m'dégoûtent les ceux du pays. Dis-y à ces gars-là que si ils ont quelque chose à me faire savoir, je suis ici nuit et jour pour les écouter... Et qu'ils me fichent la paix... Dis-leur ça poliment... Je ne fais pas de mal, au contraire. On n'a pas besoin de moi à la maison parce que je ne suis pas capable de faire une demi-lessive sans cracher une bolée de sang. Alors?... Je reste infirmière.

— À ta guise, après tout... Ça te regarde... As-tu besoin de quelque chose?

— Oui, du linge... mon vin de santé et mes potions... C'est tout.

— Et lui?

— Il a tout ce qu'il lui faut...

Et après un petit temps de réflexion, la mère questionna :

— C'est-y que tu l'aimerais?

Justine partit d'un grand éclat de rire.

— Ah ! parle pas de malheur !... Est-ce qu'on aime quand on est comme moi !

La mère embrassa sa fille et, bête humaine, docile et résignée, quitta la salle commune de l'estaminet où avait eu lieu cette scène.

En remontant auprès de Marcel, Justine mâchonna :

— Bien sûr, que je l'aime... Fallait bien que ça m'arrive à mon tour...

XII

Il y avait vingt jours que Marcel était alité.

Le docteur lui donna enfin la permission de se lever, de faire quelques pas dans la chambre, ce dont il n'abusa pas, car il était d'une extrême faiblesse.

Au bras de Justine, il vint jusqu'à un fauteuil qu'elle avait installé près de la fenêtre qui donnait sur la rue et dans lequel il s'effondra, tremblant et tout en moiteur.

Il tourna vers la petite son regard encore terne dans lequel, cependant, passa une flamme de vie et de joie.

Il lui prit la main, l'attira tout contre lui et lui dit à l'oreille :

— Merci, ma petite Justine, merci du plus profond de mon cœur...

Il l'embrassa tendrement et longuement sur le front.

Justine, en rougissant, lui rendit son baiser et s'assit près de lui et ses yeux se mouillèrent.

Marcel qui s'en aperçut, lui dit en souriant mélancoliquement :

— Comment, tu pleures?

— Oui, fit-elle, sans songer à retenir ses larmes, c'est bête comme tout et ce n'est pas la première fois. J'ai dû prendre un abonnement !...

— Et pourquoi pleures-tu?

— Je ne sais pas... Je ne pourrais pas dire... Depuis ta maladie, souvent, quand tu dors, je te regarde, il me passe un frisson, je me secoue comme un petit oiseau qui se baigne et puis, je me mets à chialer... Avant-hier soir, j'ai cru que je n'allais pas m'arrêter...

Marcel lui passa les mains sur les cheveux, les lui lissa tendrement tout en questionnant :

— On dirait que tu tousses moins.

— Tu t'es aperçu aussi de ça?

— Mais oui... N'est-ce pas que tu tousses moins?

— Oui, moins et j'ai moins de sueur la nuit.

— Tu t'es mieux soignée... me soignant, tu en as fait autant.

— Ma foi, non... Pas mieux, sûrement, et plutôt moins...

— Tes mains ne sont pas si fiévreuses.

— Et l'hiver dernier, à cette époque-ci, on ne me donnait pas six mois à vivre... Maintenant c'est peut-être l'été de la Saint-Martin... le dernier feu de paille.

— Veux-tu bien ne pas parler comme ça ! Tu me fais beaucoup de peine.

— À propos, tu te sens bien?

— Oui, aussi bien que possible... Mais j'ai été touché?

— Oh ! oui... On a tous eu peur, un moment. Demain, tu pourras voir les camarades, ils te le diront... Confiture, ce pauvre vieux, il a été tout ce qu'il y a de bien. Il n'a pas laissé passer un jour sans venir deux fois te voir... C'est un ancien, celui-là. Fou-d'Amour est venu aussi, mais pas si souvent. Lui c'est une brute. Faut pas lui en vouloir.

— Et Mme Turlan. Quelle brave femme !

— Ah ! ça, tu peux le dire... Elle et ses petits bouillons de poule, il n'y a pas mieux...

— Et le docteur.

— Lui, c'est son métier... Mais il est bon quand même. Il va te faire des piqûres à partir de demain pour te remettre plus vite d'aplomb.

— Je vais lui en devoir une somme...

À ce moment, on frappa à la porte.

Justine courut ouvrir.

Dans le cadre de la porte apparut la carrure de Mme Turlan. La brave femme tenait une petite soupière de bouillon...

Un bon sourire barra sa face rubiconde.

— Et alors ! s'exclama-t-elle, le voilà prêt à s'envoler notre pigeon?

— Oh ! pas encore, fit Marcel avec une moue de doute.

— Je pense bien. Mais enfin, à côté de ce que vous

étiez il y a trois semaines, ça ne se compare pas. Dans quinze jours, si ce temps-là dure, il n'y paraîtra plus. Mais au fait qu'est-ce qui vous a pris de vous laisser glisser comme ça?...

Marcel tressaillit et bredouilla :

— Je ne sais pas... Une faiblesse... Je ne pourrais pas dire... Je ne me rappelle que d'une chose, c'est qu'il m'a paru que je recevais un grand coup de gourdin sur la nuque... Le reste, je ne peux rien dire.

— Ce qu'on est peu de chose tout de même ! Enfin !... n'en parlons plus. Pour votre premier lever, je vous ai fait un bouillon de jarret de veau bien légumé... Vous allez en prendre un bon bol. Et puis, un blanc de poulet et des confitures d'abricots... Le docteur l'a permis ce matin... D'ici que vous vous recouchiez, ça aura le temps de digérer.

Confus, Marcel s'excusa :

— Vraiment, j'abuse...

— On sait ce que c'est... Et toi, Justine, n'oublie pas tes œufs dans le bouillon et ton extrait de viande. N'est-ce pas, qu'elle a meilleure mine la Justine. Ah ! mais je la soigne aussi. Huit œufs par jour et de mes poules. Cent grammes de poudre de viande et deux beefsteaks hachés, sans compter les pommes de terre...

Justine était devenue écarlate.

Marcel dit en riant :

— Ça ne m'étonne plus qu'elle aille mieux !...

— N'est-ce pas?...

— Mais je croyais que tu n'avais pas d'appétit.

— C'est venu, fit Justine.

— Et elle ne parle plus de claquer, allez !...

Retroussant la jupe de la petite, Mme Turlan s'écria :

— Fais pas de manières, je ne dépasserai pas le genou... Regardez-moi ces mollets. En trois semaines de temps. Combien que t'as pris de livres?

— Quatre...

— Elle n'a qu'à continuer comme ça et dans six mois, elle m'en dira des nouvelles.

« Après ça, le mariage et un beau gosse, c'est du quatre-vingts ans pour elle ! »

— Pourquoi pas centenaire pendant que vous y êtes ! fit Justine en s'esclaffant.

— En attendant, descends avec moi jusqu'à la cuisine, tu m'aideras à remonter la suite...

Les deux femmes s'éclipsèrent.

Marcel les regarda s'éloigner.

Son visage se couvrit d'une expression d'infinie tristesse. Il serra les poings et soupira longuement. Après quoi, il murmura :

« Pourquoi dit-on que le cœur des femmes est insondable... Il y en a qui sont bien facilement accessibles... Chère petite Justine... Pauvre petite Justine... Ah ! pourquoi n'y suis-je pas resté... Je n'aurais pas à me reprocher aujourd'hui ce miracle-là !... »

Mais tout de suite sa pensée prit un autre tour.

« Et puis, pourquoi pas?... Ma vie est finie... Autant la refaire avec cette petite. Mais pas ici, pas en France... et surtout, pas tout de suite. Ah ! non... Mais plus tard...

D'un geste brusque, il passa la main devant ses yeux...

— Ne pensons pas à cela !...

Tandis que Marcel monologuait ainsi, Mme Turlan et Justine gagnaient la cuisine.

Lorsqu'elle eut, derrière elle, refermé la porte, la tenancière prit Justine par les épaules, la retourna et lui souffla en plein visage :

— Mais dis-le donc que tu l'aimes !... ne lui dis pas encore à lui, mais à moi?...

Justine avoua sans gêne :

— Je crois que ça se voit... Ça m'en a fait toute une révolution...

— Un vrai miracle, quoi !

— Ma foi, il y a quelque chose comme ça... Je ne suis plus la même, ni moralement, ni physiquement... C'est rigolo tout de même. Je me sens tout autre. J'aurais été à Lourdes que ce ne serait pas mieux... Chez nous, ils en sont épatés.

— Tu l'as dit à ta mère?

— Oui, je lui ai dit... J'avais besoin de le dire à quelqu'un.

— Et qu'est-ce qu'elle t'a répondu?

— Elle m'a prise dans ses bras, m'a embrassée et m'a dit en pleurnichant, car elle ne fait que ça : surtout si tu ne sais pas te refuser, tâche de ne pas avoir de gosse avant de te marier, rapport à ton père qu'est à cheval là-dessus... Vous parlez, comme mon père a quelque chose à dire, lui qui en était à son deuxième quand il a épousé ma mère... Il est vrai, que le premier était venu mort-né et que le second ne se voyait pas encore.

— Et tu lui as cédé?

— Pensez-vous que ce soit un type à faire des choses pareilles... D'abord il ne se doute de rien... Et puis, il a encore l'autre dans le cœur, sans doute.

Mais Justine se récria :

— Ah ! mon Dieu, qu'est-ce que je viens de dire là !...

Mme Turlan insista :

— Quelle autre?

Justine essaya de rattraper sa gaffe.

— Mais non, il n'y en a pas une autre... J'ai dit cela comme j'aurais dit autre chose.

— Allons donc, à d'autres ma petite Justine... Tu crois donc que je n'ai rien compris. Je suis plus dessalée que tu ne crois, mets-toi bien cela dans le trognon.

— Écoutez, madame Turlan...

— Rien du tout... Ton Marcel, qui m'est tout plein sympathique, du reste, eh bien ! je devine ce qu'il est et ce qu'il a fait... Et ce n'est pas d'aujourd'hui que je suis fixée sur lui, tu peux me croire... Du premier jour, j'ai compris que ce gars-là était pas plus ce qu'il dit être que moi je pourrais me dire pape.

« Mécanicien de batterie, lui ! allons donc ! Avec les mains qu'il a !... Non, mais il ne me prend pas pour une poulette de la dernière couvée...

— Écoutez, m'ame Turlan, fit Justine sur un ton suppliant, le bouillon, là-haut, refroidit...

— Pas de danger, je l'ai mis devant le feu...

Et elle reprit sans la moindre pitié :

— C'est un gars qu'a fait un coup... Un fils de bourgeois que je parierais... Tiens, si t'avais été là quand les gendarmes sont venus et qu'ils ont parlé du crime passionnel...

— Madame Turlan !

— Dis donc que ce n'est pas lui qui a fait le coup... Oh ! pas pour de l'argent, bien sûr, mais par jalousie, dans une minute de loufoquerie... Ça arrive... Et puis, affolé, il a pris le train pour n'importe où, après s'être fait une nouvelle peau... Et il a débarqué ici... Dis-moi donc qu'il savait soigner les chevaux dans la mine.

Justine éclata en larmes et balbutia :

— Vous m'ôtez toute ma santé et tout mon courage.

— Ce que j'en fais, c'est pour ton bien. Maintenant si tu veux te faire engrossir pour le plaisir du monsieur, tu n'as qu'à le dire. Ce n'est pas moi qui m'y opposerai... Quant à l'épouser jamais, ça il ne faut pas y compter.

Un masque de colère se plaqua sur les traits de Justine.

Elle se campa, les poings sur les hanches, devant la femme Turlan et dit, d'une voix sourde, frémissante et tranchante :

— Mais, au fait, pourquoi donc que vous me dites

tout ça?... Je ne vous ai rien fait de mal, moi... Ce serait-il pas par jalousie?... Dites voir un peu.

Mme Turlan s'esclaffa :

— Moi?... Moi, jalouse de toi?... Tu plaisantes !

— Pas tant que ça.

— Mais si je voulais me l'offrir, ton Marcel, je n'aurais qu'un mot à dire, un geste à faire...

— Vous croyez? Eh bien, essayez donc, histoire de rire... Dans cette course-là, moi, je ne vous donne pas comme gagnante... Vous avez beau être une belle femme, vous n'êtes pas son type...

— Tu crois?

— Pour sûr?

— Prends garde, en attendant, que je ne montre et plus vite que ça le chemin de ma porte, espèce de morveuse ! Regardez-moi ça, on a pitié d'elle, on la soigne, on la réscape et c'est comme ça que ça vous récompense !... Tiens, fous-moi le camp !... Et tout de suite.

Justine poussa un grand cri et tomba à genoux.

— Oh ! non, non, pas ça.

Les mains jointes, elle supplia :

— Oh ! non, non, pas ça, madame Turlan... Ayez pitié de moi... Je peux pas vous promettre de ne plus l'aimer, mais je vous jure qu'il n'en saura jamais rien.

— Allons, relève-toi, sale gosse et pas tant de chichis... T'avais raison tout à l'heure, son bouillon refroidit... Sèche tes yeux... Jette-toi de l'eau fraîche sur le museau... On reparlera de ça un autre jour.

Justine obéit et, tout en s'imbibant les yeux, elle murmura à part soi :

— C'est pas la peine que je m'en fasse tant que ça pour moi... Pourvu qu'elle continue à me donner à bouffer et que je me remplume, le reste, c'est pas à craindre. Je serais bien bête, après tout, de me faire du mauvais sang... Attends un peu, ma vieille... Seulement, faut que je me tienne à carreau, elle serait capable de lui faire du tort auprès des gendarmes !

Quelques instants après, Marcel et Justine faisaient leur première dînette.

Dans sa cuisine, Mme Turlan passait ses nerfs sur ses casseroles et sur les ronds de sa cuisinière qu'elle bousculait à plaisir tout en disant entre ses dents :

— C't'espèce de petit cadavre ambulant qui se permet d'aimer cet homme-là !... Non, mais, des fois !... Y a plus d'enfants ! Si elle persiste, j'y fais flanquer une volée par son père... Mais patience ! Vaut mieux pas d'histoires... Que Marcel guérisse... On verra après... Joue ton rôle, ma petite, j'aurai mon tour.

XIII

Depuis la mort de son mari survenue dans le courant de 1917, jamais la conduite de la femme Turlan n'avait donné sérieusement prise à la critique.

Accorte créature, possédant un excellent fonds de commerce, d'importantes économies et du bien au soleil, elle aurait pu se remarier.

Plusieurs partis s'étaient offerts à elle qu'elle avait évincés. Elle voulait garder sa liberté. Elle ne se cachait pas pour le déclarer : le mariage ne lui disait rien du tout. Elle en avait goûté durant dix ans et cela lui suffisait. Elle ne vivait que dans le but de s'amasser quelques rentes et comptait se retirer de bonne heure pour profiter le plus longtemps possible de l'avoir péniblement acquis.

On laissait bien entendre qu'elle satisfaisait aux exigences de son tempérament en la compagnie de voyageurs de commerce qui descendaient de préférence chez elle, mais, outre qu'on n'en était pas certain, on lui reconnaissait le droit de disposer de sa personne à son goût et à sa fantaisie.

C'était déjà très joli ! La foule a de ces prétentions ridicules et grotesques.

Pour la plupart des gens de l'endroit, Mme Turlan était une joyeuse commère, doublée d'une femme de cœur qui méritait l'estime de sa clientèle.

Or, depuis l'arrivée de Marcel Hélin chez elle on jasait quelque peu.

Confiture, sans malice, Fou-d'Amour, sournoisement, avaient été les premiers à remarquer que le « Voyageur » dès la première heure de son séjour, avait sérieusement intéressé la débitante.

Elle avait été, tout de suite, aux petits soins pour lui, le logeant bien et pour presque rien, se montrant pleine d'attentions, le gratifiant au lendemain de son arrivée d'une soupe de « bourgeois », veillant à ce qu'il ne manquât de rien du temps qu'il avait travaillé au « fond » et le soignant avec un dévouement particulier depuis son « accident ».

Ces façons de faire n'avaient pas été sans susciter quelques jalousies.

Les langues avaient commencé de marcher.

— Il ne s'embête pas, l'étranger !

— Est-ce que la Turlan serait pincée?

— C'est de l'amour ou je ne m'y connais pas !

— Et l' « Essoufflée » qui s'en mêle.

— C't'avorton aussi s'en ressent pour la gueule pâle. Ça s'émancipe.

— Alors, il les lui faut toutes !

— Qu'est-ce que c'est au juste que ce type-là?

— Ça finira par un mariage !...

A mots couverts, d'abord, on avait taquiné la Turlan.

Et il était arrivé qu'à force de tant lui vanter les belles manières de Marcel, son physique agréable, tous ces gens avaient réussi à faire naître peu à peu dans le cœur de la tenancière et à son insu un sentiment très tendre pour son malade.

Elle avait fini par ne plus le voir « avec les mêmes yeux ».

Charitable pour lui d'abord par bonté d'âme, elle en était venue à être bonne par passion.

Le dévouement de Justine qui l'avait touchée au début de la maladie de Marcel n'avait pas tardé à l'indisposer.

Après tout, de quoi se mêlait-elle, cette gamine à moitié morte?

Dans quel but mystérieux et facile à comprendre s'était-elle dévouée à ce garçon?

Et à quoi songeaient donc ses parents de la laisser se compromettre ainsi? Que pouvait-il bien s'être passé entre eux au fond de la mine pour qu'en en remontant la petite soit ainsi transfigurée?

D'autres fois, les beaux côtés de sa nature l'obligeaient à convenir que Justine était, somme toute, très convenable ; qu'elle ne faisait pas, pour Marcel, davantage que ce qu'elle avait fait, pendant la guerre, pour un tas de boches malades ou blessés.

— Allons, ma fille, ne te laisse pas monter le cou... Elle est gentille cette gosse et elle n'y voit pas plus loin que le bout de son nez.

Et puis, Marcel n'était pas un homme à s'enticher d'une môme aussi vulgaire. On sentait bien que c'était quelqu'un, ce garçon-là...

Alors, son cœur avait parlé.

Et soignant l'un, elle avait soigné l'autre, Marcel avec une passion naissante, Justine avec un dévouement maternel.

Et puis, tout d'un coup, l'orage avait éclaté.

Elle avait surpris des larmes, des attitudes qui l'avaient indisposée.

Aujourd'hui, suivant sa propre expression, elle avait vu clair, et dans son cœur et dans celui de Justine.

Cette gosse, une rivale? Non, c'était trop drôle. Elle n'avait pas besoin de se tourmenter. Finir de lui river son clou, ce qu'elle avait commencé de faire, et le tour serait joué.

Justine de son côté, en fine mouche, avait tout de suite pris son parti de la situation.

En remontant auprès de Marcel, elle s'était montrée plus enjouée que jamais.

Et comme ils attaquaient une crème au café spécialement faite par la Turlan pour le convalescent, elle avait dit dans un souffle et en s'emparant des mains de Marcel :

— T'en fais plus, va... ta maladie, pour toi, ça été un vrai coup d'éponge. Pas vrai? Dis que je me trompe.

Marcel ouvrit de grands yeux et avoua sincèrement :

— Je ne te comprends pas.

— Ne parle pas si haut et laisse-moi te dire... Sur les choses de la vie et de l'amour, tu es bien plus fort que moi. Et tu n'as pas de peine, pour cette raison, que moi, je sors de mon œuf. Mais, tu as de l'expérience alors que moi je n'ai que de l'instinct et t'as bien compris que depuis ta maladie je suis un peu plus qu'une camarade pour toi. Ça me fait du bien d'avouer ça... Oh ! c'est pas une déclaration d'amour que je te fais là, non, mais l'idée te viendrait, tout à coup, de me prendre dans tes bras et de m'aimer comme une femme que je ne t'en voudrais pas, oh ! mais pas du tout. Au contraire, je t'en serais bien reconnaissante et ça ne t'engagerait en rien, ça je te le jure. Ça me ferait tant plaisir, j'en éprouverais tant de bonheur, si je pouvais te guérir de toutes les façons et surtout de cette sale histoire. Hein?

Marcel sentit un petit tremblement courir sur ses chairs.

Il questionna, la voix chavirée :

— Cette sale histoire? Comprends pas.

Avec un petit clin d'œil, un sourire malicieux et comme en le menaçant de son index, Justine murmura :

— Avec ça que tu ne comprends pas ! Avec ça !

Une sorte de subite terreur envahit Marcel du cœur à l'âme.

Il risqua d'une voix à peine perceptible :

— J'ai donc parlé pendant que j'étais malade et inconscient?

— Ah ! tu vois que c'est vrai !

— Mais qu'est-ce que j'ai dit?

— Des choses !

— Mais encore?

Justine baissa la tête et resta muette. Au bout d'un instant de réflexion, elle hasarda :

— Après ce que je viens de te dire, t'expliques-tu ton malaise et ta maladie à la suite de la visite des gendarmes?

Marcel se replia sur lui-même, ses bras glissèrent au long de son corps et il se prit à sangloter.

Justine se précipita sur lui, lui jeta ses bras autour des épaules, l'embrassa frénétiquement et lui dit à l'oreille :

— Pleure pas, il n'y a rien de perdu, mais à ta place, je partirais d'ici et le plus tôt possible. Tu as de l'argent, suffisamment?

Il sanglota :

— Oui, je crois...

— T'as qu'à demander à la Turlan, comme histoire de te renseigner, ce que tu lui dois... avec deux cents francs, deux cents ou deux cent cinquante, je crois bien que tu t'en tireras...

Marcel l'interrompit, ravalant ses larmes, étouffant ses sanglots, et dit :

— Et puis?

— Et puis? Eh bien, et puis, la route est large et les chemins de fer vont vite.

— Où veux-tu que j'aille?

— Tout seul, tu n'en sais rien, évidemment, mais à deux, c'est différent.

— A deux?

— Oui, à deux... Nous deux...

— Nous deux?...

— Pourquoi pas?...

— Tu m'aimes donc?

— Si, je t'aime? Je ne sais pas au juste... Ce dont je suis sûre c'est que tu es le premier à m'avoir fait pleurer et que depuis que je te connais, je tousse moins et je me porte mieux... Ça doit vouloir dire quelque chose, ça... Et puis un tas d'autres petits riens... Je pense plus à mon père, à ma mère, à mon frère, à mes sœurs. C'est presque une corvée pour moi quand je suis obligée d'aller les voir...

— A propos, ça ne leur a pas paru bizarre que tu restes ainsi près de moi à me soigner?

— Si, un peu... Mais ils ont confiance en moi et puis je leur ai juré que je te soignais comme j'ai soigné les boches... Alors, ça leur a suffi... Ils ne sont pas exigeants, tu sais. Ce sont des gens bien simples et qui n'y voient pas plus loin que le bout de leur nez... J'avais pas besoin de leur en dire plus, ils n'auraient pas compris.

Du silence tomba entre les deux jeunes gens.

Du silence que Marcel rompit pour laisser entendre :

— Comme c'est étrange et déconcertant la vie!

Justine insista :

— Alors, c'est convenu, hein? Tu vas payer ta note, ici. Oh ! pas aujourd'hui, bien sûr, ni demain, mais dans une huitaine. Et puis, un jour, sous le prétexte d'aller faire un tour, on s'en ira pour ne plus revenir... Et tu ne penseras plus jamais à celle qui t'a fait tant de mal et que tu as tuée sans le faire exprès.

Marcel grelotta d'effroi.

Et ce fut à peine s'il eut la force de bégayer :

— Oh ! tu sais cela !

— Oui, tu as tout raconté pendant ton délire... Mais il n'y avait que moi là... Personne autre que moi ne sait ton histoire... Même pas et surtout les gendarmes... Et il faut s'en méfier. Ce sont des types qu'ont intérêt à embêter le monde... Et quand ils s'y mettent, c'est terrible.

— Ils étaient bien venus pour moi, hein?

— Dame, ils ne venaient pas pour le pape. Seulement, personne ne savait.

« On a cru que tu avais pris une congestion.

— Mais la patronne?

— Celle-là?... Oh ! celle-là, c'est une garce avec ses petits airs de ne pas y toucher. Figure-toi qu'elle est jalouse de moi.

— Jalouse de toi?

— Ben oui... Elle m'a vu te soigner, n'est-ce pas! Elle m'a vu pleurer... Alors après cette semaine qu'on a passé au fond, elle s'est fait des idées parce qu'elle a des vues sur toi...

— Des vues sur moi?

— Oui, tu lui plais... Elle a le béguin, quoi.

Un timide sourire passa sur les lèvres de Marcel Hélin.

Ayant haussé les épaules, il dit :

— Un béguin... pour moi !... Pauvre, chère femme !

— Alors, vaut mieux pas que tu insistes pour rester ici... Dans notre intérêt à tous les deux... Dans le tien, surtout... Dans le fond, vois-tu, la Turlan, ce n'est pas une méchante femme, mais quand on a des idées sur quelqu'un et qu'on sent qu'on ne pourra pas arriver à ses fins on est capable de faire un tas de bêtises.

— Mais encore?

— Eh bien, je ne sais pas, moi... d'aller prévenir les gendarmes.

— Prévenir les gendarmes?... Mais sur quoi se baserait-elle pour faire une chose pareille. Elle ne sait rien... Elle n'a rien entendu... Tu ne lui as rien dit?

— Oh ! pour cela, non.

— Alors? Tu te fais des idées...

— Pas tant que ça... Elle a beau ne rien savoir, elle peut très bien parler de toi... Raconter que tu t'es évanoui quand t'as entendu les gendarmes parler de ce crime de Paris. Alors, ils peuvent venir ici, t'interroger... Tu peux te troubler... Non, crois-moi, mon idée est la meilleure : Attendre huit, quinze jours s'il le faut pendant lesquels tu diras plusieurs fois que décidément le métier de mineur est au-dessus de tes forces, pendant quelque temps. Moi, la première, j'aurai l'air de couper dans le panneau... Je ne suis pas une sotte... Et puis, du reste, maintenant qu'on s'est expliqué, je vais retourner un peu chez moi... Au besoin, je dirai à ma mère qui n'y voit jamais plus loin que le bout de son nez de venir me chercher... Maintenant que tu es hors de danger ça pourra se faire... Tu veux bien?

— Si tu crois cela préférable?

— Et puis, j'irai te rejoindre.

— Mais où?...

— Ah ! voilà... Qu'est-ce que tu fais exactement de ton métier?

— Je suis mécanicien... Je peux travailler dans les bureaux des ingénieurs. Je suis sorti des Arts et Métiers.

Justine battit des mains.

— Pourquoi ne m'as-tu pas dit cela plus tôt... J'ai mon parrain qui est au service technique... Il peut t'être utile... Et puis, il connaît des tas de gens surtout en Belgique... Dans les mines belges il te trouvera sûrement quelque chose et lui ne dira rien. Je n'aurai qu'à lui faire la leçon. Tu veux?

— Oui...

— Je vais aller le voir dès ce soir. Mais il ne faut rien dire à personne.

— Je te le promets.

— Surtout à la Turlan.

— Ça va de soi.

— Tiens, j'y vais tout de suite.

La petite débarrassa la table, descendit la vaisselle et les reliefs. Après quoi, elle sortit pour aller jusque chez elle soi-disant.

À peine fut-elle partie que Mme Turlan monta auprès de Marcel.

Elle s'inquiéta de savoir comment se passait cette première journée de convalescence. Marcel déclara qu'il se sentait fort bien.

Et revenant sur l'incident à la suite duquel il était resté cloué sur son lit de souffrance, il dit :

— Ça ira tout à fait mieux dans une huitaine, mais il ne faut pas que je retourne au fond. Ça ne me vaut rien. Huit jours, enfermé comme ça dans cette nuit, ça m'a fauché. Et puis, la fatigue...

Accompagnant sa phrase d'un regard quelque peu sournois, Mme Tarlan dit sur un ton de voix qu'elle essaya de rendre neutre :

— La fatigue et puis un peu les ennuis... qu'est-ce qui n'en a pas ! À Paris, surtout, où la vie est loin d'être aussi tranquille qu'ici... À propos, va falloir que nous régularisions votre situation vis-à-vis de la gendarmerie...

— La gendarmerie, fit Marcel sans pouvoir rester maître de lui.

— Oui, la gendarmerie. Le livre de police... Je suis dans mon tort. Je ne vous ai pas encore fait remplir votre fiche... Je sais bien que vous vous appelez Jean-Baptiste Eline. J'ai vu ça pour la mine, mais ça ne suffit pas, vous avez des papiers?

— On a toujours des papiers... mais je ne voudrais pas être inscrit sous mon nom.

— Tiens, pourquoi ça, vous craignez donc quelque chose?

Marcel avait retrouvé un peu d'aplomb.

Il répondit :

— Ma foi, non... mais j'ai intérêt à ce que ma famille ne puisse pas me retrouver. Quand je dis ma famille, j'exagère, il ne s'agit que de ma femme...

Mme Turblan fronça les sourcils.

— Ah ! vous êtes marié?

— Hélas !... pour mon malheur... mais je vous raconterai cela plus tard... c'est une histoire qui n'a rien de bien intéressant pour personne. Las de souffrir, j'ai pris brusquement la résolution de disparaître... Je n'ai pas envie de recevoir un mauvais coup...

— Alors vous ne veniez pas de Louvin quand vous êtes arrivé ici?

— Non.

— De Paris, peut-être.

— Je suis passé par Paris... mais ne me questionnez pas davantage, je vous en serai reconnaissant.

— Ah ! moi, pourvu que je mette un nom sur mon livre. Je vais vous chercher une fiche... Faudra mettre la vraie date de votre arrivée, je n'ai reçu personne depuis que vous êtes ici... Et pour ceux qui couchent dans la baraque je ne tiens pas de comptabilité... C'est ouvert à tout venant...

Tout en descendant l'escalier, la Turlan mâchonna :

— Il n'y a pas d'erreur, ça doit être celui qu'on recherche... Et cependant, il n'a pas une figure d'assassin... Il est vrai que la figure, ça ne veut rien dire. Mais tout de même, un assassin, même si c'est un crime passionnel, ça vous refroidit...

La Turlan eut un court frisson.

Depuis dix minutes elle se sentait beaucoup moins de sympathie amoureuse pour Marcel.

En remontant, elle bredouilla :

— Dommage, il est gentil garçon... Mais avec ces types-là, on ne sait jamais...

Ce fut sans que sa face soit barrée par son habituel et bon sourire commercial, qu'elle tendit le livre à Marcel en disant :

— Voilà l'affaire... vous avez une plume et de l'encre sur la cheminée.

— Merci.

— Alors, dites-moi, pour en revenir à ce que vous disiez tout à l'heure, vous n'avez pas l'intention de faire de vieux os ici?... Si ça ne vous vaut rien, la mine, il ne faut pas insister... Et puis ici, on vous a remarqué... vous n'êtes pas comme les autres... Tout le monde se doute que vous êtes de passage forcé ici. Vous intriguez un peu les gens. Moi-même, je me doutais bien qu'il y avait un secret dans votre vie. Moi, à votre place, je resterais encore quelques jours, et puis, sans tambour ni trompettes, je m'en irais planter mes choux ailleurs, comme on dit chez nous...

Prenant une mine contrite, Marcel questionna :

— C'est mon congé que vous me donnez?

— Oh ! ma foi, non.

— Je peux partir tout de suite.

— Vous n'en avez pas la force.

— Je la trouverai.

— Faut pas vous fâcher.

— Oh ! je ne me fâche pas...

— On le dirait.

— Ni croire, parce que je vous ai dit un peu de mon secret qui n'a rien de bien terrible que je sois un vagabond ou un être dangereux.

— Je me garderais bien de dire cela.

— Je suis un malheureux, qui vit un triste enfer depuis des mois et qui a cherché à s'en évader... Voilà tout...

— Je n'en crois pas plus...
— Vous avez été très bonne pour moi...
— C'est dans ma nature...
— Je partirai dans huit jours, peut-être avant si vous l'exigez.
— Oh ! non... Je vous dirais même bien de rester ici tant que vous voudrez, mais faudrait m'en dire plus long... Aussi long qu'à Justine.
Marcel bégaya :
— Aussi long qu'à Justine?... comprends pas.
— Allons donc... les cloisons ne sont pas épaisses ici... Faut pas parler bien haut pour qu'on entende.
Elle plaidait le faux pour savoir le vrai.
Marcel en eut l'intuition, aussi se tint-il sur une prudente réserve. Il dit en tendant le livre de police à la tenancière :
— Je comprends de moins en moins. Il est vrai que je ne suis pas fort sur les énigmes... Je n'en ai pas dit plus long à Justine qu'à vous...
— Admettons... Et puis, restons-en là, ça vous donnerait la fièvre de continuer... Et puis ça n'a rien de drôle... Et puis, ça ne me regarde pas, encore une fois... Mon livre est en règle, vous avez de l'argent pour me payer ma note...
— Oh ! ça, oui...
— Le reste, c'est vos affaires...
A ce moment, une voix avinée s'éleva dans l'escalier.
— M'ame Turlan !... Une bistouille ! s'vous plaît.
— Voilà, voilà, l'Échaudé, on arrive. T'en fais pas, mon garçon !...
Elle avait reconnu la voix de l'homme qui, sitôt qu'elle fut devant lui, questionna :
— C'est bien chez vous qu'habite un gars qu'a fait une semaine au fond et qui s'appelle Eline Jean-Baptiste, Marcel de son nom?
— Oui, pourquoi? fit la Turlan tout en préparant la mixture commandée.
— C'est à cause d'une commission que je suis chargé de lui faire de la part de M. Brillot, le chef de la section technique. Il voudrait le voir le plus tôt qu'il pourra, demain si c'est possible. Paraît qu'il a quelque chose pour lui... vu qu'il est ingénieur.
Mme Turlan fit ses yeux ronds.
— Ingénieur? s'exclama-t-elle.
— Oui, qu'on dit...
Elle se frappa le front et dit :
— Ça y est... j'y suis...
— Vous y êtes?...
— Oui, ne fais pas attention... on lui dira... pas besoin de le déranger.
— Mais sans faute, hein?
— Tu peux compter sur moi.
— En ce cas, qu'est-ce que je dois?
— Rien. Ce sera plus vite réglé.
— Alors, on va remettre ça.
— Non... va-t-en... J'ai affaire avec un client...
L'homme n'insista pas, s'essuya la bouche d'un revers de main, ralluma son brûle-gueule et sortit.
A part soi, Mme Turlan décréta :
— Mais oui, c'est ça... Ça ne peut être que cela... Un ingénieur qui aura mangé la grenouille ou qui fait de l'espionnage dans les mines... Je me disais aussi, il a des cheveux blancs pour son âge... C'est le travail de tête qui lui aura fait ça... Alors, si c'est un ingénieur, non, décidément ce n'est pas un type pour moi... Si j'y parlais amour y m'répondrait machine-outil. On pourrait jamais s'entendre... Allons lui faire la commission...
Mme Turlan, en hâte, monta retrouver son pensionnaire.
Elle le trouva tout rêveur, le regard tourné vers la rue sur laquelle le crépuscule mettait des taches d'ombres.
Il était tellement absorbé dans ses pensées qu'il ne l'entendit pas entrer. Alors, elle dit, entre deux voix :
— M'sieur Marcel, il y a du nouveau, du nouveau pour vous et du bon et auquel vous ne vous attendiez peut-être seulement pas...
— Du nouveau?... Dans quel ordre d'idées?
— Oh ! ce que vous parlez bien ! s'extasia la tenancière... Mais ça ne m'étonne plus maintenant que je sais qui vous êtes... Mais alors vraiment qui vous êtes.
— Allons, bon, voilà une nouvelle histoire, fit Marcel à part soi et non sans esquisser un geste d'impatience.
Mais il parvint à dompter ses nerfs.
— Et de quel nouveau voulez-vous parler?
— Vous êtes ingénieur... Ne niez pas... Je sais tout. Il y a un homme de la mine qui vient de venir. Le chef des services techniques, M. Brillot, vous fait dire d'aller le voir le plus tôt que vous pourrez vu qu'il a à vous parler... Demain si possible...
Marcel répondit simplement :
— Merci, madame Turlan... J'irai demain si mes forces et le docteur me le permettent...
Et, presque attendrie, Mme Turlan laissa entendre :
— Pourquoi que vous avez fait le cachotier comme ça avec moi?
Alors Marcel Hélin supplia presque :
— Madame Turlan, je vous ai beaucoup de reconnaissance pour toutes les bontés que vous avez eues pour moi, mais vous seriez bien aimable de ne pas oublier que je ne suis pas encore très solide et que j'ai besoin de beaucoup de repos pour me remettre complètement. Oh ! ce n'est pas que je tienne tant à la santé pas plus qu'à la vie, croyez-le...
— Bien, bien, ne vous fâchez pas... Vous fâchez pas. Vous êtes ingénieur et puis voilà tout...
— Mais non, je ne suis pas ingénieur, je suis mécanicien diplômé... C'est loin d'être la même chose...
— Enfin, ma commission est faite. Je n'ai rien à me reprocher, mais...
— Merci, madame Turlan.
— Vous dînerez ce soir?
— Oh ! non... Je vais me coucher, sitôt après votre départ et essayer de dormir un peu... Je suis très fatigué.
— Alors, je vous laisse...
Et la tenancière sortit en grommelant.

XIV

Lorsque Justine quitta le carreau après avoir obtenu de son parrain M. Brillot qu'il convoquât tout de suite Marcel Hélin et lui donnât les moyens d'aller gagner sa vie en Belgique, elle resta quelques instants hésitante sur le point de savoir si elle allait faire un tour jusque chez elle ou si elle allait revenir tout de suite auprès de notre héros.
Elle prit le chemin de la maison paternelle.
Lorsqu'elle y arriva, son père avait, à son sujet, avec sa femme, une explication plutôt orageuse.
Comme elle allait ouvrir la porte, elle entendit le vieux qui hurlait :
— Faut que ça finisse... Et si elle n'est pas ici dans une heure, c'est moi qui ira la chercher... A la fin c'est une honte... On n'est plus en guerre... Infirmière ! Pas plus que moi... Bonne à faire des saletés, oui et c'est tout !...
Justine ouvrit la porte à la volée et se précipita dans la vaste pièce qui servait à la fois de cuisine et de salle à manger et, où, à cette heure, toute la famille était réunie.

En la voyant, le père s'exclama :

— Pas dommage !... J'allais y aller !

Justine embrassa sa mère, son frère, ses deux sœurs et se plantant devant son père, interrogea :

— Qu'est-ce que tu as à me reprocher?...

— Ta conduite... C'est une honte... A la mine, tout le monde est de mon avis...

— Dis voir un peu... Cite-moi des noms que j'aille leur dire leur fait et ce que je pense ! Quant à toi, tu entends, je te défends de me soupçonner d'être la maîtresse de ce malheureux. J'ai la conscience nette. Tout le monde ici même n'en pourrait pas dire autant... En me traitant de saleté parce que tu supposes que Marcel est mon amant, tu insultes ma mère dont tu as profité avant de l'épouser... Oh ! tu as beau serrer les poings et rouler des yeux gros comme des lanternes de locomotive, tu ne me fais pas peur... Maintenant, on va s'expliquer gentiment, si tu veux...

— Je ne m'explique pas, j'ordonne.

L'homme, d'un bond, se jeta sur sa fille, lui saisit les poignets et la jeta sur une chaise en gueulant :

— Quand je devrais t'attacher là, tu entends, tu n'y retourneras pas auprès de ton amant... ou, sinon, je lui fais son affaire à ce propre à rien qui vient d'on ne sait où...

Justine haussa les épaules.

Une moue de pitié passa sur ses lèvres.

Son père, alors, exaspéré par l'attitude un peu méprisante de sa fille et les propos qu'elle venait de tenir leva la main, mais la mère s'interposa à temps.

— Je ne veux pas que tu la battes...

Elle le repoussa violemment.

— Puisque tu prends sa défense, je sais ce qu'il me reste à faire.

Une crainte vague naquit dans l'esprit de Justine qui questionna :

— Qu'est-ce que tu entends par là?

— Ce que j'entends?... Les gendarmes donc. Tu n'es pas encore majeure, ma petite... J'ai encore des droits sur toi, que tu le veuilles ou non... Et je ne veux pas qu'un galvaudeux, qu'un bon à rien, t'entraîne à ses trousses et te vole à nous... Car je sais comment cela se passe, va... Je l'ai pratiqué avant toi le sentiment !

Le père fit un geste de menace et s'envoya une rasade de vin dans la gorge.

Justine, choquant ses poings l'un contre l'autre, haletante, la rage au cœur, s'écria :

— Mais qu'est-ce que tu leur dirais aux gendarmes?

— Ça, c'est mon affaire..

— Ça me regarde bien un peu aussi, tout de même.

— Ça ne regarde que moi, moi seul... Et j'irai, pas plus tard que demain si t'as le malheur de retourner auprès de ce gars-là !

Justine laissa tomber son front dans ses mains et se prit à sangloter dans un murmure :

— Mais qu'est-ce qu'ils ont donc tous contre lui !... Qu'est-ce qu'ils ont donc !

Et se dressant soudain, elle s'écria :

— Mais qu'est-ce qu'il vous a fait ce malheureux pour que vous vous acharniez ainsi tous contre lui...

— Tiens! v'là du nouveau! Je ne suis donc pas le seul à m'en plaindre !...

— Mais il n'a rien fait à personne.

— Ça, c'est à voir !

Au comble de l'exaltation, Justine menaça :

— Le premier qui lui fait tort, quel qu'il soit, je lui fais un mauvais coup !

Elle bondit jusqu'au buffet, se saisit d'un long couteau de cuisine et le brandit en répétant sa menace.

Ce fut son frère qui la désarma.

— Ah ! ça, mais, tu es folle, Justine !...

— Oui, oui, folle, tu peux le dire, Michel... C'est eux qui me rendent folle ! Folle !... Avec leurs histoires, leurs potins, leurs cancans !... Je vous dis, moi que c'est un honnête homme... Pendant toute une semaine qu'on a vécu dans le fond, il aurait pu se permettre des gestes comme Fou-d'Amour? tant d'autres que j'ai remisés... Mais rien, pas ça... Un bon fieu, malheureux, qu'a de la peine ; qu'est venu échouer ici pour se guérir d'une grande douleur et qui vaut mieux dans son petit doigt que vingt d'entre vous dans toute leur personne...

« Des saletés, nous !...

« Pauvre gars ! Il n'a fait que me parler de sa mère, de ce qu'il avait souffert...

« Abandonné par son père, travaillant quinze heures par jour, pour se faire une position. Et puis une gueuse qui lui a foutu sa vie par terre !... Tout ça vaut-il qu'on le menace des gendarmes?... Non, certes... Seulement, voilà, il est soigné de sa personne, il parle mieux que les autres, ne se saoule pas et ne parle point de tout chambarder... Alors, ça chiffonne ces messieurs! Eh bien, touchez-y... Oui, je l'aime !... oui, je l'ai dans la peau... c'est mon droit. J'ai pas tant de temps à vivre...

« Et s'il part d'ici, je le suivrai, et si l'on nous fait des misères je me jette à l'eau !...

Michel jeta ses bras autour des épaules de sa sœur et tenta de la calmer.

— T'en fais pas à ce point-là, ma Tine, tu vas te rendre malade et tu l'es déjà bien assez comme ça... Et toi, père, ne parle plus de tes copains ni de tes gendarmes. Ça ne sert à rien qu'à faire de la peine à tout le monde. Après tout, c'te pauvre Justine n'a pas tort... C'est bien son droit de disposer de son cœur... Il y en a bien d'autres chez nous qui le font sans qu'on y trouve jamais à redire. Et d'autres aussi qui commencent plus tôt... Elle est pas majeure, c'est entendu, mais notre mère l'était pas non plus... Dans nos pays la peau de chacun n'a pas tant de valeur... Allez, faites la paix et que tout soit dit... Justice, va embrasser le père...

Justine, écoutant la voix de la sagesse, s'approcha du mineur.

Il la repoussa en disant :

— Plus de conduite et moins de baisers, ça vaudra mieux...

Une seconde, Justine fut sur le point de tourner les talons et de courir rejoindre Marcel, mais elle pensa à temps à celui-ci.

— Non, pas partir... C'est lui qui payerait pour moi.

Elle jeta sur une chaise son châle et son petit manteau noir, consulta la pendule, vint au buffet, sortit des assiettes, des bols, des couverts et demanda à sa mère sur un ton de voix qu'elle s'efforça de rendre le plus naturel du monde :

— Est-ce que je dois préparer quelque chose pour le souper...

— Il y a du lard à la cave et un plat de choux, faisles chauffer... Le lard, on le mangera froid.

Le père se dirigea vers la porte, fit signe à son fils de le suivre.

Il jeta, goguenard :

— Un seul verre et on revient.

La mère fit signe à Justine de venir avec elle à la cave.

Justine obéit docilement. Elle n'avait plus aucun motif de regimber. Un besoin de passivité absolue s'était emparé d'elle. Avant tout, elle ne voyait que l'intérêt de Marcel et ne cherchait que le moyen de mettre son amour à l'abri de toute surprise.

Pour l'instant, ce qu'il fallait, c'était ne pas exaspérer son père, brute avinée à qui des camarades de veine avaient dû monter la tête.

Lorsque la mère et la fille furent dans la demi-nuit du sous-sol qu'éclairait à peine un lumignon fumeux, la mère à brûle-pourpoint posa à sa fille cette question :

— Quand pars-tu avec lui? Car il ne va certainement pas rester au pays ce gars-là...

— Je n'en sais rien, mais pas tout de suite, bien sûr... Je ne voudrais pas qu'il lui arrive des désagréments.

— Mais tu partiras sûrement un jour...

— Ça dépendra...

— C'est comme si ça y était.

— Peut-être pas...

— Es-tu sûre qu'il t'épousera un jour?

— Etais-tu certaine que mon père t'épouserait quand tu t'es donnée?

— Il ne s'agit pas de moi que tu n'as pas le droit de juger.

— Je ne te juge pas. Je dis ce qui est... Est-ce qu'on aime pour se marier ! On aime, parce qu'on aime, d'instinct. On aime sans le vouloir et sans le faire exprès... Moi, je ne m'en serais jamais crue capable...

— Mais es-tu sûre de l'aimer?

— Oh ! pour ça, oui...

— Qu'est-ce qui te le fait croire?

— Tout ce que je sais de celles qui y ont passé avant moi. Entre nous on se fait des confidences, tu le sais bien. Ça t'est arrivé comme aux autres quand tu avais mon âge... Alors, à un tas de petites choses, j'ai compris qu'il m'avait pris le cœur. Oui, je l'aime, comme tu as aimé, comme il est fatal qu'on aime. Faut pas m'en vouloir pour ça.

— Et tu n'es pas sa maîtresse?

— Non, ça non !... Mais je sens que ça ne tardera pas si l'on m'embête tant que ça...

— Qu'est-ce que c'est exactement que ce gars-là.

— C'est un gars... Pour moi ça suffit, ça dit tout... C'est un gars qu'a su me plaire sans le faire exprès... Et puis, pour l'instant, il est malheureux... Alors ça dit tout... Tu sais bien que j'ai ton cœur... et que nous ne pouvons pas voir souffrir une bête ou un homme sans nous apitoyer... On est peut-être aussi bête l'une que l'autre sur ce point-là. Tant pis ! On ne se refait pas.

La mère se prit à pleurer.

Cette fois, Justine ne haussa pas les épaules comme elle avait l'habitude de faire lorsque sa mère pleurnichait.

Elle lui jeta les bras autour du cou, l'embrassa et lui dit à l'oreille :

— T'en fais pas trop pour moi, va... Tout ça finira bien.

La brave femme ravala ses larmes, vint au garde-manger, y prit son lard et son chou tout en bredouillant.

— Dans l'état où elle est, ce serait un crime de la priver d'amour.

XV

Le père, lui, suivi de Marcel, était entré chez la Turlan.

L'estaminet ne comptait que trois clients à moitié saouls qui s'achevaient, l'un en vidant son troisième anis, l'autre en hurlant un refrain et en se chauffant plus que de raison devant le Godin dont la cloche était rougie à blanc ; le troisième, qui avait son compte, ronflait à poings fermés.

— Ah ! ta gueule, toi, Blanc-de-Zinc, fit le père de Justine au braillard. On ne s'entend plus et on a besoin de parler sérieusement.

— Oh ! ça va ! fit l'homme d'une voix pâteuse en s'affalant sur la table.

Mme Turlan éclata d'un rire forcé et s'enquit de ce qu'elle allait servir aux deux hommes.

— Deux turins, sans eau... On n'a pas soif ce soir... Et puis approchez votre verre, la Turlan, je veux vous dire deux mots au sujet de Justine.

Lorsque tous trois furent attablés, le père de Justine commença à voix basse :

— J'suis pas venu pour que vous me la fassiez au boniment... J'veux savoir.

— Savoir quoi?

— Ce qui se passe ici entre le gars et ma fille.

— Ce qui se passe entre eux? je serais bien embarrassée de le dire, fit perfidement la tenancière, vu que depuis le second jour de la maladie, la gosse a pris l'habitude de s'enfermer à clef...

— Ça, c'est louche.

— Ça l'est peut-être aujourd'hui, oui, je ne dis pas, mais pendant trois semaines qu'est-ce que vous voulies qu'ils fassent.

— Avec des garnements de cette espèce-là, on ne sait jamais.

— Vous parlez pour lui.

— Bien sûr... Mais bref, quand la chose se serait passée, il y aurait pas grand remède à trouver... C'est pas de ça qu'il s'agit au fond... Ce que je veux savoir, c'est ce que c'est que ce gars-là...

« Enfin qu'est-ce qu'il a écrit sur le livre de police?

— Oh ! sur le livre de police on écrit ce que l'on veut.

— Il avait des papiers.

— Moi, j'en demande jamais... C'était bon pendant la guerre, ce truc-là. Tout ce que je peux vous dire, c'est que M. Brillot l'a fait appeler tout à l'heure à titre d'ingénieur-mécanicien.

Le père de Justine ouvrit de grands yeux.

Il bafouilla :

— Ingénieur-mécanicien !... Qu'est-ce qu'il est allé foutre dans la mine avec ma fille, alors?

— Se renseigner.

— Et abuser encore du peuple... Mais ça ne va pas se passer comme ça... Remettez-nous deux turins !... Ingénieur ! Alors pourquoi qu'on dit qu'il est recherché par la police?

— Qu'est-ce qui dit cela?

— Hé ! tous les gars, donc... Tout le monde... Y aurait que vous qui ne sauriez pas et ça m'étonnerait, vu que vous savez tout ou presque et que vous avez reçu les gendarmes, que leur vue l'a mis en digue-digue et que c'est depuis ce temps-là qu'il est malade.

La femme Turlan se tordit de rire.

Entre deux hoquets, entre deux spasmes, elle s'exclama :

— Bonté de sort !... Mais c'est de la folie !... C'est au moins ce grand voyou de Fou-d'Amour qu'a colporté ce bruit-là !... C'est à crever de rire, ma parole... En digue-digue ! Une fausse méningite, oui, et puis v'là tout... Au lieu de raconter des trucs comme ça, vous feriez bien mieux de boire un coup de plus, et d'aller vous coucher...

Et sans se laisser couper la parole par le mineur, la Turlan défendit Marcel véhémentement et Justine par-dessus le marché. Non ! ce que le monde était méchant. Ils n'avaient donc rien à faire à la mine pour perdre leur temps à dire des âneries pareilles.

— Ah ! il veut pas te la prendre ta gosse, va !... Sont bons camarades et puis rien de plus. C'est elle qui se monte le bourrichon. Elle et comme toutes ces gamines-là. Pour un rien, elles font du roman. Rentrez chez vous et envoyez-la-moi la Justine, je vais lui dire deux mots et ce sera fini. Je lui ai déjà dit du reste ma façon de penser...

— Elle parle de partir avec.

— Pensez-vous. Elle dit ça pour jouer à la dame. N'y faites pas attention que je vous répète, et envoyez-la-moi... Ça vaudra bien mieux que toutes les taloches au monde... Entendu comme ça, allez... on prend le des des ders et à la soupe, ça creuse ce sacré turin.

XVI

Comme la demie de neuf heures venait de sonner, Justine entra chez la Turlan.

La salle, exceptionnellement, était vide.

Confiture et Fou-d'Amour, les deux piliers, eux-mêmes, avaient été se coucher. On ne pouvait pas tous les jours faire la bringue.

Mme Turlan avait pris son ouvrage de tricot, et, près du poêle, son chien à ses pieds, faisait cliqueter les aiguilles d'acier.

— Ah ! te voilà enfin ! fit Mme Turlan en pliant son ouvrage.

— Le père ne m'avait pas fixé d'heure, fit observer Justine.

— Je ne lui en avais pas fixé non plus, mais je croyais tu serais venue sitôt le souper pour reprendre ta place auprès de ton protégé.

Justine fit semblant de n'avoir pas entendu et questionna :

— Vous avez à me parler?

— On a à bavarder...

— Alors je suis à votre disposition.

— Si tu es fatiguée, on peut tout aussi bien remettre cela à demain matin, monte te coucher.

— A quoi bon. Et puis, je ne coucherai pas ici ce soir... Ni ce soir, ni les autres jours. J'ai même l'intention de ne pas remettre les pieds chez vous... Moi, voilà ce que j'avais à vous dire...

— Tu feras aussi bien. Comme ça, les langues se tairont,

— Et la vôtre la première.

— Tu es aimable ce soir.

— Je n'ai pas du tout l'intention de l'être.

Mme Turlan ne releva pas le propos et continua :

— Ton père est venu me voir, ce soir.

— Je m'en doutais bien un peu puisqu'il est revenu en me disant que vous m'attendriez après souper.

— Nous avons longuement parlé de toi et du danger que tu cours.

— Je n'en cours aucun et je ne vois pas de quoi vous vous mêlez.

— Tu sais que ton malade a été appelé par M. Brillot ton parrain,

— Je le sais d'autant mieux que c'est sur ma prière qu'il l'a fait appeler.

— C'est pour travailler à l'usine?

— Je ne crois pas...

— En Belgique peut-être?

— Sans doute.

— Inutile de te demander le nom de la compagnie.

— Je l'ignore.

Marchant soudain sur Justine, l'œil mauvais, elle mâchonna :

— Sale petite peste ! C'est exprès que tu travailles à le faire filer d'ici, hein?... Tu ne veux pas qu'il reste chez moi?... C'est une façon de petite vengeance. Méfie-toi, tu joues un jeu dangereux et garde-toi bien d'aller le rejoindre surtout. Tu entends? Si tu avais le malheur de le rejoindre...

Elle n'acheva pas sa phrase.

Alors, Justine, goguenarde, lui lança en pleine figure :

— Ça ne fait rien, vous pouvez dire que vous l'avez le béguin !

— Je l'ai eu, oui, je l'avoue... Je suis libre !... Mais je ne l'ai plus...

— Allons donc ! Et pourquoi?

— Parce que je n'ai pas envie de me faire zigouiller !

Justine éclata de rire et ricana :

— Faut-il que vous soyez piquée tout de même !

— Piquée ou pas, je te le dis, méfie-toi... Si jamais tu pars le rejoindre, je lui mets les gendarmes à ses trousses...

— Quelle blague !

— Et ça, c'est-il une blague?

Et la Turlan sortit de la poche de son jupon un journal de Paris qu'elle mit sous le nez de Justine.

— Hein? Tu sais lire? *Le crime de la rue Lebouis.* Et sais-tu où j'ai trouvé ça? Dans sa musette, tout à l'heure, pendant qu'il dormait. Et sais-tu de quel crime ils s'occupaient l'autre jour les gendarmes? *Du crime de la rue Lebouis...* Saisis-tu maintenant pourquoi qu'il a eu un transport au cerveau?... Dis, saisis-tu?... Eh bien, va le rejoindre si le cœur t'en dit et il aura de mes nouvelles... Là-dessus, bonsoir... Fous le camp ! Je n'ai plus rien à te dire...

Justine resta quelques secondes médusée.

Elle porta les mains à son front et le comprima de toutes ses forces. Il lui semblait qu'il allait éclater.

D'une voix rude, la Turlan, jouissant de son fidèle triomphe, dit :

— T'as entendu, ou es-tu sourde?

Justine, accablée, pliée en deux sous le poids de l'affreuse douleur qui venait de lui tenailler le cœur, pivota sur ses talons et se traîna vers la porte que la Turlan claqua derrière elle.

La pauvre petite chose blessée partit en se traînant dans la nuit.

Un feu intérieur commença de la dévorer...

Au bout de dix pas, elle se retourna, son regard s'éleva dans la direction de la fenêtre de Marcel au travers des rideaux de laquelle filtrait la lueur tremblotante des flammes du foyer.

Elle resta quelques secondes à rêver là...

Et puis, elle reprit la route du coron, gagna la demeure paternelle.

Lorsqu'elle y pénétra, elle aperçut vaguement son père, sa mère, accoudés à la table et qui attendaient son retour.

Elle passa devant eux sans même les regarder et monta à la chambre qu'elle occupait avec sa plus jeune sœur. Elle prit la précaution de fermer à clef la porte derrière elle, se dévêtit en hâte et se glissa dans les toiles glacées.

Elle grelotta longtemps.

Et puis, soudain elle pleura à chaudes larmes.

XVII

Il faisait encore nuit lorsque la sœur de Justine, la petite Germaine, se leva pour aller faire chauffer le café du père et de son frère qui étaient de première équipe à la mine.

Marcel n'avait pas encore repris sa place aux écuries.

A la lueur jaunâtre de l'unique ampoule électrique qui éclairait la pièce, elle aperçut Justine qui la regardait, les yeux grands ouverts dans une face de cire.

A la vue de ce visage aux traits ravagés, de cette bouche entr'ouverte et qui laissait passer un souffle rauque et court, à la vue, surtout, du filet de sang qui maculait la taie d'oreiller et un peu de la chemise et du drap, elle poussa un grand cri et se précipita vers Justine.

— Tiens, qu'est-ce que tu as ? Tu es blessée?

C'était la première hémorragie qu'avait l'amie de Marcel Hélin.

Justine se souleva sur un coude, aperçut à son tour les traces sanglantes, retomba sur son oreiller en disant :

— Ce n'est rien... c'est en toussant... Faut pas t'en faire...

Mais Germaine n'était pas de cet avis. Elle ouvrit la porte à la volée, courut réveiller sa mère.

— Viens vite, maman, Justine a saigné cette nuit. Elle est pâle comme une morte.

La mère, d'un bond, fut à bas de son lit et se précipita chez sa fille.

Le père, encore perdu de sommeil, questionna :

— Du sang? Qui ça, du sang?

Germaine ne pouvait lui répondre, elle s'était jetée derrière sa mère.

La pauvre femme se précipita sur Justine qu'elle étreignit de toutes ses forces, sanglota :

— Ma petite Tine !... Ils vont me l'avoir tuée !... Où as-tu mal? Ta poitrine?... Oui, c'est cela, n'est-ce pas ! ..

Justine interrompit ce flot de paroles.

— Mais non, mère, je ne souffre pas, je n'ai mal nulle part... Je suis très bien, ça a dû me soulager...

— Vite, habille-toi, Germaine, va réveiller le docteur...

— Non, mère, je t'en prie... supplia presque Justine... Le médecin n'y pourra rien. Le mal est fait... Il est trop tard... Ce qu'on est peu de chose, tout de même !... Ne dérange personne...

Mais la mère éplorée ne l'entendait pas ainsi. Elle renouvela son ordre à Germaine qui s'empressa d'obéir.

Et, penchée sur sa fille, la pauvre femme questionna, d'une voix larmoyante :

— Veux-tu de la tisane?...

— Non, mère, rien, je ne veux rien... Rien que dormir encore si je peux. Je n'ai fait que sommeiller toute la nuit... Je me sens lasse.

— Dors, ma fille... On ne fera pas de bruit, je te le promets.

La mère de Justine sortit sur la pointe des pieds.

Sitôt qu'elle fut seule, Justine glissa à bas de son lit, marcha, en s'appuyant aux meubles, jusqu'à une petite armoire en bois blanc dans laquelle elle prit une feuille de papier à lettres, une enveloppe et un crayon.

Ayant regagné sa misérable couche, elle griffonna ces quelques lignes, faisant exprès de ne pas tutoyer celui qu'elle adorait :

Mon cher monsieur Marcel,

Il ne faut pas m'en vouloir si je n'ai pas été vous rejoindre hier soir et si pendant quelques jours on ne se voit pas. C'est mieux comme ça. Il y a trop de potins autour de nous, et puis la santé ne va pas fort, tout d'un coup. Ça ne veut pas dire qu'on est fâchés pour ça. Au contraire. Mes indispositions ne durent jamais longtemps. Voyez la personne en question pour une place en Belgique. Partez sitôt que vous le pourrez. J'irai vous voir quand mon accès de toux sera passé. Ne dites rien à personne de nos projets, c'est inutile. Je vous ferai passer un petit mot par ma sœur Germaine qui vous portera cette lettre. Elle m'aime bien et vous pouvez lui dire tout ce qui vous passera par la tête ou le cœur. Ne vous inquiétez pas pour moi. C'est pas encore cette fois-ci que je serai de la classe dont on ne revient pas.

Votre petite copine qui vous aime beaucoup.

JUSTINE.

Ayant cacheté cette lettre, l'ayant glissée sous son oreiller, Justine remonta ses couvertures jusque par-dessus ses épaules et ne tarda pas à s'endormir d'un sommeil assez calme.

Elle ne s'éveilla, deux heures après, qu'au léger bruit que firent, en entrant, le docteur et sa mère.

— Eh bien, quoi donc, questionna M. Barin en s'efforçant de prendre une mine souriante, que se passe-t-il? Voilà qu'on recommence à être malade? On allait si bien ces jours derniers.

— Oui, fit Justine en tendant sa main droite au médecin, il y a comme ça des hauts et des bas contre lesquels on ne peut rien. Ça rebiffe tout d'un coup parce qu'il faut que ce soit comme ça pour faire gagner les pharmaciens... Je ne dis pas les docteurs, vu que vous, on peut jamais vous payer vos visites.

Le Dr Barin qui interrogeait le pouls depuis quelques secondes dit :

— Oui, nous faisons un peu de fièvre... Voyons voir que je vous ausculte...

— Vous croyez que c'est bien utile de faire comme ça un petit tour du côté des champignonnières?

— Voulez-vous bien ne pas plaisanter ainsi.

Justine s'était mise sur son séant et, pliée en deux, se prêtait de bonne grâce à l'examen de l'homme de science qui bredouillait :

— Oui, toujours ces sacrés sommets et la base du poumon droit... Vous aurez pris froid...

— Elle ne veut jamais se couvrir, aussi, fit avec humeur, la mère de Justine.

— Que je me couvre ou que je ne me couvre pas, c'est toujours le même prix. C'est une crise, quoi. Il y avait longtemps que j'étais tranquille, ça ne pouvait pas durer...

Le docteur l'aida à se replacer sur ses oreillers et conclut :

— Allons, ce ne sera pas grand'chose. Mais il faut garder le lit quelques jours, rester bien au chaud et prendre très régulièrement la potion que je vais ordonner. A cette condition-là vous irez mieux dans quinze jours.

— Quinze jours sans sortir?

— Je l'exige.

— Mais mon malade ou, plutôt, le nôtre, qu'est-ce qu'il va devenir pendant ce temps-là?

— Oh ! lui, ne m'inquiète plus du tout. Dans deux jours, il pourra sortir, déclara M. Barin tout en écrivant son ordonnance.

— Vous l'avez vu, aujourd'hui?

— Je sors de chez lui.

— Il n'a pas demandé après moi?

— Si fait. Je lui ai même annoncé que vous deviez être souffrante puisqu'on m'appelait à votre chevet. Il m'a dit : « Surtout qu'elle se soigne bien et qu'elle ne fasse pas d'imprudence. » Je lui ai promis que vous seriez raisonnable... pour deux... C'est un bien gentil garçon, qui m'a fait bien peur. Là, voilà votre ordonnance, madame. Faites-la exécuter avant midi, surtout. Une cuillerée toutes les heures. Je repasserai ce soir... Et pas de diète. Au contraire, suralimentez-la le plus possible. Bouillon de légumes, œufs à la coque, poudre de viande, bifteck de cheval à tous les repas haché dans son potage et haché par vous... Comme boisson du lait, du lait, tant qu'elle en pourra prendre. Elle avait repris du poids, il ne faut pas qu'elle le perde. Sinon, je me fâche, et tout rouge. Voilà.

Le Dr Barin donna une poignée de main à la petite malade et se retira suivi de Mme Foucaut.

Justine pria sa mère de lui envoyer Germaine pour lui tenir un peu compagnie.

Lorsque le Dr Barin et Mme Foucaut se retrouvèrent dans la cuisine, la mère de Justine questionna d'une voix chavirée d'angoisse :

— Qu'est-ce que vous allez m'apprendre maintenant, monsieur le docteur?

— Mais... répondit le brave homme en cherchant quelque peu ses mots, pas autre chose que ce que je viens de dire... Votre fille a pris froid, mais il n'y a pas lieu de s'inquiéter outre mesure pour l'instant... Vous avez bien fait de m'appeler tout de suite.

— Et ces crachements de sang?...

— Un peu de congestion, pas autre chose.

Mme Foucaut joignit les mains et implora :

— Vous me dites bien la vérité, au moins?

— Pourquoi ne vous dirais-je pas la vérité? Ne vous l'ai-je pas toujours dite?

— Si, c'est juste...

— Allons, ne vous mettez pas martel en tête. Je viendrai faire un tour ce soir.

Le docteur parti, Mme Foucaut se laissa tomber sur une chaise, cacha son visage dans son tablier et sanglota.

Un secret instinct lui disait que sa fille était perdue.

Tant que Justine n'avait pas craché le sang, la brave femme avait espéré. Aujourd'hui elle désespérait.

Pour elle, cela ne faisait aucun doute, Justine ne se relèverait pas.

— Et puis c't'amour qui la dévore... C'est ça qui l'achèvera... Et quoi faire contre ça? Rien. Je sais ce que c'est. J'y suis passée. Ça vous ronge comme un chancre. J'irais le chercher, c't'homme-là, on lui donnerait la petite, ça ne servirait à rien... Comme elle le dit ce matin, le mal est fait. En une nuit, elle s'est avancée de plus d'une année...

Pauvre petite !

Pauvre femme !

Pauvres gens !

DEUXIÈME ÉPOQUE

I

Dans l'assez vaste pièce recevant le jour par deux larges baies vitrées qui, aux mines de Marcott servait de salle de travail aux employés et ingénieurs du service technique, Marcel Hélin, penché depuis le matin jusqu'au soir sur ses épures, essayait de trouver dans le travail l'oubli de tout ce qui faisait sa peine et sa misère morale.

Depuis près de deux mois que grâce à la recommandation de M. Brillot il était entré dans ce service il n'avait pour ainsi dire pas reçu de nouvelles de Justine qui, depuis quinze jours, ne parlait plus de venir le rejoindre.

Depuis une semaine bientôt, il attendait une lettre qui ne viendrait peut-être jamais.

Il commençait à être sérieusement inquiet.

Justine, pour garder ainsi le silence, devait être plus malade.

Il avait bien essayé, par le canal du Dr Barin, d'être renseigné, mais le digne homme s'était abstenu de répondre au petit mot que Marcel lui avait envoyé.

Seul, M. Brillot lui avait écrit que la petite n'allait pas bien fort mais qu'il ne fallait pas s'inquiéter outre mesure, attendu que tous les hivers, Justine était toujours un peu souffrante. Tout s'arrangerait avec le printemps.

Vingt fois, il avait eu la tentation, le dimanche, d'aller au petit village et d'interroger des voisins, mais chaque fois il s'était souvenu de ce que lui avait écrit Justine dans l'une de ses premières lettres :

« Surtout, si tu m'aimes bien, écoute-moi, ne reviens jamais chez nous. Fais-le pour moi. Jure-le. Quand je serai près de toi, je te dirai pourquoi. Et pour l'instant, ne m'en demande pas plus long. Il t'arriverait des ennuis et nous serions deux à en pâtir. Et puis, ne m'écris pas non plus, le facteur est un sale bavard et le Dr Barin ne veut rien entendre pour se charger de recevoir ma correspondance. Je t'écrirai plus souvent, comme ça, ça te consolera de ne pas pouvoir me répondre. »

Marcel lui avait obéi.

Tout d'abord cela ne lui avait pas paru trop pénible.

Chaque jour ou presque, il avait une lettre, à laquelle il répondait sur un cahier.

La petite lirait cela lorsqu'elle serait venue le rejoindre, elle serait ainsi convaincue qu'il n'avait pas cessé une heure de penser à elle.

Mais le silence de Justine se faisant chaque jour plus troublant, Marcel sentait sa volonté le trahir peu à peu.

D'autre part, l'existence qu'il menait à Marcott n'était certainement pas faite pour lui faire prendre patience.

Il vivait là en isolé, passant toutes ses heures de liberté cloîtré, pour ainsi dire dans la modeste chambre que lui avait louée un vieux ménage de mineurs pensionné chichement par l'Administration de la Société minière, faisant lui-même sa cuisine, lisant beaucoup.

Ses meilleurs moments étaient ceux qu'il dépensait à essayer de reproduire au crayon les traits de sa mère dont il était sans nouvelles, et pour cause : il ne lui avait pas donné son adresse.

Il lui avait envoyé quelques cartes postales qu'il s'était bien gardé de signer et sur lesquelles, en déguisant son écriture, il s'était contenté de griffonner de vagues formules de souvenir.

Au milieu de l'immense fourmilière noire, il était perdu comme en plein cœur d'un désert, rongé par le remords et le mal du pays.

Il ne recherchait l'amitié de personne et fuyait systématiquement la moindre occasion de distraction.

Presque chaque soir, à moins d'être harassé de fatigue, il s'endormait en pensant aux deux seuls êtres qui le retenaient ici-bas : sa mère, Justine.

Peu à peu, il s'était pris, à distance, pour Justine, d'une sorte d'affection amoureuse qui n'avait pas tardé à l'accaparer entièrement, à le harceler avec la presque cruauté d'une obsession.

La vie sans cette pauvre petite gamine lui paraissait plus que jamais indigne d'être vécue.

Enfin, vers la fin du troisième mois, n'y tenant plus, il prit le train, un samedi soir pour Lens.

Le silence prolongé de Justine était inexplicable.

Lorsqu'il arriva à Lens, la nuit était presque complète.

Il releva soigneusement le col de son pardessus et se dirigea du côté des corons.

A un gosse qui venait sur lui, il demanda qu'il lui indiquât l'emplacement exact de la demeure des Foucaut. Le petit s'offrit à le conduire.

Il accepta.

Arrivé à destination, il remercia l'enfant et commença de faire les cent pas devant l'humble maison aux volets hermétiquement clos, dans l'espoir de voir sortir la petite Germaine, le seul être auquel il pouvait se confier.

Elle parut enfin, un panier à provisions à la main.

Il vint à elle, se fit aisément reconnaître et s'enquit, en proie à une folle émotion, des nouvelles de la santé de Justine.

Germaine, d'une voix dans laquelle passaient de courts sanglots, lui apprit alors que sa sœur était bien bas, qu'elle ne se levait pour ainsi dire plus du tout, qu'elle n'avait plus la force d'écrire, mais qu'elle ne cessait de penser à lui et d'en parler.

— Mais que dit exactement le médecin?

— Qu'avec les beaux jours, ça ira certainement mieux s'il ne survient pas de complications... Qu'il lui faudrait changer d'air et qu'il y aurait peut-être des chances de guérison si elle pouvait aller dans le Midi. Mais voilà, le Midi ça coûte beaucoup d'argent et mes parents ne sont pas riches. Toutes leurs économies passent à soigner ma sœur et les médicaments sont chers. Le pharmacien, ce n'est pas comme le boulanger, ça ne fait pas crédit...

La tête inclinée sur la poitrine, Marcel disait entre ses dents :

— Le Midi !... oui, le Midi... ma pauvre Justine !

Il resta quelques instants pensif, puis laissa entendre d'une voix assourdie :

— Si tes parents voulaient se mettre à la portée des choses on pourrait peut-être arranger ça... Seulement, voilà, il faudrait que je puisse leur parler et que Justine y consente.

La petite supplia :

— Oh ! oui, dites, si vous l'aimez bien, tâchez d'arranger cela... Vous devriez voir maman... Avec elle, c'est plus facile de causer qu'avec papa... Et puis, elle a tant de chagrin de voir souffrir Justine.

— Où vas-tu comme cela?

— Jusque chez la Turlan chercher des portions de bouilli. Maman n'a pas eu le temps de faire la cuisine aujourd'hui.

— Dépêche-toi d'aller faire ta course... Et sitôt que tu seras de retour chez vous fais savoir à Justine que je suis là... Tu lui diras que j'ai beaucoup de chagrin, moi aussi, de la savoir si malade et que je voudrais bien faire quelque chose pour elle... Moi, je travaillerais aussi bien dans le Midi que par ici. Trois ou quatre mois de bon soleil, c'est ça qui la remettrait d'aplomb !

— Oh ! oui.

— Alors, va vite chez la Turlan et reviens de même, je t'attends ici, va, ma chère petite...

Germaine ne se le fit pas répéter deux fois.

Elle partit en courant.

Marcel, lui, se blottit dans l'ombre d'une étroite ruelle et attendit, le cœur battant de grands coups dans sa poitrine, le retour de la gamine.

Un quart d'heure à peine avoir après quitté Marcel elle apparaissait au coin de la rue, courant toujours.

Elle pénétra chez elle en coup de vent.

Quelques minutes après, elle réapparaissait et venait chercher Marcel.

La mère consentait à le recevoir. Le père et le frère n'étaient pas là, retenus à la mine par un service de nuit.

En pénétrant chez les Foucaut, Marcel se sentit pris d'une émotion si violente qu'il crut bien qu'il allait tomber. Mais il trouva la force de réagir, salua timidement la brave femme et attendit, le front bas, qu'elle lui adressât la parole.

La mère de Justine dit simplement :

— C'est vous?

Il leva sur elle un regard embué de larmes et répondit sourdement :

— Oui, madame, c'est moi... Pardonnez mon audace, mais j'ai pour Justine une affection profonde et j'étais si inquiet de ne plus recevoir de ses nouvelles que je n'ai pas pu résister à la tentation de venir vous en demander malgré que je lui eusse promis de ne jamais remettre les pieds par ici...

Mme Foucaut eut un grand geste las et dit :

— Elle ne va pas fort... deux jours mal, un jour à peu près bien... C'est sa maladie qui la ronge... Tout le monde, chez nous, est étonné de la voir résister si longtemps. Elle est si frêle.

— Toujours la poitrine?

— Toujours, oui... Mais asseyez-vous donc...

Marcel se laissa tomber sur une chaise.

Mme Foucaut appuyée au mur poursuivit :

— Germaine m'a dit que vous pouviez faire quelque chose pour elle... Est-ce vrai?

— Oui, on peut en parler...

— Parlons-en.

— Sait-elle que je suis là?

— Non, je ne lui ai rien dit... J'ai peur que ça lui fasse une trop grosse émotion... Parlons d'abord, on lui dira ensuite.

— Oui, cela vaut mieux...

Tout en roulant son feutre entre ses doigts tremblants et après un instant de réflexion, Marcel fit, dans un murmure :

— Germaine m'a dit que le docteur avait certifié que que le climat du Midi serait salutaire à Justine... Mais voilà, vous êtes gênés... Excusez-moi de vous dire cela...

— C'est le lot des pauvres gens.

— Moi, je ne suis pas riche, cependant j'ai quelques économies et puis là-bas, je pourrais travailler... Alors, si vous aviez bien confiance en moi, tous autant que vous êtes, je pourrais emmener Justine du côté de Toulon ou de Marseille... Elle se remettrait vite, certainement...

— L'emmener?... oui... mais à quel titre?

— Frère et sœur... bien entendu.

Mme Foucaut hocha la tête en murmurant :

— Frère et sœur... On dit ça... Et puis... Et puis, ce qui doit arriver arrive... Son père ne voudra jamais.

— Ce serait me faire injure.

— Oh ! non... Vous êtes jeunes tous deux... et elle vous aime tant... Voyez-vous, c'est aussi cet amour qui la ronge comme un chancre... Ah ! pourquoi a-t-il fallu que vous vous rencontriez... Elle n'était pas bien vaillante, mais enfin, ça pouvait encore aller, avec des soins et en ne la laissant pas trop se fatiguer... Mais voilà !... La vie est comme ça... On n'en est pas plus maître que de la rivière quand elle déborde... Faut la subir... Sans ça, on risque d'être encore plus malheureux...

Mme Foucaut avait cette calme philosophie des humbles qui désarme et apitoie les plus sceptiques.

Elle ajouta :

— J'en parlerai au père.. C'est toujours lui qui décide en toutes choses... mais j'ai bien peur qu'il refuse...

— Cependant, pour le bien de Justine...

— Oh ! évidemment, s'il ne s'agissait que d'elle... Mais voilà, il s'agit de vous en même temps et il ne vous a pas en odeur de sainteté, malgré qu'il ne parle jamais de vous... Mais voilà, tel que je le connais, c'est [illegible] pas que s'il en parlait souvent...

— Si je le voyais, si je lui parlais, peut-être changerait-il d'opinion... Et puis la santé de sa fille est en jeu...

Bien timidement, Mme Foucaut se hasarda à dire :

— Si encore vous épousiez Justine... Mais vous ne pouvez pas... Elle est si loin de vous... pensez donc une fille de mineur... Quand on est ingénieur comme vous.

Mais Marcel la détrompa.

— C'est une légende... Je ne suis pas ingénieur et ma mère est une ancienne domestique... Quant à mon père, je ne l'ai jamais connu, je suis enfant naturel... J'ai grandi un peu comme une mauvaise herbe. Et si ma mère n'avait pas été une femme admirable, Dieu sait ce que je serais devenu !

Mme Foucaut regarda Marcel avec plus de sympathie et questionna :

— Elle vit toujours, votre mère?

— Toujours...

— Ah ! oui... Alors, qu'est-ce que vous faites exactement de votre métier?

— Je suis mécanicien et pour l'instant je suis employé aux bureaux des épures aux mines de Marcott.

— En Belgique?

— En Belgique, oui...

Marcel poussa un petit cri.

Dans le cadre de la porte qui s'ouvrait sur l'escalier, Justine venait d'apparaître, telle une ombre dans son peignoir de pilou clair.

Son regard avait une fixité étrange.

Elle s'avança ou plutôt se traîna jusqu'au milieu de la pièce et là s'arrêta, les bras tendus vers Marcel qui courut à elle et la reçut sur son épaule.

Alors, l'agonisante balbutia :

— Toi ! Toi, Marcel, ici... Je m'y attendais... Et ça m'étonnait que tu ne sois pas encore venu...

Sa tête roula dans le cou de Marcel et elle pleura à petits sanglots...

Sa mère se précipita pour la prendre dans ses bras, mais elle la repoussa doucement et en disant :

— Non, non, maman, nulle part je ne peux être mieux que là... Ne t'inquiète pas si je pleure... ces larmes-là ne font pas de mal... au contraire... Je sens comme une chaleur qui entre en moi... Marcel !... Marcel !... C'est si bon de te revoir... Si tu pouvais savoir comme c'est bon pour moi !... Tu le comprends, n'est-ce pas?... Tu comprends tout, toi !... Mais c'est une chance que père ne soit pas là, ni Michel non plus...

Marcel la conduisit doucement vers une chaise devant la cheminée où brûlait un grand feu de coke...

Il l'installa dévotement.

Après quoi, il s'assit à son tour, tout près d'elle, lui prit les mains dans les siennes et confondit pieusement son regard avec le sien.

Aucun mot ne venait à ses lèvres.

L'émotion l'étouffait et sa gorge était prise comme dans un étau.

Mme Foucaut supplia :

— Surtout, pour l'amour de Dieu qu'elle ne prenne pas froid...

— Comment veux-tu que je prenne froid, maman, devant un feu pareil? Et puis, à côté de lui... Alors, dis, Marcel, raconte-moi... Comment se fait-il que tu sois là? Mon silence t'inquiétait?

Marcel, toujours sans voix, fit oui de la tête.

Justine, d'un ton plus clair, expliqua :

— Il ne faut pas m'en vouloir... J'ai été si patraque... Des jours et des jours à rester dans mon lit comme une planche, des fois sans même avoir la force de lever un bras ou d'ouvrir les yeux... Ah ! ce que j'en ai vu des choses, et souvent, les yeux fermés... Il n'y avait que ma cervelle qui marchait à peu près... Je nous ai revus plus de cent fois dans la mine et puis chez la Turlan, quand tu as été si malade... Mais ça va mieux à ce que je vois... Tu ne ressembles pas encore au bébé Cadum, mais ça viendra... Moi, j'en ai une tétère, hein?... Mon nez, c'est un vrai coupe-papier... Quant à mes épaules, je peux me payer un bœuf gros sel... Qu'est-ce que j'ai comme salières !... Et mes bras, donc : du macaroni mal cuit... Je n'étais déjà pas tout ce qu'il y a de costaud, maintenant, je suis tout ce qu'il y a de moche. Un squelette en papillottes, quoi !

Marcel lui ferma la bouche avec sa main droite.

— Justine, veux-tu bien ne pas parler comme ça?

— Au contraire, ça m'amuse et puis ça me rend courage de blaguer un peu. Il y a si longtemps que ça ne m'était pas arrivé !... Tu sais, les moineaux quand ils voient le soleil, ils se mettent à chanter, moi quand je te vois ça me fait le même effet... Mais dis-moi, parlons sérieusement... Tu n'es venu que pour moi. Tu ne reviens pas dans le pays? Ah ! non, faut pas... Ça vaut mieux...

Alors Marcel risqua :

— Je suis venu te chercher...

— Me chercher? Pour aller où? Pas à Marcott, il fait encore plus froid qu'ici et si je t'y suivais, je te verrais moins longtemps.

— Il ne s'agit pas d'aller à Marcott.

— Alors?

— Mais dans le Midi... où tu guériras sûrement, le docteur l'a dit.

— Oh ! celui-là, c'est un bon fieu, mais s'il fallait croire tout ce qu'il dit, on aurait le crâne en compote. C'est un marchand de boniments...

— Quand il parle pour toi du Midi, il faut le croire... Le Midi est souverain pour les maladies de poitrine...

— Parle de maladie, mais pas de poitrine... j'en ai plus du tout...

— Ne plaisante pas ainsi. Si tu savais combien tu me fais de peine !

— Je ne le ferai plus.

— A la bonne heure...

— T'en as parlé à maman, du Midi?... Il t'en a parlé, maman?

— Oui, ma Tine...

— Et qu'est-ce que tu as répondu?

— Que c'était ton père seul qui pouvait décider.

Le visage de Justine s'empourpra.

Une bouffée de colère lui monta à la gorge.

Les poings serrés, elle s'emporta :

— Mon père !... De quoi se mêle-t-il? Au point où j'en suis, il n'y a que moi qui ai le droit de décider de cela... C'est bon quand on est bien portant de jouer à la petite fille... Quand on est près de claquer on est bien le maître de sa vie à ce qu'il me semble...

— Ne crie pas ainsi, tu vas avoir une quinte de toux.

Justine se tourna vers Marcel.

— C'est vrai, que tu peux m'emmener dans le Midi?

Marcel dit d'une voix hésitante :

— Oui... si tu veux bien...

— Si je veux bien !... Mais avec toi, j'irais au bout du monde... Au bout du monde, c'est une façon de parler, car je n'aurais jamais le temps d'y arriver... A moins d'un miracle... Si on va de ce côté là, faudra passer par Lourdes, paraît que c'est épatant pour les désespérés !

— Voilà que tu recommences?

— Non, non, je n'ai rien dit... Je t'écoute. Alors, où c'est-il exactement, ton Midi?

— Marseille... Toulon... Nice...

— C'est un voyage de noces, ça.

— Si tu pouvais dire vrai, fit Mme Foucaut en joignant les mains.

Justine fixa Marcel qui baissa les yeux.

Alors, la pauvrette, comme venant à son secours, laissa entendre :

— Faudrait être fou pour épouser une môme comme moi. C'est déjà bien assez de lui payer le chemin de fer.

Marcel laissa tomber son front dans ses mains.

Il avait, une fois de plus, la pénible impression que l'on venait de fermer devant lui une porte sur du soleil.

Il se retrouvait brutalement plongé dans sa vie de paria.

Le mariage, la famille, le bonheur, serait-ce jamais fait pour lui.

Justine le tira de sa rêverie en disant :

— T'en fais pas, va, Marcel... Faut jamais s'en faire. C'est perdre son temps. Quand comptes-tu partir pour le Midi?

— Sitôt qu'il me sera possible et loisible de t'emmener.

— Alors, ça ne tardera pas... Mon père, j'en fais mon affaire... mais notre départ, faut pas que ce soit au vu et au su de tout le monde... Toujours la même rengaine... Ça ferait trop parler... Maintenant qu'on s'est vu, tu vas repartir pour Lens et retourner à Marcott si tu as un train. Je t'écrirai dans quelques jours l'ordre et la marche du cortège... Ça ne sera pas bien compliqué, va...

— Mais si ton père refusait?

— T'en fais pas non plus pour ça. Pourvu que maman consente, c'est tout ce qu'il me faut...

Mme Foucaut protesta :

— Je consens... je consens! tout de même, pas encore... Comme tu y vas, toi!... Tu vas!

— Ah! dame, maman, c'est que moi, vois-tu, je n'ai pas beaucoup de temps à perdre.

— Pourquoi dis-tu toujours cela?

— Mais parce que c'est la vérité...

— Il faut toujours qu'elle nous fasse de la peine avec la même rengaine... A t'entendre on dirait vraiment que tu es à la veille de nous quitter...

— A la veille, non, parce que je l'ai revu, lui... Mais si je n'avais pas dû le revoir, comme je le craignais tant, ça n'aurait pas duré autant que les contributions. Et puis, qu'est-ce qu'il craindrait donc tant que cela, le père?... Que je fasse comme tant d'autres et que je me donne avant le mariage... Il n'en manque pas dans le pays qui ont pris des acomptes et elles n'en sont pas mortes... Tandis que moi, je mourrais peut-être plus vite de ne pas en prendre...

— Tais-toi un peu... on parle devant notre porte... on dirait que c'est la voix de ton père...

Marcel se leva d'un bond.

— Reste donc assis, fit Justine, si c'est lui, on en aura plus vite fini... et on sera fixé tout de suite.

La porte s'ouvrit.

Foucaut parut, noir de charbon, lança derrière lui la porte à la volée et commença :

— Pour une fois qu'on pouvait gagner vingt francs de mieux, il faut qu'il y ait un accident de machine...

Son regard se fixa tour à tour sur Justine et sur Marcel.

Les deux jeunes gens, dans un geste instinctif de mutuelle protection, s'étaient repris les mains et rapprochés l'un de l'autre.

Foucaut bredouilla :

— J'savais pas que vous aviez de la compagnie... Et toi, Justine qu'est-ce que tu fais là, ma fille?

— Tu vois, je commence ma convalescence... Il y a des visites qui hâtent les guérisons.

Foucaut répéta :

— Des visites qui hâtent les guérisons...

Et les paupières plissées sur son regard aigu, il ajouta en s'installant devant la table, les coudes sur la toile cirée, les bras étendus, les doigts tapotants :

— Monsieur serait peut-être bien...

Justine l'interrompit pour présenter :

— Marcel Hélin, mon camarade de mine... qu'est venu prendre de mes nouvelles et m'annoncer son départ pour Marseille...

Les dents serrées, Foucaut laissa entendre :

— Bien de la peine que vous avez prise là, vraiment... Des petites gens tels que nous...

Mais Justine l'interrompit.

— Dis donc pas de bêtises, papa, c'est un ouvrier comme nous... et pas plus fier que nous... Tu as beau me regarder avec tes portes cochères, c'est la vérité vraie... Il est mécanicien... C'est M. Brillot qui le protège, et tu sais qu'il ne protège pas tout le monde...

Ces derniers mots parurent faire impression sur le père de Justine qui se renversa sur sa chaise sans cesser de dévisager Marcel.

Il ne pouvait s'empêcher de s'avouer que le jeune homme était sympathique et qu'il avait bon air et bonne allure avec ses cheveux précocement blancs et ses habits soignés...

Et il bredouilla :

— Mécanicien, c'est pas mauvais...

Puis, il s'exclama :

— Ah! c'est pas faute qu'on ait dit sur votre compte chez la Turlan et un peu partout... sur le vôtre et sur celui de Justine...

— Et que disait-on? questionna avidement Marcel.

— Oh! à quoi bon remuer tout ça... puisque Justine est si heureuse de vous voir... Ce qui est dit est dit et le passé est le passé... N'y a que le présent qui compte pour nous comme pour tout le monde... Et le présent, pour Justine est loin d'être brillant... Elle est pas solide la gamine... Si elle se forçait à manger, encore, ça pourrait aller, mais c'est le diable pour lui faire avaler cent grammes de viande...

— Oui! Eh bien, tu vas voir ce soir si je vais manquer d'appétit. Marcel va rester manger la soupe avec nous... Germaine va aller nous chercher une entrecôte pour nous deux... Je me sens faim... Et s'il y avait du soleil autour de moi, je ne tarderais pas à me remettre tout à fait...

— Du soleil, du soleil, fit Foucaut, c'est pas ici qu'il faut en espérer de trop, c'est le pays des poussières et des brouillards!...

Mme Foucaut donna un billet de vingt francs à Germaine, en disant :

— L'entrecôte, prends-la chez Maloire, elle sera plus tendre... Et puis, tu nous rapporteras une boîte de petits pois...

— J'offrirais bien quelque chose si vous le permettiez, fit timidement Marcel. Une ou deux bouteilles de bon vin pour boire à la santé de Justine, et puis un gâteau...

Justine fit signe à sa mère d'accompagner Germaine.

— Je vais aller avec toi, Germaine...

— C'est ça, maman, approuva Justine... et rapporte-nous des huîtres, c'est encore la saison et c'est bon pour moi à cause de l'iode...

Foucaut, un peu ahuri, regardait, dévisageait, l'un après l'autre les acteurs de cette scène, tout en pensant à part soi :

— Ah! ça, mais qu'est-ce qui me prend donc de trouver cela tout naturel?...

Justine lâcha les mains de Marcel, vint à son père, l'embrassa avec une effusion sincère et lui dit à l'oreille...

— Tu vois bien, vieil entêté, que le bonheur n'est pas toujours si loin de notre main... Si tu ne m'avais pas fait tant de chagrin le fameux soir où je suis tombée malade, je n'en serais pas où j'en suis...

Foucaut allait répondre, elle ne lui en laissa pas le temps et continua :

— Non, ne te défends pas, tu te ferais condamner. Tends-lui la main, va, c'est ça qu'il attend depuis que tu es rentré.

Foucaut eut un moment d'hésitation puis vint à Marcel, la dextre largement offerte et en disant :

— Après tout... Dans l'état où elle est je n'ai plus rien à lui refuser.

Les deux hommes échangèrent un long shake-hand... Ils ne cherchaient pas à cacher leur émotion...

Justine battit des mains, leur sauta au cou, les tint embrassés sur ses épaules et finit par gouailler :

— Si tout ça ne finit pas par une fricassée de museaux générale, c'est à désespérer de tout !... Ah ! si je mettais le couvert... Michel n'rentre pas pour la soupe?

— Non, fit Foucaut en bourrant sa pipe, lui, dans son coin, il n'y a rien de cassé. Il fera la nuit...

Tandis que Justine, pour ainsi dire ressuscitée, disposait le couvert sur la longue table recouverte d'une démocratique toile cirée à carreaux rouges et blancs, Foucaut s'était assis à califourchon devant le feu et dégustait sa bouffarde, vrai brûle-gueule de nordiste.

Marcel, lui, ne quittait pas Justine du regard.

La pauvrette avait les yeux moins fiévreux, sa marche devenait d'instant en instant plus assurée.

Elle n'avait pas encore eu une quinte de toux...

Et, à voir ces trois êtres groupés dans cette atmosphère familiale on aurait pu supposer que la vie les rassemblait depuis longtemps pour le plus grand bonheur de chacun d'entre eux.

Était-ce le calme définitif et réparateur après la tempête dévastatrice?

II

Lorsque Mme Foucaut revint, le couvert était mis, les bouteilles sur la table, le bouillon et le bœuf chauds.

— Ah ! fit la brave femme, ce qu'il fait bon, dehors. Un vrai temps de printemps.

Justine soupira :

— Il doit encore faire bien meilleur dans le Midi...

Foucaut hocha la tête d'un air entendu et, se tournant un peu vers Marcel, sourit mystérieusement... du moins voulut-il donner à ce sourire un caractère mystérieux.

Ce petit détail n'échappa pas à Justine qui en déduisit que tout allait pour le mieux.

Foucaut questionna, le regard dans l'âtre :

— Alors, comme ça, vous partez pour Marseille?

— Oui, très probablement.

— Mais il n'y a pas de mines à Marseille.

— Non, mais il y a partout du travail pour qui ne veut pas rester les bras croisés.

— Ça, c'est un peu vrai... Ça l'est même tout à fait. Et un bon mécanicien ne manque jamais de boulot. Quand ce ne serait que dans la marine.

— Je préfère rester à terre.

— Chacun son idée...

— Et pour les femmes, questionna Justine, il doit aussi y avoir du travail. Paraît que la culture des oliviers demande beaucoup de main-d'œuvre.

— Oh ! non, c'est une erreur... Mais il y a les primeurs, les horticulteurs... les marchands de fleurs si vous aimez mieux...

— Oh ! moi, ça me plairait de travailler dans les fleurs.

— Et moi donc, fit Germaine.

— Toi, Germaine, fit Foucaut, on ne te demande pas ton avis... Le Midi c'est bon pour ceux qui sont riches ou qui n'ont pas de santé...

— A table ! invita Mme Foucaut. Vous parlerez tout en mangeant.

Le dîner, qui avait pris tout de suite les allures d'une fête de famille, commença...

Et tout soudain, comme on achevait de lamper la soupe, Foucaut dit :

— Et puis, c'est pas tout ça... Au risque de nous couper l'appétit vaut mieux parler maintenant de choses sérieuses... Le dessert n'en sera que plus gai... Voyons... Qui dit peu, parle bien... En m'attendant, la mère, Justine et vous, le camarade, vous avez manigancé quelque chose... Quelque chose que je devine... Vous parlez de Marseille, de Toulon, de Nice, le docteur en a parlé l'autre jour, Justine n'a que ça à la bouche... Faudrait s'entendre une bonne fois... Justine vous aime que c'en est une malédiction, vous, si vous êtes venu aujourd'hui, c'est que vous l'aimez aussi... Eh bien, nom de Dieu, prenez-la, soignez-la, sauvez-la et puis qu'on n'en entende plus parler...

Justine poussa un cri de joie et embrassa son père qui poursuivit :

— Seulement, prenez bien garde à ce que vous faites. C'est un pauvre petit être que je jette dans vos bras, un pauvre petit être de la vie duquel vous êtes deux fois maître... Ne lui faites jamais de mal... Je ne vous dis que ça... Il est encore temps pour vous de réfléchir... Elle est malade et ne tient à l'existence que par un fil... C'est pas une beauté et son pauvre petit corps tiendrait bien dans une boîte à dominos... Je vous la donne telle qu'elle... Ne venez pas vous plaindre après... Je ne vous écouterais pas.

Marcel, pour toute réponse, embrassa tendrement Justine qui s'esclaffa :

— Evidemment que je ne suis pas un cadeau à faire à un enfant !... ni un prix de beauté à montrer sur une place publique... Mais il n'y a encore que la moitié du haut qui est amoché, de l'estomac au gargouillis... Avec de bons beefteaks et du bon lait et puis du bonheur, on se remplumera. Ça commençait à venir... ça reprendra... La bête est bonne !... Pas vrai, Marcel?

— Oui, mon tout petit...

— Et maintenant, mangeons... Je crève de faim, moi ! s'écria Foucaut.

Le dîner continua, joyeux cette fois.

Tandis qu'elle remuait la salade, Mme Foucaut se pencha vers son mari et questionna :

— Et pour le mariage?

Foucaut, un peu bourru, interrogea :

— Quoi? quel mariage?

— Eh bien... mais... le leur, on pourrait en parler...

— Ah ! fous nous donc la paix avec ça... Le mariage! Le mariage !... On verra plus tard, quand Justine ira mieux et s'ils ont des gosses convenables... Nous, on a bien attendu deux ans pour aller faire les chandelles devant le maire, ils peuvent bien en attendre le double ou la moitié... Sans ça, alors, à quoi qu'il servirait le progrès... L'essentiel c'est que la gosse soit heureuse... Depuis que je la vois tant souffrir j'ai pu le courage d'enfourcher mes principes... La vie d'abord... la société après... Pour ce qu'elle s'occupe de nous la société, pas la peine de s'en faire pour cette garce-là !

— Bravo ! approuva Justine, voilà qui est envoyé... La société, à la gare !... Comme ça?... N'est-ce pas, Marcel...

Le dîner se poursuivit au milieu de la plus franche gaîté.

Marcel avait retrouvé son rire perlé de jadis.

Il oubliait complètement et ses remords et ses misères que Justine lui rappela bien innocemment en questionnant :

— Et ta mère, est-ce qu'on la mettra au courant?...

Marcel répondit, sans en penser un mot :

— Evidemment, voyons... Ça ne se demande pas...

On s'arrêtera un jour ou deux à Paris qu'on passera avec elle...

— Chic !... Elle comprend les choses?

— C'est une mère, et c'est tout dire...

La demie de neuf heures sonna à la vieille horloge flamande.

— Bigre ! déjà cette heure-là ! fit Foucaut... Et moi qui suis de première descente, demain...

— A quelle heure vais-je avoir un train pour Marcott? questionna Marcel.

— Un train pour Marcott, ce soir? Faut même plus y penser...

— Tu es sûr, père?

— Sûr et certain... On va mettre un matelas par terre...

— Mais non, mais non... Je vais faire le garde-malade, c'est bien mon tour. Vous avez un fauteuil? un oreiller?

— Qu'est-ce qui n'a pas ça?...

Justine s'écria :

— J'ai compris, dans ma chambre !

Depuis qu'elle était si malade, Germaine couchait dans la chambre voisine occupée par son frère. Au pays des mines, on n'y regarde pas de si près.

— Voilà ! fit Marcel. A moins que ton père et ta mère s'opposent...

— Pour la morale?... Eh bien, est-ce que je n'ai pas dormi au chevet de ton lit quand tu étais malade?... Je n'en suis pas morte et toi non plus... On est d'honnêtes gens... Et puis, aujourd'hui, même, ça nous serait bien permis, puisque le père l'a dit : la vie avant tout, la vie et le bonheur...

— Je dormirai dans un fauteuil et demain matin, à la première heure, je partirai...

— A propos, fit Justine, est-ce que j'ai toussé depuis que Marcel est là ?

— Pas une seule fois, larmoya Mme Foucaut...

— Tu vois, père, ce que c'est que d'être heureuse !...

— Aux plumards les enfants et devant, de la soupe au chaud pour Michel, quand il rentrera, il aura les boyaux gelés.

III

Une légère quinte de toux avait secoué la pauvre Justine lorsqu'elle s'était mise au lit. Mais cela n'avait rien été. Une tisane bien chaude et deux cuillerées de potion avaient eu rapidement raison de cette petite crise.

Une bonne bouteille au pied de son lit, une autre sous ses oreillers, Justine lasse de l'effort qu'elle venait de faire s'endormit la main dans celle de Marcel.

Le grand silence, le grand et froid silence des provinces du Nord ne tarda pas de planer sur cette scène attendrissante.

A la lueur de la lampe veilleuse qui se trouvait placée à la tête du lit de Justine, Marcel pouvait, tout à son aise, détailler et observer la dormeuse.

Les traits étaient plus apaisés encore que tout à l'heure.

Les lèvres n'avaient plus cette espèce de vernis que donne la fièvre.

La respiration était moins courte.

On devinait aisément qu'un grand apaisement s'était fait dans les sources les plus atteintes et les plus profondes de ce pauvre être, que la mort, le matin encore, frôlait de son aile funèbre.

Elle était même jolie, d'une joliesse maladive et fragile.

La teinte ivoirine de la chair de ses joues laissait encore ressortir cette beauté un peu spéciale et qui faisait ressentir à Marcel une émotion qu'il n'avait jamais encore connue, mélange de pitié, d'amour, de compassion et d'attendrissement douloureux...

Il resta ainsi abîmé dans cette contemplation plus d'une longue heure.

Après quoi, et sans qu'il en eût nettement conscience, il s'endormit à son tour le cœur et l'âme engourdis dans un espoir de complète et suprême félicité.

IV

Lorsque Marcel s'éveilla, le jour pointait à peine.

La maison était silencieuse.

Dès que son regard se fut arrêté sur le visage de Justine, Marcel fut saisi d'appréhension...

Justine dormait toujours d'un profond sommeil, mais si calme que sa respiration était à peine marquée par un infiniment léger murmure.

Elle paraissait ne plus vivre.

Marcel se pencha sur elle, prêta l'oreille.

Alors, les traits de sa face se détendirent, il poussa un soupir de soulagement. Justine reposait normalement et comme il y avait bien longtemps que cela ne lui était arrivé.

Avec d'infinies précautions, Marcel se dirigea vers la porte avec l'intention de prier Germaine de bien vouloir expédier un télégramme à son chef de service.

Au moment où il allait sortir, Justine poussa un profond soupir et s'éveilla.

En apercevant Marcel sur le point de disparaître, elle laissa entendre un petit cri suivi d'un appel :

— Marcel !

Marcel se retourna d'un bloc et en trois enjambées se retrouva près de la malade.

— Ma chère Justine !

Elle lui jeta son bras autour du cou, l'attira jusqu'à ses lèvres qu'elle souda aux siennes dans un élan d'amour.

Elle murmura :

— Oh ! que cela me semble bon de m'éveiller de cette façon-là et de me sentir si bien... Il y a des semaines et des semaines que cela ne m'est pas arrivé... Et rends-toi compte, je ne suis pas en sueur...

Elle lui caressa le visage de ses deux menottes diaphanes et ajouta :

— C'est un vrai miracle que tu as accompli... Le second... Tu te souviens, pendant la maladie, comme j'avais repris vite des forces...

— Oui, Justine... Cette fois, rien ne viendra contrarier les progrès d'une guérison que tu dois hâter de toute ta volonté... Il ne faut plus être malade... Il faut dire : Je ne veux plus être malade...

Elle répéta, docile et tendre :

— Je ne veux pas être malade !... Plus jamais. Mais toi, comment as-tu dormi?

— Bien... très bien même... Et je ne m'y attendais guère.

— Où allais-tu, tout à l'heure, quand je t'ai appelé?

— Prier ta sœur d'expédier un télégramme à Marcott pour les prévenir que je ne rentrerai que demain... Je partirai ce soir...

— Déjà !... Ce soir !... Et quand reviendras-tu?

— Dans trois ou quatre jours... Le temps matériel de mettre mon travail à jour...

— Trois ou quatre jours... Trois ou quatre fois vingt-quatre heures sans te voir. Et si j'allais mourir pendant ton absence?

— Ne dis pas des choses pareilles.

— J'ai peur de ne plus avoir assez de force...

— Que dis-tu là !... Après avoir passé une nuit comme celle qui vient de s'écouler peux-tu avoir de semblables craintes... Il ne faut pas...

— Et puis, ce voyage, est-ce bien prudent de l'entreprendre? Si j'allais succomber en route.

— Tu me fais beaucoup de peine.

— Ah ! c'est que, vois-tu, nul mieux que moi ne connaît la gravité de mon mal. Je le sens me dévorer chaque jour un peu plus... Et quand je dors bien, comme cette nuit, quand je vais mieux comme hier au soir, tout à coup, il me vient à l'idée que c'est la fin... C'est bien connu, les poitrinaires n'ont jamais plus d'entrain que lorsqu'ils vont s'en aller... J'ai vu ça chez nous...

— Mais ce n'est pas ton cas.

— Si...

— Tu n'as pas toussé de la nuit.

Deux grosses larmes roulèrent sur les joues de Justine tandis qu'elle disait.

— C'est peut-être que je n'ai plus rien à cracher...

— Quoi? quoi? qu'est-ce que j'entends ! fit le docteur qui venait d'entrer, suivi de Mme Foucaut et de Germaine.

— Oh ! voilà mon docteur chéri !

Elle tendit les mains au médecin qui rejeta les siennes derrière son dos, en disant :

— Je ne donne pas la main aux malades qui disent de pareilles sottises.

Les deux hommes se saluèrent.

Justine les présenta l'un à l'autre en prenant des airs cérémonieusement comiques...

— Il paraît, fit le Dr Barin en prenant le pouls de la malade, que l'on a parfaitement reposé cette nuit... On ne me l'aurait pas dit que je l'aurais facilement deviné... Pas de fièvre... pas de température ou si peu... Les yeux sont bons... Et qu'est-ce que j'apprends, que l'on va partir pour le Midi? C'est parfait... Dans ces conditions, je réponds de vous... A votre âge on se tire toujours d'affaire... Quand pensez-vous partir et où irez-vous?

Le Dr Barin avait dit cela en s'adressant à Marcel.

— Dans huit jours, répondit Hélin et pour Marseille d'abord...

— Restez-y le moins possible, à cause du mistral... Mauvais pour les bronches sensibles... Air trop vif, suffocations...

— Nous y resterons le moins de temps que nous pourrons... mais je n'ai que peu d'économies, il faut que je travaille...

— Quel métier, sans indiscrétion?

— Mécanicien...

— Une place vous attend à Marseille?

— Mon Dieu, non.

— Alors, pourquoi ne pas aller tout de suite à Nice? Le climat est plus favorable à condition de ne pas sortir le soir... Les crépuscules de Nice sont souvent dangereux... Vous trouveriez facilement de l'ouvrage... malgré que la saison soit un peu avancée... Maintenant, il est vrai que depuis quelques années il y a deux saisons à Nice : la saison d'hiver et la saison d'été... Partez tout de suite... Je vais vous donner un régime... Allons, à demain, jeune fille...

Le Dr Barin serra la main de Justine, et d'un geste de tête, invita Marcel à le suivre.

Tout en descendant l'escalier, il dit entre deux voix à Hélin et à Mme Foucaut :

— C'est littéralement stupéfiant... Ce n'est pas d'hier que je fais de la médecine, c'est le premier cas de ce genre que je rencontre...

La voix lointaine de Justine laissa entendre :

— Ne dites pas trop de mal de moi !

— Non, mon enfant... au contraire...

Ils pénétrèrent tous trois dans la salle commune où se trouvait Michel occupé à se raser, et qui adressa un sourire amical à Marcel.

Lorsque Mme Foucaut eut refermé la porte sur elle, Marcel questionna, d'une voix mal assurée :

— Et maintenant, la vérité, docteur?

— La vérité, jeune homme?... La vérité c'est que je m'estime parfaitement incapable d'exprimer au sujet de notre malade une opinion nette et précise. Avec elle, la science perd ses droits... Et c'est comme cela depuis qu'elle est atteinte par ce mal sous la griffe duquel elle aurait dû déjà depuis longtemps succomber... Tout d'un coup, elle est à l'article de la mort, elle revient à la vie avec une ardeur, une force déconcertantes... C'est de la chair à miracle... Mais oui... ce sont ces malades-là qui font le succès de Lourdes... D'aller se faire plonger dans la piscine glacée, elles en meurent ou en reviennent radicalement guéries... Explique le fait qui pourra ! N'empêche que la chose est indéniable... Ce sont, dans le fond, de terribles névrosées...

— Mais enfin, en ce qui concerne Justine?...

— Je vous répète ce que j'ai déjà dit à son père vingt fois : le Midi et le bonheur seuls peuvent la guérir. Le Midi, vous allez le lui donner, le bonheur aussi... Aucune raison dans ces conditions pour qu'elle ne se décide pas à faire un tour dans l'autre monde avant quatre-vingts ans... et encore avec un seul poumon... Un et demi pour être large... Ah ! maintenant, voyons, parlons de régime... Voulez-vous me donner de quoi écrire, du papier seulement, j'ai un stylo.

Mme Foucaut se précipita vers la grande armoire flamande, y prit un bloc-notes et le tendit au docteur en face duquel Marcel s'était assis.

M. Barin réfléchit un instant, puis commença :

— Avant tout, coucher à neuf heures, huit heures et demie si possible. Dormir la fenêtre grande ouverte et choisir, de préférence, une chambre dont les ouvertures soient pratiquées en plein Midi. Les premiers temps, faire la grasse matinée jusqu'à neuf ou dix heures après avoir absorbé, vers sept heures, une noix de côtelette sans pain et bu un verre de vin de bordeaux. Pas du bordeaux d'épicier surtout... Dans le Midi, ça ne coûte pas les yeux de la tête. Après la toilette faite, aller s'asseoir au soleil. Bien abriter la tête et exposer le dos aux rayons généreux... Un bon repas à midi : viandes rouges, de cheval de préférence, et toujours grillées, farineux le plus possible. Dans la journée, gober quatre œufs. Au dîner, un potage de légumes et deux œufs, du riz, tant qu'elle voudra et des fruits cuits très sucrés. Deux fois par semaine, des cervelles de mouton, des abats. Et, matin et soir, une piqûre, avec ce que je vais vous indiquer... Très peu de marche. Pas de promenades en voiture, en auto ou en tramway pour l'instant. Je ne veux pas que les bronches soient excitées par des courants d'air trop vif... Et maintenant, chose essentielle, — et je vous demande pardon de vous dire cela, — beaucoup de sagesse.

— J'ai juré de n'être qu'un grand frère pour elle.

— A la bonne heure !... Lorsqu'elle sera tout à fait bien...

— Nous nous marierons...

— Bravo... Voilà votre ordonnance... Si vous suivez à la lettre mes prescriptions, monsieur, dans un an, Mme Foucaut pourra se préparer à être grand'mère...

Mme Foucaut essuya une larme en balbutiant :

— Ah ! docteur, docteur, si vous pouviez dire vrai?

— Je dis vrai... Et je vous le répète, votre Justine

est un petit phénomène comme je n'en ai jamais encore rencontré... Là... voilà... Et là-dessus, bonne journée... Je ne reviendrai que demain matin... La journée sera certainement bonne.

Le docteur prit son chapeau, tendit la main à tous et se retira après avoir à nouveau donné quelques paroles d'encouragement et de réconfort.

A peine M. Barin eut-il franchi le seuil de la demeure des Foucaut que la mère de Justine se jeta sur la poitrine de Marcel en disant :

— Ah ! soyez béni vous qui allez peut-être sauver mon enfant !

Michel s'empara de la main de Marcel et dit simplement, tout ému :

— Ce n'est pas aujourd'hui qu'il faudrait me dire du mal de vous.

Marcel remercia ces braves gens, les assura de son affection et de son dévouement et, à son tour, car il n'avait plus une minute à perdre, demanda de quoi écrire afin de libeller son télégramme au chef de bureau des plans des usines de Marcott.

Tandis qu'il écrivait, Mme Foucaut appelait Germaine et lui donnait des ordres pour les commissions du déjeuner.

— Et surtout, hein, recommanda-t-elle d'une voix grave, ne dis à personne que M. Marcel est chez nous... On serait capable de venir le relancer jusqu'ici... Il a besoin d'être tranquille cet homme-là.

— Compte sur moi, maman.

Marcel tendit son télégramme, donna un billet de cent francs et déclara :

— Ce matin, c'est moi qui offre ce déjeuner... Le régime commence ! Et le régime ne regarde que moi...

S'en rapportant aux prescriptions du docteur, il commanda des côtelettes pour tout le monde, deux douzaines d'œufs frais, des farineux, du fromage blanc, du riz et des desserts. Il insista pour le vin de Bordeaux.

— Chez la Turlan. Elle en a de l'excellent... Mais ne dites pas que c'est pour moi...

Germaine partit en courant.

Alors Marcel demanda la permission de remonter auprès de Justine.

— Comment donc, fit Mme Foucaut, mais ce n'est que justice et d'autant que je n'ai pas encore fait mon ménage du bas... Tenez, montez-lui donc son cacao... c'est son heure...

Lorsque Marcel pénétra dans la chambre de Justine, il constata, non sans plaisir, que la malade s'était rendormie, le visage tourné vers la ruelle...

Il déposa la tasse de cacao sur la table de nuit, se pencha sur la malade et chercha à surprendre le bruit de sa respiration.

Il y parvint non sans peine.

Un instant, il s'était senti pris d'une crainte angoissante.

Afin de ne pas risquer par un faux mouvement de réveiller la petite épave, il se retira sur la pointe des pieds jusqu'au fond de la pièce près d'une table sur laquelle étaient posés quelques livres populaires, plusieurs cahiers de classe, un grand sous-main, un encrier et un porte-plume...

L'idée lui vint subitement d'écrire à sa mère.

Il voulait la mettre au courant de tout ce qui se passait pour lui d'assez heureux en somme.

Un instant, il hésita.

Etait-ce bien prudent ce qu'il allait faire?

Et si la police, aux aguets, avait donné des ordres à la poste et décachetait sa lettre?

Il dit, entre ses dents :

— Non, pas à ma mère... Aux Chouvet... Non, pas aux Chouvet, à leur fille... en la suppliant de lui garder le secret...

Il ouvrit le sous-main, prit une feuille de papier, trempa sa plume dans l'encrier à demi desséché.

Mais au moment de tracer les premiers mots, il changea brusquement d'idée. Il venait de s'apercevoir dans la glace.

Avec ses cheveux blancs, son visage amaigri, sa barbe qu'il avait laissé pousser, qui donc pouvait le reconnaître?

Et puis, il y avait plus de six mois qu'il avait quitté Paris. L'affaire de la rue Lebouis devait être classée...

Il frissonna.

Une dernière fois, il eut la vision tragique de sa maîtresse, étranglée, s'écroulant à ses pieds...

Est-ce que ce cauchemar allait le poursuivre encore?

Non !

Il haussa les épaules comme pour se soulager du fardeau du passé, replaça la feuille de papier et l'enveloppe où il les avait trouvées et décida :

— Puisque je suis méconnaissable autant que j'aille rue du Saint-Gothard embrasser ma pauvre mère...

Une pensée lui vint à l'esprit.

Une ombre de sourire passa sur ses lèvres.

Il murmura :

— Pourquoi pas?... Pas tout de suite, bien sûr, mais dans deux, trois mois, quand Justine commencera à aller mieux, je pourrais faire venir maman avec nous, dans le soleil d'un Nice ou d'un Monte-Carlo... Elle oublierait tout à fait... et moi aussi...

Et son imagination vagabonda.

Il se vit entouré de Justine et de sa mère, bien abrité sous le toit d'une petite maisonnette... Un grand jardin, un bon chien, des poules, des abeilles, des fleurs, beaucoup de fleurs... Le grand repos, dans une atmosphère clémente...

Mais une voix intérieure le tira brusquement de ce rêve.

Une voix qui lui murmura à l'oreille :

— Assassin !...

La sensation qu'il éprouva fut tellement particulière qu'il se retourna brusquement sur sa chaise comme pour voir qui venait de lui parler.

Evidemment, il n'y avait personne derrière lui...

Il s'apaisa peu à peu.

Est-ce que sa vie des premières semaines allait recommencer?

Est-ce qu'il allait être à nouveau la proie de transes perpétuelles?

Etait-il donc condamné à n'oublier jamais?

Inconsciemment, il tira une cigarette d'un étui de métal et l'alluma.

Moins de dix secondes après Justine, s'éveillait prise d'une quinte de toux.

Marcel jeta sa cigarette dans l'escalier en maudissant son étourderie et courut à la malade qui, avec un sourire intraduisible, lui dit :

— Oh ! ce n'est pas ta fumée... J'ai... avalé de travers...

Mais il n'en crut pas un mot et s'excusa...

Justine déclara alors qu'elle voulait se lever et pria Marcel d'appeler Germaine, qui accourut.

Marcel descendit retrouver Mme Foucaut et Michel qui lui proposa une partie de cartes. Marcel refusa, doucement, affectueusement. Il n'avait guère la tête au jeu. Alors les deux hommes s'assirent chacun d'un côté de la cheminée et restèrent à rêver, le regard dans les flammes.

Ils demeurèrent ainsi pensifs un grand quart d'heure au bout duquel, soudain, Justine apparut le corps moulé dans sa petite combinaison bleue, celle qu'elle portait le jour où elle avait rencontré Marcel pour la première fois.

Elle eut un beau succès.

Le bassin, les jambes n'avaient pas trop maigri, la poitrine non plus.

Seul, le dos s'était un peu voûté.

Elle vint à Marcel et dit en s'appuyant contre lui et en passant autour de sa taille le bras de son fiancé :

— Tu te souviens, dis?

Marcel fit oui de la tête et crut bon de faire observer :

— Tu vas avoir froid avec ce vêtement-là.

— Penses-tu? Avec un feu pareil !... Je ne suis pas malade aujourd'hui.

Elle ponctua cette phrase d'un court éclat de rire.

Après quoi, elle dit, câline :

— On l'emportera... Et si jamais je me laisse glisser là-bas, faudra m'enterrer avec... J'y tiens... Et à part ça, qu'est-ce qu'on prend? Ce n'est pas l'heure de l'apéritif?

— L'apéritif est défendu. Ni vin, ni alcool...

Elle l'interrompit pour protester :

— Alors quoi, la mort sans phrase, tout de suite? C'est au moins le père Barin qu'a dit cela... Ce qu'il peut être poissant, celui-là, avec ses médicaments et ses prescriptions !...

— C'est pour ton bien.

— Mon bien !-mon bien !...

Elle frappa sur l'épaule de Marcel en affirmant :

— Mon bien, mon seul bien, le voilà !...

Et puis, tristement, si tristement que cela tira les larmes à tout le monde, elle ajouta :

— Mais qu'est-ce que j'ai à être si énervée aujourd'hui?... si bien portante... J'étais plus tranquille quand je toussais tout le temps...

Elle s'effondra sur une chaise, passa plusieurs fois une main sur son front, se frappa la poitrine, ferma les yeux en disant :

— Remonte-moi, Marcel, je ne me sens pas bien...

Marcel la saisit dans ses bras et, d'un élan, grimpa l'escalier, la déshabilla et la coucha tandis que la mère, Michel et Germaine restaient groupés sur le pas de la porte absolument sidérés...

Une fois dans son lit et tout en ramenant à plusieurs reprises ses couvertures sur sa gorge, Justine avoua :

— Ah ! je me sens mieux là-dedans...

Et, s'emparant des mains de Marcel, elle supplia :

— Ne pars pas... Ne retourne pas à Marcott... Ça me ferait du mal...

Marcel promit tout ce qu'elle voulut.

Mme Foucaut s'approcha, la potion à la main et en disant :

— Ce n'est rien... prends ta cuiller de remontant... Si tu avais bu ton cacao, ce ne serait pas arrivé...

Justine, docile, absorba le médicament, fit une grimace et dit :

— Ce que j'aurai pu en boire de ces saletés-là ! C'est rien de le dire.

Sa voix était à peine perceptible.

Marcel sentit qu'un sanglot mourait dans sa gorge.

Il fit un violent effort pour cacher son émotion.

Michel, lui, ne savait que répéter :

— Ce n'est rien... Ce n'est rien... Ce n'est rien...

Germaine, les yeux noyés de larmes, quitta la chambre en marmonnant :

— Elle va mourir... comme Elisabeth... C'est le charbon qui nous tue tous sans que ça en ait l'air...

Justine supplia presque :

— Je voudrais qu'on me laisse seule avec Marcel et puis qu'on ferme la porte...

Mme Foucaut et Michel se retirèrent.

Lorsque le bruit de leurs pas se fut éteint dans l'escalier, Justine dit :

— Marcel, va donner un tour de clef à la serrure... et puis reviens près de moi... Dépêche-toi...

Marcel fit ainsi que Justine l'en priait.

Lorsqu'il se retourna il l'aperçut qui lui tendait les bras.

Il questionna tendrement :

— Qu'y a-t-il encore?

Elle posa ses mains, en griffes, sur ses épaules, l'attira tout contre elle, cacha son visage dans son épaule et commença, dans un élan de tendresse :

— Ne vas pas te moquer de moi ; ou me prendre pour ce que je ne suis pas, surtout... et écoute-moi avec toute la bonté dont tu es capable... Et ne m'interromps pas... Vois-tu, Marcel, je suis un pauvre petit oiseau blessé qui a peur de succomber et qui ne voudrait pas s'en aller sans emporter dans son cœur, dans toute sa personne le souvenir de toi... Me comprends-tu?... Je ne voudrais pas mourir sans avoir été tienne...

Elle le serra convulsivement entre ses bras, soudant ses lèvres ardentes aux siennes dans un spasme de désespérée.

Tout en elle suppliait.

De toute sa chair montait comme une ardente prière qui n'avait rien de vulgaire...

Marcel la prit dans ses bras, la serra longuement contre sa poitrine dans laquelle et d'émotion son cœur battait à se rompre.

Il balbutia éperdu de pitié affectueuse :

— Oui... Oui, ma chérie... Oui, je te comprends... Je comprends ton émoi, ta crainte, ta tendre et suprême impatience, mais il ne faut pas, crois-moi, gâcher ces belles heures en commettant vis-à-vis des tiens une sorte d'abus de confiance... Je ne peux pas, je ne dois pas...

— Marcel, ne dis pas cela... C'est une mourante qui t'implore...

— Non, ma chérie... Tu n'es pas mourante... Tu vivras... Il le faut... Je le veux.

— Marcel !

— Sois bien sage... Aie bien confiance en moi... Je vais retourner à Marcott... Je vais me faire régler et je reviens tout de suite... Nous pourrons partir dans deux jours...

— Je n'en aurai pas la force.

— Si, parce que je te communiquerai un peu de la mienne... Vingt-quatre heures après nous serons là-bas, dans du soleil, dans de la vie et alors là, oui, je serai ton amant, j'en aurai le droit... Mais crois-moi, ne gâchons pas des instants que toi et moi voulons inoubliables, qui peuvent, qui doivent l'être, qui le seront.

— Marcel, tu ne m'aimes pas !

— A chaque heure un peu plus, ma chérie.

— Ou alors, tu ne me comprends pas... Je te jure que si tu avais pitié de moi j'en serais plus forte... plus vaillante...

Il essaya de s'arracher à l'étreinte tentatrice des bras de Justine.

Mais, avec une force dont on ne l'aurait pas crue capable, elle le retint, couvrant son visage de baisers ardents...

Marcel se sentit faiblir.

Le parfum de cette chair de souffrance le grisait, le saoulait presque.

Il fit à son tour un violent effort pour lutter contre la tentation qui grandissait en lui et faisait sombrer sa volonté dans une poussée de désir.

Il saisit Justine par les poignets, desserra, non sans peine, l'élan des bras, et put, enfin, se rejeter en arrière libéré...

Alors, Justine éclata en sanglots, balbutiant, fauchée de désespoir et de désappointement.

— Tu me tues !... Tu me tues !... Tu me tues !...

A son tour, il sentit ses yeux s'emplir de larmes.

Il bredouilla :

— Je serais un misérable si je te cédais... Je ne ferai pas cela...

Les sanglots de la petite suppliciée redoublèrent.

Elle se cacha le visage dans les draps, se jeta dans la ruelle en reprochant :

— Tu ne m'aimes pas !... Tu ne m'aimes pas !...

Il se pencha à nouveau sur la couche, voulut ramener Justine au bord du lit pour la prendre dans ses bras et la bercer, la consoler avec des mots et des mots d'amour et de tendresse.

Justine le repoussa, se coula plus profondément sous les draps en disant :

— Non... Non... va-t'en !... Laisse-moi, tu ne m'aimes pas... Laisse-moi mourir.

Alors, presque brutalement, il l'attira à lui...

Dans un geste câlin, assis sur le bord du matelas, il la plaça contre son cœur, lui cacha le visage dans son épaule et la caressa chastement; ses mains, à travers l'étoffe de la chemise, frôlant dévotement cette pauvre chair encore vierge...

Il la caressait comme il eût caressé un petit enfant ou un pauvre petit animal agonisant, accompagnant ses gestes de chapelets de paroles très tendres qu'il mouillait de larmes et ponctuait de baisers qui s'attardaient chaque instant davantage sur le satin attiédi des épaules, dans les mèches folles de la nuque...

Et elle, en pleine pâmoison, balbutiait, éperdue :

— Oui... Oui... Aime-moi... comme je t'aime... Marcel !... Mon petit bon Dieu... Ma vie... Tu es toute ma vie...

Marcel sentit soudain une sorte de grand vide se faire en lui.

Quelque chose comme une suprême détente le faucha...

Il s'étendit à côté de Justine, fermant les yeux, sombrant dans une nuit d'oubli de tout ce qui n'était pas leur amour... leur pauvre amour...

Et comme il n'avait jamais encore véou de semblables minutes, il s'abandonna à cette volupté nouvelle sans avoir la force de s'y refuser...

Sous son regard ardent d'amant attentionné, Justine, la bouche entr'ouverte, les yeux désorbités, paraissait remplir sa pauvre poitrine dévorée par le mal du souffle généreux d'une vie nouvelle et renégératrice.

V

A Marcel qui venait d'apparaître dans le cadre de la porte de la salle basse Mme Foucaut demanda :

— Elle dort?

— Oui... A quelle heure y a-t-il un train pour Marcott?

— Vous voulez partir ce matin?

— Le plus tôt possible... avant midi même pour être de retour ce soir... Pendant mon absence, vous serez assez bonne de préparer la malle de Justine... N'oubliez pas sa petite combinaison bleue... Germaine, va à la gare t'informer de l'heure des trains...

— Vous en avez un à midi cinquante-deux qui vous dépose à Marcott à quinze heures quarante...

— Je pourrai reprendre à Marcott le train de dix-neuf heures vingt... Tout ira bien ainsi...

— Mais vous allez déjeuner avec nous? fit Mme Foucaut.

— Quelle heure est-il? Dix heures vingt-cinq... oui, j'ai grandement le temps. Nous irons réveiller Justine à midi... On pourrait installer une table près d'elle. Je préférerais qu'elle ne se levât point...

— C'est facile... Germaine s'occupera de cela...

Mme Foucaut et Germaine, tandis que Marcel vérifiait l'heure du départ des trains sur un petit indicateur de poche que Michel lui avait donné, se hâtèrent de préparer le repas...

A onze heures, tout était prêt.

Il ne restait que le couvert à mettre.

— Permettez que je monte le premier réveiller Justine...

Il grimpa deux par deux tête baissée les marches de l'étroit escalier. En mettant le pied sur le palier, il ne put retenir un cri de joyeuse surprise. Justine, sa toilette faite, en peignoir, le visage comme illuminé par la flamme ardente des yeux aux prunelles apaisées lui tendait les bras.

Ils s'étreignirent longuement.

Et puis Marcel dit :

— Et moi qui avais demandé à ta mère de mettre le couvert dans ta chambre pour te permettre de rester au lit...

Justine éclata de rire.

— Moi, rester au lit !... Mais tu es fou !... Je descends...

Elle lui jeta les bras autour du cou, lui mordilla le bout de l'oreille et murmura :

— Mon petit mari, il est fou...

— Ma petite femme chérie... car tu es ma femme chérie...

La voix de Mme Foucaut s'éleva au pied de l'escalier.

— Germaine, monte une nappe... et puis...

Mais Justine l'interrompit :

— Pas la peine, maman, je descends...

Marcel et Justine, bras dessus, bras dessous, se montrèrent, souriants, épanouis d'un bonheur complet et idéalement bienfaisant.

Mme Foucaut, en apercevant sa fille, resta bouche bée...

Justine était littéralement transfigurée.

Le soin qu'elle avait mis à se coiffer, à se poudrer légèrement le visage, le roulis de ses hanches, son air gavroche, la petite grimace malicieuse qui retroussait sa lèvre supérieure, en faisait une tout autre petite femme.

Mme Foucaut fit un pas en arrière, joignit les mains et bredouilla :

— Mais qu'est-ce qu'il se passe?... Qu'est-ce qu'il se passe?...

Justine, sautant au cou de sa mère, répondit :

— Il se passe, maman, que je vais très bien ce matin...

— Et il y a trois heures on était obligé de te remonter...

— Je faisais des manières pour me faire gâter... Regarde Marcel, il va aussi beaucoup mieux... Regarde-le... Regarde-le bien et embrasse-le... Il aime bien ta fille, va... Tous les deux on est des bonnes petites bêtes qui s'aiment bien... et encore plus que cela, si c'est possible...

Mme Foucaut les menaça du doigt, l'œil malin...

— Oh ! vous... c'est pas naturel, ça...

— Oh ! maman, je te jure...

— C'est bon, c'est bon, rentre dans la cuisine, tu vas prendre froid ici... Ça fait courant d'air avec le vasistas du grenier.

Justine, poussée par sa mère, entra la première dans la grande pièce où un beau feu de coke mettait une bonne et réconfortante chaleur.

— Ah ! il fait bon ici !... Bonjour, Michel... Ça va?... depuis qu'on ne s'est vu?

Michel éclata de rire :

— Et toi, Justine?

— Moi, ça va comme jamais encore ça n'a été... Ah ! il en connaît des remèdes Marcel !... Avec lui, le père Barin n'a qu'à bien se tenir s'il craint la concurrence. N'est-ce pas, Marcel?

— Je ne sais pas du tout ce que tu veux dire...

Ayant aperçu l'indicateur qui était resté sur la table à la place de Marcel, Justine questionna :

— À quelle heure as-tu un train?

— Midi cinquante-deux.

— Il ne faut pas le rater surtout... tu ne pourrais pas être de retour ce soir... et je passerais une nuit sans garde-malade, ce n'est pas possible.

Mme Foucaut intervint pour protester :

— Tu n'auras pas la cruauté d'obliger ce pauvre garçon à passer une seconde nuit sur un fauteuil?

— T'en fais pas pour lui... Michel et moi, on va lui installer un matelas au pied de mon lit, rapport aux convenances... Comme ça je ne le verrai pas se mettre dans les toiles... La pudeur, elle n'aura rien à dire...

— Oh ! la pudeur... la pudeur...

— T'en fais pas pour la pudeur, maman... La pudeur, c'est une petite vieille dans mon genre... Seulement, elle, ce n'est pas de la poitrine qu'elle s'en va !...

— Ah ! tu ne vas pas recommencer avec ta poitrine, hein?

— Sois tranquille, je n'y pense plus... Je ne pense qu'à une chose : au départ. À propos, Marcel ne t'a pas dit? C'est demain qu'on s'en va...

— Demain? Déjà?

— Oui. Faut pas faire attendre le soleil... Paraît que c'est un type qui s'échauffe pour un rien... Il a tout de suite le feu où je pense... Ah ! dites donc, c'est pas tout ça, il est l'heure de se mettre à table...

Justine poussa doucement Marcel à sa place, regarda s'il ne manquait rien sur la table, s'il avait sa serviette, l'embrassa bruyamment sur les deux joues et s'assit en s'exclamant :

— Ça ne fait rien, la vie est belle quand même !

Mme Foucaut savait à quoi s'en tenir.

Elle se rappelait aussi qu'à un certain moment de son existence, la vie lui avait paru belle et bonne... Hélas ! cela n'avait pas duré longtemps. Non pas que son mari l'ait rendue malheureuse, non, certes, mais les soucis, les maternités malheureuses, les maladies des enfants, les deuils, un peu de misère, la guerre, tout cela avait passé sur elle laissant en son cœur, en son âme des traces douloureuses, des blessures que le temps cicatrisait mal...

Elle chassa ces papillons noirs et prit place à la table...

En une demi-heure, le déjeuner fut bâclé.

Justine dévora tout ce qu'on mit dans son assiette.

Le café pris, Marcel déclara :

— Je voudrais bien prendre un chemin de traverse pour gagner la gare. Je ne tiens pas à voir les gens du pays.

Michel s'offrit à le guider.

Après les adieux ou plutôt les au-revoir que l'on devine, Marcel partit avec Michel. Tous deux s'en furent à travers champs, longèrent l'aurée d'un petit bois et retrouvèrent la grand'route que Marcel reconnut bien et qui lui rappela son arrivée par cette matinée de novembre triste et glaciale au cours de laquelle son âme et sa conscience avaient subi tant d'assauts.

Mais, pour la première fois, ces souvenirs en lui revenant en mémoire ne lui causèrent aucun trouble.

Il était un peu dans l'état d'esprit de l'auteur d'un crime passionnel qu'un jury indulgent vient d'acquitter à la minorité de faveur.

***

Lorsque Marcel Hélin sauta sur le quai de la gare de Marcott, il avait un de ces petits airs conquérants qui n'appartiennent qu'aux gens parfaitement heureux...

Ce fut d'un pas élastique et allongé qu'il se dirigea vers les bâtiments de l'administration centrale de la Société Minière.

Lorsqu'il entra dans son bureau, son chef qui était en train de distribuer du travail à ses subalternes, s'exclama paternellement en l'apercevant :

— Eh bien, quoi donc, Eline?... que vous est-il arrivé? Rien de grave, j'aime à le croire...

Un peu gêné, Marcel Hélin répondit en cherchant ses mots :

— Mon Dieu, non, Monsieur et je vous fais toutes mes excuses... J'ai été retenu au chevet d'un ami malade et auquel j'ai promis, après vous avoir vu, d'aller continuer mes soins.

Le chef, en entendant cela, resta quelque peu stupéfait.

Secoué d'un léger rire, il laissa entendre :

— Ce sentiment prouve en votre faveur, mais, tout de même, vous n'imaginez pas que l'administration va vous payer...

Marcel lui coupa la parole pour déclarer :

— Je ne m'imagine rien de ce que vous pourriez croire, Monsieur, et je suis incapable d'avoir l'extravagance de supposer que l'on me payerait à ne rien faire de ce que j'ai à faire ici... Aussi vous prierai-je de bien vouloir accepter ma démission et de me rendre immédiatement ma liberté, après toutefois que j'aurai mis mon travail en ordre. C'est l'affaire d'une demi-heure à peu près. J'ai promis de repartir de Marcott ce soir par le train de sept heures et quelque chose.

— À votre aise. Je vais préparer votre bordereau... Mais, permettez-moi de vous le dire, vous avez tort de nous quitter. Vous aviez ici une bonne place et l'avenir vous était assuré.

— Mon devoir, Monsieur...

— Bien, bien... Je n'insiste pas.

Le chef regagna son bureau.

Après avoir serré la main à ses collègues, Marcel Hélin s'en vint à sa place et se hâta de mettre tout en ordre dans ses papiers administratifs.

Deux heures après, il quittait les usines de Marcott, courait jusque chez lui, faisait hâtivement sa malle, payait ce qu'il devait à son propriétaire navré de le voir s'en aller et gagnait la gare où bientôt il montait dans le train qui devait le conduire à Lens où il arriva à la nuit tombée.

Laissant sa malle en consigne, il se hâta vers la demeure des Foucaut.

Comme il traversait le tout petit jardin qui courait devant la maison et dans la plate-bande duquel, l'été, s'étiolaient quelques géraniums maigriots, il entendit une fin de romance fantaisiste que suivirent des éclats de rire.

Il en fut agréablement surpris.

Au lieu d'entrer tout de go chez les parents de Justine, il frappa deux fois trois coups. Le silence, à cet appel, se fit.

Ce fut Germaine qui vint ouvrir. En l'apercevant, elle se prit à rire et lança à Justine, qui s'était cachée sous la table :

— Tu peux te montrer, Titine, c'est Marcel.

Marcel entra. Germaine derrière lui ferma soigneusement la porte au verrou. Justine alors se montra.

Hélin ne put s'empêcher d'éclater de rire en la voyant et en l'entendant dire en enflant les joues entre chaque mot :

— Nous avons l'honneur de vous présenter, mesdames et messieurs, le plus grand phénomène des temps présents et à venir... Une jeune Lensoise à qui le climat des rives méditerranéennes a été si favorable et l'est encore qu'elle enfle à vue d'œil et pèsera bientôt plus de cent kilos sans éclater, ce qui prouve qu'elle a un tempérament de fer, des os en acier et de la chair en caoutchouc renforcé !

Et, d'un bond, Justine sauta au cou de Marcel.

La délicieuse créature était vraiment comique.

Ayant été chercher une jupe et un corsage à sa mère, elle les avait revêtus après s'être rembourrée à l'endroit des seins et du ventre d'autant de paires de bas et de chaussettes, de torchons et de chiffons qu'elle en avait pu trouver. Ainsi affublée, elle avait plus d'un mètre cinquante de tour de hanches. Elle s'était, par-dessus le marché, posé sur les pommettes une couche de rouge dentifrice qui lui donnait des faux airs de poupon de bazar...

Fière de l'effet produit sur Marcel, elle se campa devant lui les poings sur les hanches et s'écria :

— Tout de même, ce qu'il peut faire le soleil du Midi !... Pas étonnant que là-bas les fruits mûrissent si vite !

Epoumonée, elle se laissa tomber sur une chaise et se débarrassa de ses oripeaux.

Il y avait une heure qu'elle donnait ainsi, et de quel cœur, la comédie à sa mère et à Germaine.

Lorsqu'elle eut repris son aspect normal, elle questionna en s'adressant à Marcel :

— Et alors, mon complice, tout s'est bien passé à Marcott?

— Tout s'est parfaitement passé...

— Ta malle?

— Je l'ai laissée à la gare.

— Et on part toujours demain?

— Demain, par le train de midi qui nous mettra à Paris à trois heures et demie. Nous serons chez ma mère à quatre heures et nous pourrons, en nous dépêchant un peu, prendre le rapide de huit heures quinze qui nous déposera à Marseille à dix heures et quelque chose.

— Non, alors, c'est vrai, on part?

— Dame !

— Je ne peux pas y croire... Ça ne m'a pas empêchée de faire mes malles, cependant. Quand je dis mes malles, c'est pour parler comme dans le grand monde. Mes malles se composent en gros d'un vieux sac de voyage, d'un panier qui ne ferme que d'un cadenas, et d'une petite boîte noire dans laquelle j'ai mis une poignée de frusques et ma combinaison bleue. Quant à mon sac à bijoux, je ne l'emporte pas. Il m'embarrasserait. Et puis, ces trains de luxe sont si mal fréquentés. Mais, à part ça, on n'a pas dîné. J'ai une faim de loup !

Le couvert était mis. Tous quatre prirent place à la table.

Marcel s'informa :

— Et votre mari, Madame Foucaut, il ne rentre pas dîner?

— Il a fait dire qu'on ne l'attende pas. Il a une réparation urgente à faire à sa machine.

Elle finissait à peine de dire cela, qu'on frappa à la porte de façon convenue.

— Ah ! le voici, fit Justine.

Germaine courut ouvrir. C'était Foucaut, en effet, qui revenait les bras encombrés de paquets portant le nom d'un des plus grands magasins de Lens.

— Ah ! qu'est-ce que c'est que tout ça? s'écria Justine en venant embrasser son père et en le débarrassant de ses emplettes.

Tout en serrant la main à Marcel, Foucaut répondit :

— On ne peut tout de même te laisser partir le derrière tout nu, les manches pareilles ! On n'est pas riche, mais on a son point d'orgueil.

Justine avait coupé les ficelles, fait sauter les couvercles de deux cartons.

Elle s'exclamait, joyeuse, comme une gosse un matin de Noël.

— Oh ! une chemise américaine... et puis une robe tricotée... et des bas de soie, ma chère... De soie !... Et puis, tout ce linge, mais c'est fou ! c'est fou ! Tu t'es ruiné, papa ! Je vais avoir l'air d'une princesse. Et puis ces souliers en portes d'armoire à glace, tellement que ça reluit ! Du vernis... Mais je te dis, c'est fou ! Mon pauvre papa, t'es chic tout de même...

Elle embrassa son père, sa mère, Germaine, Marcel et s'écria :

— Passe-moi un œuf de plus que je mange, que je vive... Faut au moins que j'aie le temps d'user toutes ces frusques là !

Ayant gobé son œuf, elle questionna :

— Mais comment que t'as fait pour savoir acheter tout ça?

Foucaut avoua, entre deux cuillerées de soupe :

— Ta mère m'avait tout inscrit sur un bout de papier. J'ai eu qu'à payer.

— Allez, Germaine, porte tout cela dans ma chambre. On refera mes bagages tout à l'heure, nous deux Marcel ! Finissons de dîner.

VI

Le lendemain, d'assez bonne heure, Marcel, par le chemin de traverse, gagna la route de Lens.

Il avait été convenu la veille que Justine et sa mère le retrouveraient à la gare. Ainsi, personne ne serait au courant de rien. En revenant de Lens, Mme Foucaut dirait, si on l'interrogeait, que sa fille était partie pour un sanatorium du côté d'Aix-les-Bains.

Une fois ses billets pris, Marcel acheta des journaux et alla s'installer à une table du buffet de la gare et commanda une consommation. Il avait trois heures à attendre.

Il déplia ses journaux, les premiers qu'il ouvrait depuis sa fuite de Paris. D'un regard distrait, il parcourut les nouvelles. Comme on dit, il lisait sans lire, où plutôt sans que rien de ce qu'il lisait ne lui restât dans l'esprit. Pour lui, il ne s'agissait que de tuer le temps.

La lecture des feuilles ne lui procurant nulle distraction, il roula une cigarette. Comme il venait de tirer sa première bouffée de fumée, il entendit une voix féminine qui dit, dans son dos, avec un accent qui lui était familier :

— Mais oui, c'est lui ! J'étais bien certaine de ne pas m'être trompée.

Marcel tressaillit.

C'était la voix de la Turlan.

Il se retourna tout d'une pièce, s'étant, sur la seconde, composé un visage.

— Ah ! cette bonne Madame Turlan ! Comment ça va?

Ils se serrèrent la main.

La cabaretière répondit :

— Mais ça va toujours avec tous les matins un jour de plus sur la tête. Et vous? Cette santé... Vous avez une mine de prospérité... Ça ne vous est pas si contraire que ça, la poussière de charbon et la « purée de pois » de nos campagnes.

— Mais non, comme vous voyez.

— Et toujours content?

— Toujours... Il est vrai de dire qu'il me faut peu de chose pour me satisfaire.

— Et toujours à Marcott?

— Toujours.

— Faudra que j'aille vous voir un samedi... c'est mon jour de repos depuis que j'ai pris une gérante. C'est vrai, vous ne savez pas ça... Le comptoir ne me valait rien. C'est le foie que j'ai de malade. Faudra même que j'aille faire une cure cet été. Alors, j'ai écouté le père Barin, notre docteur... Je n'ai pas vendu mon fonds parce que je sens que je m'ennuierais à rien faire, mais j'ai engagé une bonne fille, une Auvergnate comme moi. C'est elle qui s'enfonce les vermouth-cassis et les byrrh-citron... à son âge, ça n'a pas d'importance. Elle vient du pays, c'est tout neuf, quoi... Et vous n'êtes pas passé par chez nous?

— Non...

— Il est vrai que vous ne m'auriez pas trouvée... On se serait rencontré sur la route.

— Vous vous asseyez... Prenez quelque chose.

— M'asseoir, oui, mais prendre quelque chose, non... Ma santé avant tout... A propos de santé, y a-t-il longtemps que vous avez eu des nouvelles de Justine?

— Oh ! oui... Les premiers temps, on s'est écrit deux, trois lettres, et puis c'est tout... Comment va-t-elle?

— La Justine? Elle est flambée ! Passera pas le printemps, ou si elle dure encore l'été, elle s'en ira avec les feuilles...

Marcel, à ces mots, sentit un long frisson lui courir sur les chairs.

Mais il ne broncha pas et se contenta de questionner :

— Toujours sa poitrine, sa bronchite?

— Poitrinaire jusqu'à la moelle... Ils le sont tous dans la famille ou à peu près... Et puis avec ça, la bombe, à son âge...

— La bombe?

— Non, pas la bombe si vous voulez, mais la cuisse pour tout dire... ça a commencé à quatorze ans à se faire culbuter par les boches et ça a continué, ça n'arrange pas la santé, ça.

Une moue de dégoût plissa les lèvres de Marcel.

Cette femme pouvait-elle, de sang-froid, dire une infamie pareille, surtout à lui qui, mieux que personne, pouvait se porter garant de la sagesse de la petite, lui qu'émouvait, presque à chaque instant, le souvenir exquis dont toute sa chair conservait l'ineffaçable impression.

Malgré qu'il en eût bien envie, il ne releva pas ces misérables propos.

Il se contenta de hocher la tête et de laisser errer sur ses lèvres un sourire désabusé.

La Turlan continua :

— Et dire que ce petit torchon-là avait des vues sur vous...

— Sur moi?

— Je pense bien... Si vous ne vous en êtes pas aperçu, c'est que vous êtes aveugle... Voyez-vous, c'te malice de s'installer dans votre chambre et de vous soigner. De coucher à trois pas de vous, de se déshabiller devant vous... C'est encore bien beau qu'elle ne se soit pas faufilée dans votre lit sous le prétexte de vous tenir chaud la nuit ! Mais sitôt que vous avez été mieux portant, j'y ai mis le holà ! Ah ! sans vous en douter, vous me devez une fière chandelle. Mais, parlons d'autre chose. Où allez-vous donc comme cela?

— A Paris.

Cette nouvelle parut suffoquer la tenancière.

— A Paris ! s'exclama-t-elle. Mais je croyais que vous ne vouliez plus jamais y mettre les pieds... du moins, j'avais compris cela.

— On change d'idée...

— Mais vous n'y allez pas pour y rester?

— Ça dépend... Je verrai cela... En une semaine, on a le temps de réfléchir... Et vous, vous allez aussi à Paris?

Marcel avait dit cela avec une nuance d'inquiétude dans la voix.

La Turlan le tranquillisa tout de suite.

— Oh ! mais non... Je vais au nord... rejoindre des amis... Et du reste voilà mon train qu'on annonce... Je me sauve... Envoyez-moi de vos nouvelles si vous restez à Paris... et puis, votre adresse...

Il ne répondit rien.

Elle lui tendit la main qu'il pressa mollement... Après quoi, ils se séparèrent sans mot dire.

A peine sur le quai, la Turlan poussa une exclamation de surprise.

— Ah ça ! par exemple ! Dites donc, monsieur Marcel, venez donc voir la Justine avec sa mère et sa sœur qui prend le train aussi... Venez voir ça... On dirait qu'elles cherchent quelqu'un. Ce serait-il pas vous, par hasard? Si c'était vous, vous vous seriez bien payé ma tête de me laisser parler comme je l'ai fait...

Marcel mâchonna :

— Quelle fatalité s'agrippe après moi... Pourquoi faut-il que cette femme se soit trouvée sur notre route...

Il quitta sa place, répondant à l'appel de la Turlan et vint se planter sur le quai à côté d'elle, souhaitant que Justine l'aperçoive, espérant qu'elle comprendrait le danger...

Justine le vit...

Une pâleur de mort envahit ses traits, mais elle ne perdit pas sa présence d'esprit, bien au contraire.

Elle s'empressa de prévenir sa mère.

— Maman, suis-moi, n'aie l'air de rien... Là-bas, Marcel avec la Turlan. Laisse-moi faire... Dis comme moi. Tout ira bien.

Et elle leva les bras, poussa un cri de joie, courut à Marcel.

Une fois près d'eux, elle leur tendit les mains, embarrassées de paquets, en disant :

— Ah ! ça, c'est une chance, vrai, là... Madame Turlan, m'sieur Marcel, un revenant ! Comment ça va-t-il, m'sieur Marcel... Vous v'là en voyage aussi?

La Turlan questionna, le regard en dessous :

— Qu'est-ce que tu vas donc faire à Paris?

Justine s'esclaffa :

— A Paris, moi, pensez-vous ! Je vais à Aix-les-Bains dans un sanatorium que me paye un administrateur de la Société. Et vous, m'sieur Marcel, c'est à Paris que vous allez?

Avec quelque embarras, Marcel répondit en tournant la tête :

— A Paris, oui.

— Alors, bon voyage.

— Merci, petite...

— Et si je ne vous revois pas, bonne chance.

— Merci, Mademoiselle Justine... Au revoir, Madame Turlan...

— Au revoir, m'sieur Marcel.

Hélin rentra au buffet, paya sa consommation, confia ses bagages au garçon et sortit par une petite porte qui donnait sur le jardinet du quai précédant les commodités où il entra. De là, il pouvait voir sans être vu le groupe Turlan-Justine.

La fille des Foucaut se hâta de prendre congé de la Turlan qui, tout aussitôt, s'approcha d'un gendarme de service à la gare et lui dit avec un air mystérieux :

— Dites donc, gendarme, voulez-vous que je vous donne l'occasion d'avoir de l'avancement? Oui? Eh bien, vous voyez ces bagages, là près de cette porte... Quand celui à qui ils appartiennent viendra pour les prendre, demandez-lui donc s'il a des nouvelles du crime de la rue Lebouis...

Mais le brave homme ne prit pas du tout la chose comme l'espérait la Turlan...

— Allez ! Allez ! fit-il, la jambe avec vos histoires, la petite mère... moi, les blagues, je les supporte les jours de sortie, mais pas quand je suis de service... rompez !

— Mais puisque je vous dis, gendarme...

— Rompez, que je vous dis.

Elle insista une fois encore.

Alors, le gendarme, furieux, s'écria :

— C'est-y votre train, cela?

— Oui, mais...

— Alors, montez, cré vingt dieux et ne me jambez pas davantage...

Il ouvrit une portière, poussa de force la Turlan dans un compartiment et tourna les talons.

— En voiture !... Pressons-nous...

Un coup de sifflet, le convoi démarra.

Marcel-Hélin, qui avait assisté à la scène, poussa un soupir de soulagement et sortit de sa cachette juste comme le gendarme arrivait à sa hauteur et il l'entendit mâchonner derrière sa moustache :

— Qu'est-ce que ça peut bien me f... le crime de la rue Lebouis... Je suis pas de la police moi...

Marcel tressaillit.

Le crime de la rue Lebouis.

La Turlan l'avait-elle dénoncé?... Mais comment pouvait-elle savoir?. Cette nouvelle alerte le replongea dans une crise de désespoir. L'horrible souvenir allait-il donc le poursuivre sans cesse.

TROISIÈME ÉPOQUE

I

Marcel Hélin ne fit que traverser Paris.

Lorsqu'il en avait décidé ainsi, Justine, timidement, s'en était étonnée.

— Je croyais que nous devions aller voir ta mère.

Marcel mentit.

— Oui, fit-il, telle était bien mon intention, mais j'ai oublié de te le dire, j'ai reçu une lettre d'elle qui m'annonçait son départ pour la province. Elle va passer un mois chez ses anciens patrons. Aussitôt arrivée là-bas, je lui écrirai. Elle viendra nous rejoindre... Je préfère, pour toi, qu'il en soit ainsi. Nous allons nous arrêter quelques heures dans un hôtel proche la gare de Lyon ; tu t'y reposeras... Pense donc, quatorze heures de chemin de fer pour toi, ça va presque être un supplice.

Après la conversation qu'il avait eue avec la Turlan, Marcel Hélin était revenu sur son intention d'aller embrasser sa mère.

Il était encore trop près de sa tragique aventure.

Ses bagages chargés à la gare du Nord, il se fit conduire à l'hôtel de l'Arrivée, rue de Lyon. Il avait eu l'adresse de cet hôtel dans le petit indicateur que lui avait prêté le frère de Justine.

Cet hôtel lui plut, dès l'entrée.

C'était une maison simple et modeste, mais fort bien tenue et dont la patronne était avenante à souhait sans être par trop mielleuse.

Il prit une chambre au premier, installa Justine.

— Et alors? fit-il, tu ne dis rien.

Durant toute la traversée de Paris Justine était restée silencieuse et recueillie, son regard étonné allant d'une chose à l'autre.

Elle avoua ingénuement :

— Je suis un peu comme saoule... c'est vrai... Je ne me figurais pas Paris comme ça.

— Et encore, ce que tu as vu n'est rien.

— C'est vrai?

— Quand tu seras tout à fait remise, nous viendrons y passer huit jours... En attendant, tu vas te coucher.

— Oh ! non. Je vais m'allonger sur la chaise longue. J'aurais trop peur si je me couchais de ne pas pouvoir me relever. C'est bête, c'est stupide, ce que je dis là, mais c'est une idée comme ça. Faut pas me contrarier.

Alors, Marcel l'installa sur la chaise longue, demanda deux oreillers en supplément qu'il plaça sous les reins de Justine, lui jeta une couverture sur les jambes, tira les grands rideaux.

— Tâche de reposer un peu, moi, pendant ce temps, je vais prendre nos billets et retenir nos places.

Justine très fatiguée par le voyage dormait déjà d'un sommeil calme et réparateur lorsque, dix minutes après, Marcel quitta la chambre.

***

Ses places retenues, Marcel en hâte fit quelques emplettes : tabac, journaux illustrés, provisions de bouche, veilla à l'enregistrement de ses bagages, puis rentra à l'hôtel.

Un peu après six heures, Justine se réveilla très reposée, prit sa potion, son vin tonique, et, vers sept heures moins le quart, tous deux, bras dessus, bras dessous, se dirigèrent vers la gare.

Après avoir copieusement dîné au buffet, ils gagnèrent les quais et montèrent dans leur compartiment. Justine, devant tout, restait bouche bée.

Elle croyait rêver. Parfois, elle se surprenait à murmurer en se pinçant le bout du nez :

— Pas possible, ce n'est pas moi qui suis là... Et pourtant si, c'est bien moi. Alors, elle se penchait sur Marcel, lui caressait les joues avec les mèches folles de ses petites guiches et lui glissait à l'oreille :

— Si tu savais comme je suis heureuse !... Et comme tu es bon.

Il inclinait la tête vers celle de sa maîtresse qui cachait son visage sous son épaule. Elle se pelotonnait contre lui avec des façons de petit chien frileux. A huit heures quinze exactement, le convoi s'ébranla lentement, majestueusement.

— On part, Marcel !

— Oui, ma chérie.

— Quel beau rêve !... Pourvu qu'il dure !

Marcel conseilla à Justine de se déchausser. Il lui avait acheté des chaussons fourrés. Elle serait mieux pour voyager. Et puis d'ôter son chapeau qui ne pouvait que la gêner pour dormir. Et de bien s'envelopper dans les couvertures.

— Je veux dormir sur ton épaule.

— Oui, ma chérie.

— Comme un petit enfant... mais je vais te gêner !

— Pas du tout.

— On a de la chance, le compartiment n'est pas complet. Tu as vu, nous ne sommes que quatre.

— S'il ne monte personne à Laroche et si tu es par trop fatiguée, tu pourras t'étendre.

— Comme dans mon lit.

— Voilà.

— Embrasse-moi... je tombe de fatigue.

Il la baisa au front, dévotement. Elle se cala bien contre lui, poussa un gros soupir d'aise et ferma les yeux.

Alors, Marcel se prit à réfléchir.

Vers quel avenir allait-il? vers quelle victoire ou quelle défaite? Il n'avait pas grand argent devant lui. Avec ce que le père Foucaut avait donné à sa fille ils possédaient un peu plus de trois mille francs, c'est-à-dire juste de quoi vivre dix semaines, et encore, en se privant un peu. Mais d'ici dix semaines il aurait trouvé de l'ouvrage, certainement. Il n'était pas en peine pour lui. Et puis, les responsabilités morales qu'il avait acceptées décuplaient son courage et sa force d'âme. Que Justine se rétablisse, le reste ne l'inquiétait pas.

Et, tout en pensant ainsi, brisé, lui aussi, de fatigue et d'émotions, il s'endormit sans en avoir conscience.

Lorsque tous deux se réveillèrent, le ciel avait pâli. Il commençait à faire jour. Où sommes-nous donc? Une annonce lointaine répondit à cette interrogation qu'ils avaient formulée d'une seule voix :

— Valence !... Valence !...

Déjà Valence !... Justine abaissa les volets des glaces et jeta un coup d'œil avide sur les quais, ce qu'elle apercevait de la ville encore morne et endormie.

— Ça n'a pas l'air rigolo, ce patelin-là.

— Il faut voir cela avec le soleil.

— C'est déjà le Midi par ici?

— C'en est l'antichambre.

— Tu es déjà venu par ici?

— Jamais... mais je connais ma géographie... as-tu besoin de quelque chose? As-tu soif? As-tu faim? J'ai des sandwichs et une bouteille de Graves.

— Ma foi, ce n'est pas de refus.

— Comment te sens-tu?

— Très bien... J'ai dormi comme une marmotte, et je n'ai pas toussé?

— Si, trois ou quatre fois, mais une petite toux de rien, ça ne t'a même pas réveillée.

— Je n'y comprends rien... Et toi?

— Moi, je ne cherche même pas à comprendre. Fais comme moi, laisse-toi porter vers la joie et le soleil.

Justine dévora son sandwich, but un grand verre de bordeaux. Après quoi, elle se blottit à nouveau contre Marcel en disant :

— Dis, Marcel, je remets ça... c'est trop bon.

Elle ne se réveilla définitivement que lorsque le convoi longea les étangs de Berre. Alors, elle poussa une exclamation de surprise admirative.

— Oh ! ce que c'est beau la mer !

— Pas encore, ma chérie... ce sont les étangs de Berre.

— Mais il y a des bateaux, des grands bateaux !...

— Tu en verras de bien plus grands et de bien plus beaux à Marseille.

À partir de cet instant, elle n'arrêta pas de bavarder, de questionner, d'admirer.

Il en fut ainsi jusqu'à Marseille, où ils arrivèrent par un temps splendide. Justine, dans la voiture qui les emportait vers un hôtel des quais du vieux port, respirait à plaisir et constatait, l'œil brillant d'enthousiasme :

— Oh ! ce qu'il fait bon... Je pense qu'on doit bien se porter avec un soleil comme ça. Il tape, le vieux père bourguignon... Et s'il fait aussi chaud que cela à cette époque-ci, qu'est-ce que ce doit être en juillet. Merci pour les coups de soleil !

Quand la victoria déboucha sur les quais, Justine poussa un grand cri :

— La mer !

Cette fois oui, c'était bien la mer. Alors, elle saisit le bras de Marcel et se prit à pleurer en disant :

— C'est de joie ! c'est de bonheur ! Fais pas attention !... Je suis si heureuse d'être ici avec toi et de voir tout ça... J'en ai plein les yeux, c'est le cas ou jamais de le dire.

La voiture s'arrêta devant l'hôtel. Tandis que Marcel payait le cocher, faisait décharger les malles, Justine avait couru jusqu'à un embarcadère et restait en extase devant un long-courrier qui finissait de charger sa cargaison. Marcel dut venir la chercher. Il l'avait appelée, mais elle n'avait pas entendu. Ils entrèrent à l'hôtel, choisirent une grande chambre à deux fenêtres prenant vue sur le port. Et comme Marcel proposait de déballer au moins les sacs de nuit et de faire un peu de toilette, Justine s'y opposa. C'était du temps de perdu. Ils étaient très bien ainsi. Voir la mer, elle ne pensait qu'à cela. Il ne voulut pas la contrarier en insistant et ils quittèrent l'hôtel pour se diriger, nez au vent, vers le nouveau port, la Joliette... Lorsqu'ils furent tout au bout de l'une des jetées, Justine se jeta sur la poitrine de Marcel et balbutia :

— Oh ! que c'est beau, que c'est beau et que je suis donc heureuse... Si maman était là seulement, la pauvre femme... On pourrait certainement pas l'arrêter de pleurer.

Mais le vent était un peu vif. Le grand vent du large leur cinglait le visage et Justine était oppressée. Marcel l'entraîna presque de force en lui disant qu'il serait imprudent, pour le premier jour, de s'attarder à cette place. Il fallait compter avec la faiblesse de ses bronches.

Justine quitta la jetée à contre-cœur. Ils rentrèrent à l'hôtel. Une fois dans la chambre, Justine, soudain, fut prise de vertiges. Elle dut s'asseoir pour ne pas tomber. Marcel en fut tout bouleversé. Mais elle le tranquillisa. Ce n'était rien ; la fatigue et l'émotion.

— Si tu étais très raisonnable, tu te coucherais. De ton lit tu vois tout le port... Et tu déjeunerais bien au chaud. Fais cela, tu me causeras une grande joie. Je serai plus tranquille.

Le malaise qui la fauchait était si violent, qu'elle ne refusa pas. En un tournemain, elle se déshabilla, jeta un châle sur ses épaules et se coula entre les toiles attiédies par les rayons d'un soleil ardent. Presque assise dans son lit, sa tête bien calée dans les oreillers, elle poussa un soupir de presque soulagement. Elle se sentit tout de suite mieux. Marcel alla donner des ordres pour qu'on leur montât leur déjeuner dans leur chambre. La patronne y consentit par égard pour Justine et, surtout, moyennant un petit supplément.

À midi sonnant, leur dînette commença. Justine se força pour manger. Ça n'allait pas fort.

— Mais qu'est-ce que j'ai? Qu'est-ce que j'ai? ne cessait-elle de répéter.

Marcel lui certifia que ce qu'elle ressentait n'avait rien d'inquiétant. Elle roulait, depuis vingt-quatre heures et ses nerfs tendus à l'excès venaient de se distendre comme les cordes d'un violon. Étant donné son état de santé, c'était déjà bien beau qu'elle ait pu faire ce voyage sans être obligée de s'arrêter au moins un jour entier à Paris. Elle se rendit facilement à l'évidence et décida de ne pas se lever de la journée, ni de toute la matinée du lendemain. Marcel fut bien heureux de la voir si raisonnable.

Après le repas et tout en dégustant son café, il vida le panier de Justine, sa valise, rangea le linge dans l'armoire. Comme il allait interrompre sa besogne pour parler à la petite de la promenade qu'il projetait de faire le lendemain à travers la ville, et suivant les conseils du guide qu'il avait lu en chemin de fer, il constata qu'elle était endormie. Il se garda bien de la réveiller. Il s'interdit même de faire le moindre bruit, à pas de loup il vint s'accouder à la fenêtre pour fumer une cigarette et se réjouir la vue du pittoresque spectacle qu'offraient à cette heure les quais grouillants de monde. Lui aussi, c'était la première fois qu'il voyait la mer de Provence. Il avait bien été passer trois jours sur une plage du Nord mais par un temps gris, une mer démontée, rageuse, peu accueillante qui ne lui avait laissé qu'une impression tragique. Tandis qu'à Marseille, sous ce soleil de feu, dans ce décor attrayant, la mer l'émotionnait délicieusement.

Il ne put s'empêcher de murmurer :

— Comme il va faire bon vivre ici !...

II

Lorsque Justine s'éveilla, le soleil était déjà bien bas à l'horizon qu'il incendiait de ses derniers éclats. Tout de suite, il fut près d'elle. Et comme il se penchait pour l'embrasser, il l'entendit qui se plaignait doucement. Tout de suite une inquiétude lui tordit le cœur. Il déposa un baiser sur son front brûlant et questionna à voix basse :

— Tu ne te sens pas bien, ma chérie?

Elle répondit en fermant les yeux :

— Ça passera... Ne t'en fais pas... c'est la fatigue.

Il lui fit prendre une cuillerée de potion, la replaça bien doucement sur les oreillers, la borda, lui remonta les draps jusqu'au menton. Justine se rendormit presque tout de suite.

Marcel murmura :

— C'est ce voyage qui l'a fauchée... C'est ma faute, j'aurais dû m'arrêter à Paris.

Paris ! Mais Paris, c'était le « souvenir », l'atroce hantise... Une larme perla au bord de ses paupières. Il revint à la fenêtre et se reprocha son égoïsme et sa lâcheté. Au bout d'un instant et comme le vent fraîchissait, il ferma les volets, poussa les battants de la fenêtre et vint s'asseoir au chevet de Justine.

Peu à peu, la nuit mit de grands pans d'ombre sur toutes les choses qui l'entouraient. La lumière des quais jeta dans la pièce une vague clarté... Les bruits du port s'évanouirent un à un... Il somnola, d'abord, puis, lui aussi brisé de fatigue, s'endormit profondément. Lorsqu'il rouvrit les yeux un profond silence régnait autour de lui. De la lueur de son briquet, il consulta sa montre. Elle marquait neuf heures. Neuf heures !... Il tourna le commutateur électrique. Son premier regard fut pour Justine qui dormait toujours, mais d'un sommeil agité. Par instant, son corps était agité de frissons. Sa respiration était plus courte. Un léger râle éraillait sa gorge desséchée.

— Pourvu qu'elle ne soit pas malade, que l'air trop vif de la mer ne lui soit pas néfaste...

On frappa doucement à la porte. Il alla ouvrir. C'était la femme de chambre qui venait aux nouvelles. Il expliqua à voix basse que « sa femme » n'était pas forte, qu'elle venait d'avoir une grosse bronchite et qu'elle avait seulement besoin de beaucoup de repos. Comme la domestique lui demandait s'il dînerait là il la pria de lui monter des œufs très frais, du consommé, du poulet et une bouteille d'excellent bordeaux... Le tout lui fut apporté au bout d'un quart d'heure. Son plateau déposé sur la table entre les deux fenêtres, la brave fille offrit ses services pour la nuit. Il n'avait pas à se gêner. On était à ses ordres. Il remercia et ferma la porte à clef. Après quoi, il voila la clarté de l'ampoule électrique au moyen d'une pochette de couleur et but un peu de consommé après quoi, il revint prendre sa place au chevet de Justine.

A près de minuit, tombant de fatigue, il se coucha avec mille précautions auprès de Justine qu'il prit dans ses bras sans qu'elle se réveillât. La potion à base de therpine faisait son effet.

Lorsqu'il se réveilla, aux premières lueurs du jour, il eut comme l'impression qu'il était dans un bain d'eau tiède. Durant la nuit, Justine avait été prise de sueurs. Il se pencha sur elle. Sous le feu de son regard, elle ouvrit les yeux. Alors, il questionna, d'une voix chavirée :

— Eh bien, quoi donc, mon pauvre petit chien, ça ne va donc pas?

Dans un souffle et sans chercher à réagir, Justine dit faiblement :

— Non, ça ne va pas.

— Où as-tu mal?

— Nulle part... Je suis comme vidée... et j'ai froid... et je brûle... va chercher le père Barin, dis?...

Le père Barin? Une folle inquiétude s'empara de Marcel. Pour réclamer le père Barin, Justine divaguait-elle? Il frissonna de la nuque aux talons. Le délire? Oh ! non, ce n'était pas possible...

Il glissa à bas du lit, enfila son pantalon, jeta un veston sur ses épaules, sonna la femme de chambre et épia son arrivée.

Sitôt qu'il l'aperçut, il se précipita vers elle et dit :

— Je voudrais que vous me mettiez deux ou trois boules d'eau bien chaude dans le second lit et puis que vous m'aidiez à changer madame. Elle a eu la fièvre toute la nuit... Et un docteur... J'ai peur qu'elle ait pris froid au cours du voyage.

La domestique s'empressa d'exécuter ces ordres.

Une demi-heure après Justine reposait dans le lit qu'on venait de lui bassiner. Elle était éveillée, mais ne semblait pas avoir conscience de ce qui se passait autour d'elle. Par instant, elle entr'ouvrait les lèvres pour laisser filtrer une courte plainte ou pour balbutier :

— Mon pauvre Marcel... Mon pauvre Marcel... Je ne souffre pas... Je m'éteins... C'était pas la peine de faire tant de chemin pour m'en aller si vite...

Marcel faisait des efforts surhumains pour refouler ses larmes.

Vers neuf heures, le docteur arriva. A peine eut-il posé son regard sur Justine qu'il hocha la tête d'une manière qui ne fit rien présager de bon à Marcel.

Par acquit de conscience, il interrogea le pouls, ausculta la pauvrette, et tout de suite s'en fut à la fenêtre après avoir fait signe à Hélin de le suivre...

— C'est une de vos parentes?

— C'est... ma femme, monsieur...

— Ah ! votre femme... alors, vous savez, évidemment, de quel mal elle est atteinte?

— Oui, monsieur... Elle est très mal, n'est-ce pas?

— Très... Vous êtes de passage ici?

— Nous sommes arrivés de Paris, hier...

— De Paris !...

— Elle est en danger?... Oh ! dites-moi toute la vérité... Ne me cachez rien... J'ai de lourdes responsabilités... Faut-il que je prévienne ses parents?...

— Vous feriez bien...

— Ah !... et comme remède?

— Des piqûres, pour la soutenir...

— Oui... oui... C'est très grave...

— Il faut avoir du courage, monsieur...

— A ce point là...

Le docteur tira une feuille de papier de la poche de son veston, son stylo, griffonna quelques lignes.

— Faites acheter cela tout de suite, je vais lui faire une piqûre... c'est tout ce que je peux pour elle.

Marcel étouffa un sanglot, quitta la chambre un instant pour confier l'ordonnance à la femme de chambre. Après quoi, il accourut auprès de Justine qui laissa traîner sur lui un regard éteint et sans vie...

Au bout de dix minutes la femme de chambre revint avec trois ampoules et une seringue de Pravaz aseptisée et renfermée dans un tube de verre fin, que le docteur brisa.

Lorsque, ayant soulevé les draps et relevé la chemise de Justine, il aperçut ce pauvre corps ruisselant d'eau, il secoua la tête tristement, murmura une parole de pitié et fit l'injection.

Après quoi, il conseilla :

— Ouvrez toutes grandes les fenêtres, tenez la malade bien couverte... et puis ne la laissez pas seule... Envoyez la domestique à la poste porter le télégramme aux parents.

— Un télégramme !

— Oui... un télégramme. Je repasserai dans deux heures.

Marcel libella une dépêche et la remit à la femme de chambre.

Après quoi, il reprit sa faction douloureuse au chevet de Justine...

Soudain, il lui parut qu'elle était plus pâle encore qu'à l'arrivée du docteur. Une crainte atroce s'empara de lui...

Il se jeta sur la petite, lui secoua la main, l'embrassa, souleva les paupières... plaça son oreille à l'endroit du cœur...

Horrible ! Justine était morte...

Il poussa un gémissement et tomba à genoux, sanglotant éperdument...

Justine était morte sans pousser un cri, sans faire un mouvement, comme se serait éteinte une veilleuse... sans plus de bruit...

III

Depuis huit jours que Mme Foucaut était partie de Marseille en le maudissant, car elle l'accusait d'avoir achevé sa fille en l'emmenant si loin, Marcel se traînait comme une âme en peine... C'est tout juste s'il trouvait le courage, pour ne pas mourir de faim, de grignoter une bouchée de pain et de boire un verre d'eau...

Il n'existait pour ainsi dire plus.

Ses journées, il les passait presque entièrement devant la tombe de Justine, et, plusieurs fois, le gardien du cimetière, en faisant sa dernière ronde, avait été obligé de le faire sortir, presque de force...

Dans sa chambre, il se frappait la poitrine à grands coups en s'insultant.

— Lâche !... Lâche !... qui assassine, qui tue... oui, qui tue, car c'est moi qui ai tué Justine avec ce voyage... Doublement assassin, voilà ce que je suis... Mais tue-toi donc... Supprime-toi donc... Aie donc ce courage-là...

Dix fois il avait été sur le point de se jeter dans le port ou sous un tramway, mais toujours une vision lui était apparue, l'avait retenu dans l'enfer des hommes : celle de sa mère...

Et chaque fois, il avait reculé devant l'irréparable.

Et, peu à peu, la vie avait repris tous ses droits sur lui.

Ce n'était plus un homme, c'était une machine humaine aux organes avariés, mais qui marchait tant bien que mal, grâce à la force acquise.

Quand sa pensée se faisait plus précise, plus nette, il avait l'impression de glisser, insensiblement, sur une pente douce, mais fatale, vers un abîme indéfini.

Il n'avait de goût à rien, ne désirait rien, n'espérait rien.

Il végétait, dormant à la belle étoile, par tous les temps, vivant d'un quignon de pain et d'un cornet de coquillages, travaillant sur le port à coltiner des bagages.

Souvent, la nuit, il rôdait aux alentours de l'hôtel où était morte Justine...

Quand il se risquait à passer devant la maison meublée, son regard, peureusement, honteusement, s'élevait jusqu'à la fenêtre de leur chambre. Il restait alors de longs instants comme en extase...

Et lorsque de grosses larmes commençaient à rouler sur ses joues, il faisait brusquement demi-tour et se jetait dans la nuit des ruelles du Vieux-Marseille, marchant au hasard et longtemps, les mains jointes derrière le dos, le corps cassé en deux...

Un soir qu'un de ses camarades de misère l'avait fait boire un peu plus que de raison, il perdit l'exacte notion des choses et se retrouva aux côtés d'une fille de vingt ans, au corps déjà lourd, aux chairs amollies, mais dont le visage empâté gardait cependant un peu du charme de la prime jeunesse.

Tout d'abord, il resta hébété à dévisager cette vendeuse d'amour qui ne lui réclamait rien et, un coude dans l'oreiller, ne cessait, en le dévisageant, de répéter sur un ton de litanies :

— Mon pauvr' gars !... Mon pauvr' gars !...

Il rejeta les couvertures, s'affala contre le mur de la ruelle.

— Qu'est-ce que je fais là !

La fille répondit en souriant :

— Tu ne fais plus rien à cette heure-ci, grosse bête... Et tu ne m'en veux pas, au moins?

Hélin le dévisagea.

— T'en vouloir, fit-il entre deux voix... non... Je n'ai pas de raison, sans doute... mais je voudrais bien savoir...

— Comment que tu te retrouves dans mon lit?... C'est pas sorcier, va... Je t'ai ramassé sur le port... Tu te roulais par terre en appelant ta mère d'une telle voix que ça m'a fait de la peine... J'avais un peu bu aussi... Dans le métier on boit souvent plus qu'on ne devrait...

— Alors?

— Alors, j'ai vu que tu n'étais pas trop sale et que t'avais une bonne figure... Et puis tu pleurais... Ça a achevé de me noyer... Je me suis penchée sur toi, je t'ai relevé et, sans penser à autre chose, je t'ai amené ici... Je t'ai couché... Tu ne disais plus rien... Tu te laissais faire bien gentiment... Seulement, après, quand j'ai été gentille, tu m'as appelée Justine... Comme c'est pas mon nom, j'en ai déduit que tu devais avoir des peines d'amour...

Hélin eût un frisson.

Son regard s'arrêta quelques secondes sur cette femme...

Il bégaya :

— Je t'ai appelée Justine !...

— Oui... Et puis tu m'as parlé de mine, de chevaux, d'un tas de trucs auxquels je n'ai rien compris... Et tu m'embrassais... et tu me prenais tant que tu pouvais... Je sentais que ça te soulageait le cœur, alors j'ai rien dit... Je sais ce que c'est que d'aimer, moi, et de souffrir... Ce qui m'a le plus émue, c'est quand tu as parlé de ta mère.

— De maman !... De Justine et de maman!

— Oui... Mais t'as parlé de ta mère en dormant... Je t'ai embrassé, j'ai éteint la lumière et t'as dormi... jusqu'à ce matin... sans bouger... ça a dû te sembler bon, hein?...

Marcel passa lentement sur son front une main inquiète et tremblante. Quelle aventure !...

Et quel mépris il ressentit soudain de lui-même.

Une grimace de dégoût passa sur ses lèvres qu'il frotta vigoureusement comme pour les déssouiller des caresses de la fille...

Et en hâte, il s'habilla.

— Tu ne veux pas faire un peu de toilette?

Il fit non de la tête, enfila rageusement sa veste et demanda :

— Qu'est-ce que je te dois?

La fille haussa les épaules en répondant :

— Un café crème, si tu veux, au bar de la marine, tout à l'heure ou quand tu repasseras dans le quartier... Ce qui ne sera certainement pas demain...

Il s'excusa un peu honteux :

— Je te demande pardon.

— Pas de mal, va... moi, quand mon homme m'a quittée, j'étais encore bien plus dingue que ça... On m'a repêchée trois fois, à Paris, dans le canal Saint-Martin... Et puis, un soir, des copines m'ont saoulée, je ne savais plus ce que je faisais... Et je me suis retrouvée, le lendemain, dans les bras d'un ouvrier en bringue qu'avait été tout ce qu'il y a de caressant avec moi... C'était un dimanche matin. Il n'avait pas de famille. Alors, on a passé la journée ensemble, à la campagne... Et le soir, il m'a plaquée... Ça m'avait remonté cette ballade et puis cette nuit et cette journée... Alors, tout bêtement, sans chichis, je m'ai rappelé que j'avais encore ma mère, qu'est laveuse au lavoir Saint-Jean, et puis j'ai dit : « Zut ! alors, je vais la voir. Si elle me f... une gifle, je le verrai bien... » Elle ne m'a rien dit, à peine que de me demander si j'avais dîné... en me traitant de sale gosse... Les mères, c'est comme ça, s'pas, ça n'a pas de rancune... Je me suis retapée pendant un mois... J'ai lavé un peu, puis repassé... Et puis je suis partie en maison parce que je suis pas boulot... C'pas ma faute, c'est de naissance... Maintenant, ça va... La mère ne travaille plus, j'y donne de quoi croûter... C'est pour ça que je suis si petitement logée...

Hélin avait écouté tout cela affalé contre l'armoire à glace.

La fille prit un temps, puis questionna :

— Il y a longtemps que tu l'as vue, ta mère?

Il fit d'abord oui de la tête, puis répondit :

— Oui... pas mal de temps.

— Où qu'elle habite?

— Paris...

— Va donc la retrouver... Tu verras que ça se passera.

Hélin eut un lent haussement d'épaules.

Alors, la fille s'informa :

— C'est peut-être que tu n'as pas d'argent pour le voyage?

Marcel porta la main à la poche intérieure de sa veste, sortit son portefeuille et compta, non sans satisfaction, quelques billets.

— Si, fit-il, j'ai de quoi ... en troisième...

— Alors, si t'as de quoi; qu'est-ce que t'attends?...

Il bredouilla :

— Sais pas...

— T'as p' t' être peur?... peur de Paris que je veux dire.

Il sourit tristement, pour dire :

— Oh ! non, pas très...

— Alors, si c'est pas très, t'as qu'à prendre un café au lait avec moi et à t'éloigner... Crois-moi, il n'y a que ça de vrai... Faut pas t'en faire plus longtemps à Marseille... Marseille, c'est bon pour une femme...

La fille sauta à bas du lit, passa une chemise.

— Je te demande un quart d'heure... On prend un café crème et je te conduis à la gare si tu veux...

Marcel ne répondit rien et se laissa tomber sur une chaise... Les mains sur les genoux, le regard en arrêt, il resta comme vidé de toute pensée et de toute volonté.

La fille se hâtait, bienveillante et fraternelle.

En un tourne-main, elle fut habillée, se jeta un peu de poudre sur le visage et, en tapant dans ses mains, annonça :

— Je suis prête... Mettons-les... le train est à huit heures quarante... On a juste le temps...

Hélin, dominé, se laissa entraîner...

Jusqu'au moment où il se retrouva dans le couloir du wagon de l'express de Paris, il vécut comme en un songe...

Un long sifflement... Le train partait.

Il se pencha une dernière fois, tendit la main à sa compagne et questionna :

— Ton adresse et puis ton nom ?

Elle éclata d'un rire frais et joyeux.

Le convoi se mettait en marche.

Elle lui lança :

— T'en fais pas pour ça... Embrasse ta mère pour moi... Ça ira comme ça...

Marcel lui adressa un geste d'adieu et regagna sa place...

Alors, seulement, il eut conscience de ce qui s'était passé depuis son réveil.

Il monologua à part soi :

— Paris !... Maman !...

Il jeta un lent coup d'œil autour de lui.

Il ne rêvait pas. Il était dans le train de Paris...

— Ah ! ma foi, fit-il, ça vaut mieux comme cela... Embrasser maman et puis me livrer... Ce n'est plus une vie...

IV

Il débarqua à Paris par une éclatante matinée de juillet.

Il était presque en haillons. Ses cheveux trop longs, sa barbe hirsute lui donnaient un air de vagabond. S'étant aperçu dans une glace, il convint qu'il ne pouvait pas donner à sa pauvre mère le spectacle d'une pareille déchéance.

Il entra chez un coiffeur qui le regarda tout d'abord de travers.

Mais comme il s'exprimait bien et très poliment, l'homme ne refusa pas de l'accommoder. Hélin se fit couper les cheveux et raser la barbe...

Il eut tout à coup l'impression de se reconnaître...

Lorsque le coiffeur eut donné son dernier coup de peigne, Marcel se leva péniblement, paya et s'en alla titubant comme un homme ivre...

Le perruquier pensa en le regardant s'éloigner :

— Ce gars-là, c'est un type qui vient de faire un mauvais coup ou c'est une épave...

Une épave, oui, Marcel Hélin était bien une épave.

Marchant d'instinct, il gagna le boulevard Saint-Germain et par la rue Valette et le Panthéon atteignit le boulevard Saint-Michel, qu'il longea jusqu'au Lion de Belfort. Arrivé là, il mâchonna :

— Ici !... C'est ici, que je l'ai connue, la maudite !...

Il serra les poings convulsivement et, tête baissée, se jeta dans l'avenue de Montsouris.

Par la rue Daréau, il gagna, à grandes enjambées, la rue du Saint-Gothard.

A quelques pas de la maison, de *sa* maison, il s'arrêta pour reprendre souffle.

Son cœur battait de grands coups.

Sa gorge était enserrée dans un étau.

C'est à peine s'il pouvait respirer.

Il fut sur le point de faire demi-tour, de s'enfuir...

Était-ce lâcheté de sa part?

Non. Il craignait simplement que son brusque retour ne causât à sa mère une émotion funeste.

Il la savait cardiaque. Son mal n'avait pu qu'empirer depuis le soir tragique...

Et puis, n'allait-elle pas le chasser, le renier.

Comme cette crainte effleurait son esprit, son regard se tourna vers la voie du chemin de fer, si proche...

— En ce cas, le suicide... Oui...

Il se remit en route, pénétra dans la grande cour déserte, se dirigea vers la loge de la concierge et questionna :

— Est-ce que Mme Hélin est chez elle?

Ce n'était plus la même concierge.

Il en éprouva un premier soulagement.

La femme répondit :

— Je ne pourrais pas vous dire... Je me suis absentée... Mais je pense qu'elle doit y être... C'est au troisième, l'escalier de gauche dans la cour.

Il souleva son feutre et, tête basse, se jeta dans l'escalier.

Lorsqu'il arriva devant la porte de l'humble logement, il s'appuya au mur, écouta.

Nul bruit de voix humaine ne frappa son oreille.

Seuls quelques pépiements d'oiseaux parvinrent jusqu'à lui.

Il frappa, en tremblant.

La porte resta close. Il frappa plus longtemps sans plus de succès...

Sa mère n'était pas là. Il en éprouva une sorte de soulagement.

Allait-il l'attendre? Pourquoi pas?...

Et puis, non, il reviendrait... mais reviendrait-il? Oui...

Et en attendant où allait-il diriger ses pas?...

Il descendit, les jambes molles, l'étroit escalier, tourna à droite dans la rue du Saint-Gothard et marcha vers le parc Montsouris...

Et lorsqu'il fut arrivé à l'entrée du vaste jardin public, il longea la grille de clôture...

— Là-bas... Ce banc...

Ah ! il se rappelait bien... C'était sur ce banc qu'avait eu lieu leur première conversation, sur ce banc qu'ils avaient échangé leurs premières pensées, leurs premières promesses, sur ce banc qu'elle lui avait quelques jours après leur première rencontre accordé un premier baiser...

Sur ce banc qu'elle avait, la maudite, confessé ses petits malheurs conjugaux, dit sa peine, sangloté sa misère morale...

Sur ce banc qu'il l'avait consolée avec des petits mots naïfs mais brûlants de la flamme intérieure qui lui dévorait le cœur et l'âme.

Il vint s'y écrouler, et, le regard perçant l'épais rideau de feuillage qui se dressait devant lui, revécut, peut-être pour la centième fois, le tragique roman.

Soudain, il eut un haut-le-corps.

Son regard se riva sur un groupe de mamans, assises en rond, leurs petits gosses autour d'elles.

Il pâlit affreusement.

Un frisson courut sur ses chairs.

Ses lèvres tremblèrent comme pour un balbutiement...

Et il murmura :

— Non, non, ce n'est pas possible... Je suis fou... Et cependant non, c'est bien son regard... sa taille... la couleur de ses cheveux et ses yeux... ce sourire...

Une sorte de terreur s'empara de lui...

Il voulut s'arracher au spectacle qui s'offrait à ses yeux, il ne le put. Il retomba sur le banc accablé d'un semblant d'épouvante...

Il l'avait étranglée *et elle était là*, à dix pas de lui, joyeuse, épanouie, caressant les ondes blondes de la chevelure d'une fillette...

Sa fille?...

Geneviève ! La morte !... La morte, vivait?...

Il poussa un soupir qui fut plutôt un gémissement.

Son torse s'affaissa comme celui d'un pantin de baudruche...

Et il resta de longs instants sans penser, pour ainsi dire sans vivre. Et puis, comme une flamme agonisante se ravive au souffle d'une brise soudaine, il reprit son aplomb, la lividité qui avait envahi ses traits disparut...

Il se leva, vint à la grille, dévisagea à nouveau la maman et l'enfant, haussa les épaules et conclut :

— Ce n'est pas elle... Une ressemblance étonnante et c'est tout... Mais quelle affreuse sensation j'ai éprouvée...

La jeune mère, comme il murmurait ces mots, se leva, replia soigneusement l'ouvrage de couture auquel elle s'occupait, ramassa les jouets de son enfant, dit au revoir à ses compagnes et, prenant sa fille par la main, gagna la porte de sortie qui s'ouvrait à dix pas à peine de Marcel Hélin.

Marcel vint s'asseoir sur le banc,

La jeune femme parut au tournant de la grille et se dirigea vers Hélin qui, malgré lui, la fixait avec une lueur étrange dans les yeux.

La maman dut sentir la flamme de ce regard, car, en passant devant Marcel, elle le regarda à son tour.

Un cri mourut dans sa gorge.

Elle blêmit atrocement et, saisissant son enfant dans ses bras, s'enfuit en direction de l'avenue de Montsouris.

— C'est elle !... C'est elle !... jeta Marcel dans un cri en se mettant à la poursuite de la femme, qui, se retournant soudain et s'apercevant qu'elle était poursuivie, renonça à tenter de fuir la rencontre et mieux s'arrêta et attendit Hélin, prête à affronter sa colère et ses reproches...

Hélin, à un pas d'elle, gémit :

— Ainsi donc, je ne m'étais pas trompé, c'est vous?... C'est bien vous !

La jeune femme, détachant les mots, scandant chaque syllabe, dit, en manière de réponse :

— Et vous n'allez pas, après tant de mois d'oubli, me poursuivre à nouveau de votre amour et de votre jalousie... Je suis heureuse, passez votre chemin... Assassin !...

A ce mot, Marcel eut un haut-le-corps.

Il serra les poings...

Une flamme de menace dut passer dans son regard, car Geneviève s'écria :

— Si vous faites un geste, j'appelle...

Marcel balbutia :

— Je ne vous ferai pas de mal... Je n'en ai ni la force, ni l'intention... regardez-moi bien et vous en serez tout de suite convaincue... C'est même curieux que vous m'ayez reconnu... pauvre loque que je suis... Non, je ne vous ferai pas de mal... D'abord parce que vous êtes mère. Et puis, je vous le dis, je n'en ai pas l'intention... Je veux seulement vous parler... Oh ! pas longtemps... Je vous demande de m'écouter pour tout ce que j'ai souffert par vous... car j'ai souffert... ma vie n'a été qu'un enfer depuis ce soir maudit !... Et je vous croyais morte. Mes doigts avaient cependant bien serré... Oh ! oui... et votre corps s'était écroulé comme une loque... Oh ! quel cauchemar ! Et vous êtes vivante !... Racontez... Il faut... Ce fut bien dans un hôtel de la rue Lebouis...

La jeune femme baissa les yeux et dit :

— Non... pas rue Lebouis, rue Damien... une petite voie qui commence rue Lebouis...

Marcel Hélin hoqueta :

— Ah ! rue Damien... mais alors, rue Lebouis?...

— C'est une autre femme que l'on a tuée...

Marcel répéta :

— Une autre femme !... Une autre... Ah ! ah ! C'est atroce !... Ma pauvre maman !...

Il baissa le front et pleura silencieusement...

Quelle révélation !

Innocent !

Il était innocent !

Quelle méprise !... quelle effroyable méprise, et quelle tragédie...

Dire que sans cette fille de Marseille il aurait achevé de vivre son agonie... et serait mort de remords et de honte...

Une agonie effroyable qu'il ne méritait pas...

Il pivota lentement sur les talons et marcha vers un banc sur lequel il se laissa choir, pauvre âme éperdue...

Un moment, Geneviève fut sur le point de s'éloigner, heureuse de s'en tirer à si bon compte... Mais une pensée de pitié passa sur son front. Elle n'avait pas le droit de partir ainsi, d'abandonner cet homme qu'elle avait aimé, qui était le père de sa fille — et qui avait dû en effet bien souffrir...

Elle vint à lui et dit, simplement et sur un ton de voix qui fit passer un frisson sur le cœur de Marcel :

— Je vous demande bien pardon, mais ce n'est pas tout à fait ma faute... Convenez-en...

— Oh ! fit Marcel, nous n'avons aucune explication à avoir... Le passé est bien mort... vous êtes vivante, tant mieux... Je n'avais pas prémédité mon crime... Je vous ai saisie à la gorge parce que vous m'aviez exaspéré en me parlant de votre amour pour votre mari... A propos, vous êtes toujours avec lui?

— Oui...

— Et vous êtes heureuse?

— Très...

Marcel eut un sourire d'infinie pitié.

— Ce que c'est tout de même que la vie... que notre cœur... que celui de la femme surtout... Et cependant, vous le haïssiez votre mari... Il vous trompait, votre vie avec lui était un petit calvaire...

— C'est vrai...

— Et c'est moi qui vous ai rapprochés en vous aimant dévotement... Je vous ai inspiré suffisamment de remords pour que vous lui pardonniez...

— Non, ce n'est pas cela... Il savait que j'avais un amant... Je lui avais, un soir, craché la vérité au visage... Il a voulu tout d'abord me tuer, lui aussi... Il a levé un couteau sur moi... mais il n'a pas pu... Et, de ce moment-là, il a, chaque jour davantage, tout fait pour m'apitoyer et mériter mon pardon... Et j'ai fini, en le voyant si cruellement souffrir, par le prendre en pitié... Il avait une force sur vous... il était le premier homme...

— Oui, oui, vous m'avez déjà dit cela... Le premier possesseur... Le premier amour...

Il implora presque :

— Allez-vous-en... voulez-vous?... Allez-vous-en... Je vais rentrer chez maman... Je vais tâcher d'oublier à mon tour... Et de refaire définitivement ma vie... A mon âge, on peut encore... n'est-ce pas?...

Geneviève, machinalement, acquiesça de la tête...

Ses yeux se mouillèrent.

Elle dit, dans un souffle :

— Mais votre mère vous croira-t-elle?

— Pourquoi ne me croirait-elle pas?... Je lui expliquerai... Je lui donnerai des détails précis...

Timidement, Geneviève proposa :

— Et si je les lui donnais, moi, ces détails... Si je la préparais, en quelque sorte, à vous revoir... Une voix intérieure me conseille d'insister pour que vous acceptiez...

Marcel, après un long silence, finit par accepter...

— Oui, vous avez peut-être raison... Ou peut-être pas... Il faut que je réfléchisse... En ce moment, de vous avoir revue, je ne sais plus que penser ni que décider... Je suis comme saoul... Avoir souffert tout ce que j'ai souffert pour en arriver à ce qui se passe aujourd'hui... Pensez donc, je me suis enfui, comme un fou, au hasard... Je me suis caché dans une mine... Ah ! mon Dieu !... Mais tout ça n'a plus d'importance... Il faut que je pense à ma mère... Oui, à elle... Ce que vous me proposez ne m'a pas l'air si sot que cela... Oui, vous pourriez, en effet... Mais quand?... Ce matin?... Ce soir?...

— Mon mari ne rentre pas déjeuner... J'ai tout mon temps à moi... Je peux y aller tout de suite... Il est à peine onze heures... C'est rue du Saint-Gothard, si je me souviens bien !...

— Oui, au 14 *bis*... vous verrez...

— Je sais... J'ai passé souvent devant cette petite bâtisse...

— C'est au troisième, dans la cour à gauche...

— Allons ensemble... Je passerai la première... Vous m'attendrez sur le palier. J'irai vous chercher...

— Oui... c'est cela...

— Venez...

Avec une docilité d'écolier, Marcel suivit Geneviève...

Il grelottait comme en plein cœur de l'hiver...

Et il souriait tristement à l'enfant qui lui envoyait des baisers. Devant le geste du bambin, Geneviève se demanda si, *après*, elle ne lui dirait pas la vérité... Que cette mignonne était sa fille...

Mais, à la réflexion, elle décida de n'en rien faire. Un pareil aveu ne pouvait que les exposer tous deux à de nouveaux tourments.

Ils pénétrèrent dans la cour.

La concierge annonça :

— Elles viennent de rentrer il n'y a pas cinq minutes...

— Elles... fit Marcel... Mme Hélin ne serait pas seule...

— Oh ! non... Elle a besoin d'avoir toujours la compagnie de quelqu'un...

— Elle n'est pas malade?

— Malade... non... montez... on vous dira...

Un peu d'angoisse envahit l'esprit de Marcel...

Que pouvait bien avoir sa mère...

Geneviève l'avait précédé dans l'escalier...

On eut dit qu'elle connaissait le chemin...

Cependant arrivée sur le palier du dernier étage, elle se retourna et questionna presque sans voix :

— Quelle porte?

— A droite... la seconde...

El il s'effaça derrière l'angle du mur.

V

Geneviève frappa.

Une voix jeune mais comme voilée de tristesse invita :

— Entrez...

La clef était dans la serrure... Geneviève ouvrit la

porte, la referma doucement sur elle en s'excusant :

— Je vous demande pardon de vous déranger...

Mme Hélin, près de la fenêtre, était assise dans un profond fauteuil crapaud...

Près d'elle, Juliette Chouvet qui ne l'avait jamais quittée depuis la mort de ses parents survenue quelques mois après le crime, écossait des petits pois.

A l'entrée de Geneviève elle s'était levée...

Elle avait questionné :

— Vous désirez, madame?

— Je désirerais m'entretenir en particulier avec Mme Hélin...

Juliette jeta un rapide regard du côté de la pauvre maman qui, les yeux obstinément tournés vers le talus du chemin de fer, semblait ne rien entendre.

— Avec Mme Hélin?... C'est que Mme Hélin est souffrante... Sa pauvre tête... vous pourriez me dire, cela vaudrait mieux... A moins que vous ne voyiez à cela quelque inconvénient... Si vous voulez passer dans ma chambre... Mme Hélin ou moi, c'est presque la même chose... Je suis un peu sa fille...

Geneviève, qui ne quittait pas des yeux la mère de Marcel, acquiesça.

Lorsque les deux femmes furent dans la chambre qui avait été celle de Marcel, Juliette dit, après avoir offert un siège :

— Je vous écoute. Et d'abord à qui ai-je l'honneur de parler?

— Et moi, mademoiselle?

— Je suis l'amie d'enfance de Marcel Hélin... de Marcel Hélin qui serait aujourd'hui mon mari, s'il ne s'était pas vu dans l'obligation de quitter Paris pour... pour plusieurs années...

Geneviève baissa les yeux.

Elle comprenait... Cette grande jeune fille, tout de noir vêtue, était la fiancée dont Marcel lui avait vaguement parlé, la fille du boucher.

Elle prit un temps, puis demanda :

— Est-ce qu'une grosse émotion serait funeste à Mme Hélin?

Un peu inquiète, Juliette questionna :

— Qu'entendez-vous par là, madame... Serait-ce une mauvaise nouvelle que vous venez nous apprendre?

— Non... Bien au contraire... C'est une bonne... une très bonne nouvelle... Il s'agit de Marcel Hélin... de Marcel Hélin qui était un ami de mon... de mon frère...

— Et alors, madame?...

— De Marcel Hélin qui est à Paris...

Juliette eut un haut-le-corps.

— Que dites-vous là? Marcel Hélin à Paris?...

— Oui, mademoiselle...

— Depuis quand?...

— Je ne pourrais pas vous dire exactement... Mais il est à Paris et il voudrait embrasser sa mère... Il en a le droit.

— Le droit?

— Oui, mademoiselle... n'en doutez pas... Il en a le droit... Marcel Hélin n'a jamais été coupable...

— Coupable ! Vous savez donc?

— Oui, mademoiselle...

— Et Marcel est innocent?

— Oui, mademoiselle...

Juliette passa une main glacée sur son front brûlant tout en disant :

— Cependant... lui-même... a avoué...

— Je m'en doute...

— Il est revenu quelques minutes après le drame se jeter aux genoux de sa mère et lui a tout confessé...

— Qu'il s'était jeté sur sa maîtresse, l'avait saisie à la gorge, et que cette femme s'était effondrée, sans vie, à ses pieds...

— Oui, madame.

— Cette femme n'était qu'évanouie... Elle s'était évanouie de terreur... Marcel Hélin la voyant effondrée, livide, sans connaissance a cru qu'il l'avait tuée... et il est parti comme un fou...

— Mais, les journaux...

A ce moment, la porte s'ouvrit et Mme Hélin pâle et tremblante parut...

Elle avait tout entendu.

Geneviève s'interrompit.

Mais Mme Hélin lui dit :

— Continuez, madame... Continuez... Je ne crois pas un mot de ce que vous dites, mais continuez tout de même...

Geneviève, d'une voix blanche, continua :

— Vous avez tort, madame, de ne pas me croire...

— Mais les journaux ! s'exclama Juliette.

— Les journaux ont parlé d'un crime mystérieux qui s'était déroulé dans une chambre d'un hôtel de la rue Lebouis.

— Oui... Eh bien...

— Ce n'est pas dans un hôtel de la rue Lebouis que Marcel Hélin et sa maîtresse s'étaient réfugiés pour avoir un ultime entretien... C'était dans un hôtel de la rue Damien... rue qui donne rue Lebouis... l'hôtel en question fait presque le coin de la rue Lebouis... De là et dans son émoi, la méprise de Marcel Hélin... Et puis, le signalement de la femme, ses vêtements, ce sac en argent... Tout était là pour égarer ce malheureux...

De grosses larmes coulaient sur le visage de Juliette.

Mme Hélin glissa dans un fauteuil en balbutiant :

— Mais, cette femme?... Cette gueuse?... Où est-elle... Elle seule peut affirmer...

— Mais aussi, madame, affirme-t-elle.

— Où?... à qui?... où est-elle?...

Le regard menaçant, Mme Hélin choquait ses poings l'un contre l'autre.

Comme Geneviève baissait la tête sans répondre, elle insista :

— Cette femme, où est-elle?...

Alors Geneviève fit un gros effort pour dire :

— Devant vous, madame !

Juliette se dressa, d'un bond...

Mme Hélin, les mains crispées sur les bras du fauteuil, le torse en avant, claquant des dents, hoqueta :

— Devant moi !... Cette femme serait...

— Moi, oui, madame...

— C'est vous !... vous que nous maudissons depuis tant de jours et tant de nuits !... Vous !... Pourquoi n'êtes-vous pas venue plus tôt.

— Je ne savais pas, madame.

— Que ne saviez-vous pas?

— Que Marcel Hélin avait été victime d'une pareille tragédie... si je l'avais su, madame, je serais accourue... Je n'aurais pas hésité une seconde, croyez-le bien... Je n'aurais pas plus hésité alors que je n'ai hésité aujourd'hui...

Juliette, réfugiée près de Mme Hélin, pleurait en silence.

Elle interrompit Geneviève pour dire :

— Toutes les explications que vous pourriez nous donner maintenant de votre conduite, madame, seraient superflues... Où est Marcel?

— Je vais aller le chercher...

Elle se leva pour sortir.

Mais Juliette l'arrêta d'un geste.

— Encore un mot, madame, je vous prie... Il faut qu'entre nous deux la situation soit très nette... Marcel, à ce que j'ai compris, vous doit de voir s'évanouir une menace qui pesait lourdement sur lui... Le pauvre voit enfin s'achever un cauchemar qui empoisonnait son existence... maintenant, je voudrais savoir, moi qui ai, aussi, abominablement souffert, dans quelles circonstances vous l'avez revu et retrouvé.

— Je devine votre pensée, mademoiselle, et je vais être aussi sincère sur ce point que je l'ai été sur d'autres... C'est par le plus grand des hasards que je me suis trouvée en présence de Marcel Hélin, il y a à peine une heure... devant le parc Montsouris où j'avais été conduire ma petite fille... Il était écroulé sur un banc... face à l'endroit où je me trouvais assise...

— Et vous croyez que c'est bien le hasard qui l'avait conduit là?

— J'en jurerais, par le peu qu'il m'a dit... Un instant, et ignorant tout de ce qui s'est passé depuis deux ans, j'ai cru qu'il venait me relancer, je l'ai repoussé durement... J'ai eu tout de suite la preuve que je me trompais...

— C'est bien vrai?

— Je vous le jure sur la tête de mon enfant.

— Vous ne l'aimez plus?

Geneviève eut un pauvre sourire et avoua :

— Je crois bien que je ne l'ai même jamais aimé... Il a passé dans ma vie à un moment où j'étais profondément désemparée, où mon cœur souffrait mille morts... Il s'est penché sur moi, m'a consolée, m'a moralement réchauffée, oui, réchauffée, je ne trouve pas d'autre mot, réchauffée comme on réchauffe un pauvre oiselet tombé du nid et grelottant... Je suis devenue sa maîtresse je ne sais pas trop comment ni pourquoi... sans amour, sans passion, parce que j'avais besoin d'être tendrement consolée... Ah ! lui, certes, m'a aimée, oui, de toutes ses forces... Du moins je le crois... mais il ne m'aime plus... Je puis vous l'affirmer... Il n'est pas question pour nous de renouer des relations qui lui ont été funestes ou qui ont failli lui être funestes... Et si vous me voyez ici, c'est que j'ai cru de mon devoir de venir, loyalement, vous dire toute la vérité pour lui éviter, en souvenir de ce qu'il a fait pour moi et de ce que je lui dois, dans mon ménage, aujourd'hui, de calme bonheur, tout doute de votre part et de celle de sa mère...

« Maintenant que j'ai parlé, vous pouvez lui tendre les bras sans la moindre arrière-pensée...

— Vous en êtes bien certaine?

— Très...

— Alors, madame, où est-il?

— A dix pas d'ici...

— Dix pas?

— Oui, presque à votre porte...

Mme Hélin et Juliette s'élancèrent dans la pièce voisine...

A peine y eurent-elles pénétré qu'un même cri s'échappa de leurs gorges à demi-étranglées par l'émotion :

— Marcel !...

Hélin était là, très pâle...

Le pauvre n'avait pas pu attendre que Geneviève vînt le chercher. Il s'était décidé à entrer et depuis un quart d'heure écoutait — et avec quelle émotion ! — la conversation des trois femmes.

Mme Hélin, suffocante, à la vue de son fils, avait failli s'évanouir.

Juliette avait eu tout juste le temps de la recevoir dans ses bras.

Elle l'avait conduite à son fauteuil...

Marcel, lui, s'était jeté aux pieds de la pauvre maman et pleurait dans son giron...

A pas de loup, Geneviève était sortie, sans tourner la tête sur ce groupe de joie et de douleur apaisée.

En toute hâte elle avait gagné la rue...

Juliette, elle, les yeux secs, le cœur serré, livide, s'était reculée de trois pas, le regard en arrêt sur Marcel...

Mme Hélin, la voix paralysée, avait baissé son regard sur son fils et le caressait en tremblant.

Un silence follement impressionnant, un long silence plana sur ces trois êtres suppliciés...

Enfin, Marcel, le premier, recouvra l'usage de la parole.

Il se releva, prit sa mère dans ses bras et l'étreignit frénétiquement.

— Maman !... ma pauvre maman !...

Il se tourna vers Juliette.

— Et toi, Juliette !... ma pauvre Juliette !... comme je vous ai fait souffrir... comme nous avons souffert, n'est-ce pas?... Aurons-nous assez de tout le temps qui nous reste à vivre pour oublier...

Il tendit la main à Juliette, prit celle de sa mère.

Juliette alors laissa tomber son front sur son épaule et put enfin parler. Et elle dit :

— Oui, souffert... Nous avons bien souffert toutes les deux... mais toi aussi...

— Moins que vous... sûrement... Je ne suis pas le plus à plaindre, certes... aux premiers jours de mon absence, oui, j'étais écrasé de honte et de douleur. Mais la vie, tout de suite, s'est montrée pour moi consolante et bonne... dans une certaine mesure. Un peu plus, vous avez failli ne jamais me revoir... et j'aurais été heureux dans ma misère... Une âme compatissante et tendre s'était penchée sur moi... La mort a passé sur moi, sur elle...

« Et c'est alors que, dans la détresse nouvelle où je me trouvais plongé, j'ai songé à maman... Et encore sans une autre je ne sais pas si je serais jamais revenu. Et ce matin, en débarquant à Paris, je n'avais qu'un désir : embrasser maman et puis, après, aller me livrer à la justice...

« Si vous n'aviez pas été absentes, c'est ce que j'aurais fait...

« Ah ! maintenant, j'en frissonne !... Dire que j'aurais été m'accuser d'un crime que je n'ai pas commis?...

« Mais Dieu ne l'a pas voulu...

« Ne vous trouvant pas, j'ai été faire un tour du côté du parc Montsouris... Et je l'ai revue, elle, la maudite... Ah ! je ne sais quels mots employer pour vous faire comprendre ce que j'ai ressenti à sa vue... J'ai cru tout d'abord que je m'abusais... Et puis non, c'était bien elle... Et quand elle m'a parlé, il s'est passé en moi quelque chose d'effroyablement douloureux, d'indescriptiblement tragique... Vivante! Elle était vivante !...

« Ah ! c'est affreux !... Affreux !...

Il se laissa tomber sur une chaise et sanglota éperdûment.

Au bout d'un instant, Juliette questionna :

— Et alors, Marcel, maintenant?...

Il leva son regard noyé sur elle et questionna, hébété :

— Quoi, maintenant?

— Oui, maintenant que tu as retrouvé cette femme!

— Eh bien?...

— Que vas-tu faire?

— Ce que je vais faire?... Je ne saisis pas bien ta pensée, Juliette...

— Tu vas la revoir?... Tu l'as aimée?...

Marcel, très simplement, sans s'emporter, sans se regimber, déclara :

— Moi, la revoir !...

Puis, haussant le ton, presque sur un ton de révolte :

— La revoir?... Pourquoi faire?... Je ne l'aime plus... Je crois même bien que je ne l'ai jamais aimée... non, jamais... Je me suis illusionné sur la nature du sentiment qu'elle m'inspirait... Je l'ai désirée follement, oui, mais aimée? non... non !...

...revut un instant le passé et dit :

— L'amour, c'est autre chose...

Son regard se rencontra avec celui de Juliette.

Un même frisson les secoua, à la même seconde...

— Mais toi, ma chère Juliette... alors?... Tu vis ...maman...

— Depuis ta fuite, oui... Ta mère est d'abord venue ...chez nous... Et puis, mon père et ma mère ...morts, presque en même temps, d'une attaque ...grippe maligne... Alors nous sommes venues nous ...ici... nous confinant dans une même douleur... ...vivant que par ton souvenir... Voilà...

Marcel se mit lentement sur pieds.

Et sans quitter Juliette des yeux, il fit un pas pour ...rejoindre, la saisit dans ses bras, lui cacha la tête ...épaule et lui murmura à l'oreille :

— ...donc cela, l'amour?

Un sanglot fut la réponse de Juliette...

Marcel, en berçant la jeune femme, dit à voix ...une voix qui paraissait de rêve :

— Oui... oui... c'est cela, l'amour...

A part soi, il ajouta :

— Mais aime-t-on deux fois dans sa vie... Tout est ...

Car il avait aimé Justine, sincèrement, profon...ment... aussi sincèrement, aussi profondément ...elle l'avait passionnément aimé...

Et voici que de sentir palpiter Juliette dans ses ...il éprouvait le même trouble qui l'avait pénétré ...Justine s'était donnée...

...même émoi le faisait palpiter, avec cette seule ...érence que près de Juliette il se sentait en pleine ...urité...

Il s'apaisait...

Un grand calme descendait en lui.

Et il se surprit à penser :

— Avec elle, ce sera très doux, très normal... ...sans heurts, toute simple... La vraie, la seule, ...qui soit pour un être humain le summum ...bonheur!...

Il tourna la tête vers sa mère qui les contemplait, ...sourit...

Elle lui sourit à son tour et ses premières bonnes larmes coulèrent sur ses joues émaciées, où la joie de revoir son fils mettait un peu de carmin...

Il se sépara de Juliette, embrassa sa mère, de toutes les forces affectueuses de son cœur...

Juliette, après avoir essuyé ses larmes, questionna d'une voix sans émotion :

— Tu prendrais peut-être un peu de café?... Du café froid, bien sucré, avec de l'eau?...

— Non, j'aimerais mieux un peu de vin... Du blanc si vous en avez...

— Je vais t'en chercher...

— Non, je ne veux pas...

— Mais si... le marchand est à deux pas...

— Merci, ma bonne Juliette... laisse-moi t'embrasser encore une fois...

Mme Hélin recommanda :

— Et prends-lui une bonne côtelette... dans le gigot... Tu les aimes toujours?

— Mais oui, maman...

Juliette sortit, sans hâte, et s'évanouit, tache de nuit dans la lumière dorée du corridor...

Alors Marcel revint près de sa mère, s'assit devant elle, lui prit les mains, les baisa longuement et dit :

— Allons-nous enfin être heureux... tous les trois?...

— Notre bonheur ne dépend que de toi... Juliette t'aime... elle sera une bonne épouse, une bonne mère... Elle a été pour moi une fille admirable... ne lui fais jamais de peine.

— Jamais... Mais dois-je lui demander d'être ma femme?

— A quoi bon... Il y a des accordailles qui se passent de mots...

Marcel frissonna et dit dans un sanglot sec :

— La vie est bonne, vraiment...

— Pour les femmes, souvent... pour vous autres, toujours... Et vous ne le méritez parfois qu'à demi... En somme, malgré tout ce que tu as pu souffrir, tu n'as pas eu la plus mauvaise part...

Il baissa la tête et murmura :

— C'est vrai...

HENRI DE TESTARD

CONCHITA, farouche amante

CHAPITRE PREMIER

L'Accident.

Un peu en dehors de Prades, sur la route conduisant à Vernet-les-Bains, et entre cette route et le Têt, dont les eaux claires coulent sur un lit de cailloux, une vaste propriété s'étend, entièrement bordée de murs.

A travers les grilles du grand portail de fer forgé, et par-dessus ces murs, on distingue de la route les cimes d'arbres magnifiques formant un parc touffu; et, en montant un peu le long du talus qui sépare la route de la ligne du chemin de fer électrique, on peut distinguer, dans le lac de verdure, la toiture et en partie l'étage supérieur d'une bâtisse un peu massive, mais d'aspect confortable.

Cette maison a été construite, il y a relativement peu d'années, par M. Augustin Barrois. Elle remplaçait un pavillon de dimensions plus restreintes, où il était né, et dont s'étaient contentés ses parents.

Ils étaient pourtant déjà très riches, ayant fait une belle fortune dans l'exploitation des forêts avoisinantes et dans celle du chêne-liège, qui croît en abondance sur les pentes des contreforts pyrénéens.

Mais cette fortune, M. Augustin Barrois l'avait décuplée, pour le moins. Et il fallait bien à ce richissime industriel un gîte en rapport avec le nombre de ses millions.

Relativement cultivé, ayant accompli ses études secondaires au lycée de Perpignan, Augustin Barrois n'était pas tombé dans le travers de tant de ses camarades, en abandonnant la carrière paternelle pour quelque profession libérale. Il n'avait même pas jugé indispensable de poursuivre ses études jusqu'à l'obtention d'un titre d'ingénieur. Il estimait préférable de revenir au plus tôt auprès de son père, afin d'acquérir en sa compagnie ce coup d'œil que ne remplace aucun diplôme et qui permet de jauger immédiatement le cube approximatif d'une coupe de bois sur pied et la valeur de ce bois-là. Cette technique-là entrait bien pour les quatre cinquièmes dans les opérations à réaliser, pour continuer le métier paternel.

Acheter bien d'abord! Débiter et scier étaient en somme obligations accessoires. Quant à l'écorçage du liège, il devenait de jour en jour moins important, le bouchage métallique des bouteilles chassant du marché progressivement, tant que bouchon rond ou conique.

En plus de la grande usine, à l'outillage ultra-moderne, qu'il avait installée aux portes de Prades, et où il confectionnait des emballages légers pour l'expédition des primeurs et des fruits de toute la fertile vallée de la Têt, et dont la production était appréciée jusqu'au delà de la Garonne, M. Augustin Barrois avait conservé la vieille bouchonnerie familiale et la scierie de Villefranche-de-Conflent.

Mais son idée de génie avait été l'américanisation de l'exploitation forestière, à l'aide de machines-outils portatives, mues à l'essence, et permettant de débiter sur place les arbres abattus avec un minimum de travailleurs. Il avait ainsi distancé — et de très loin — tous ses concurrents, puisque seul à l'abri de la crise de main-d'œuvre qui sévissait dans cette région comme partout.

Tant et si bien qu'à plusieurs centaines de kilomètres à la ronde, pas une coupe de bois intéressante ne lui échappait; il dédaignait les autres, celles grâce auxquelles les « margoulins » pouvaient encore subsister, sans conserver désormais l'espoir d'accéder à la fortune.

La prospérité de M. Augustin Barrois ne lui avait pourtant pas donné le bonheur parfait. Mari, il avait perdu de très bonne heure une jeune femme charmante et qu'il aimait beaucoup; frère, il avait vu mourir à peu d'intervalle sa sœur Adrienne et son beau-frère, Marc[illegible] Douzil, devenu son associé du fait même du mariage contracté.

Lire la suite dans quinze jours : CONCHITA, FAROUCHE AMANTE

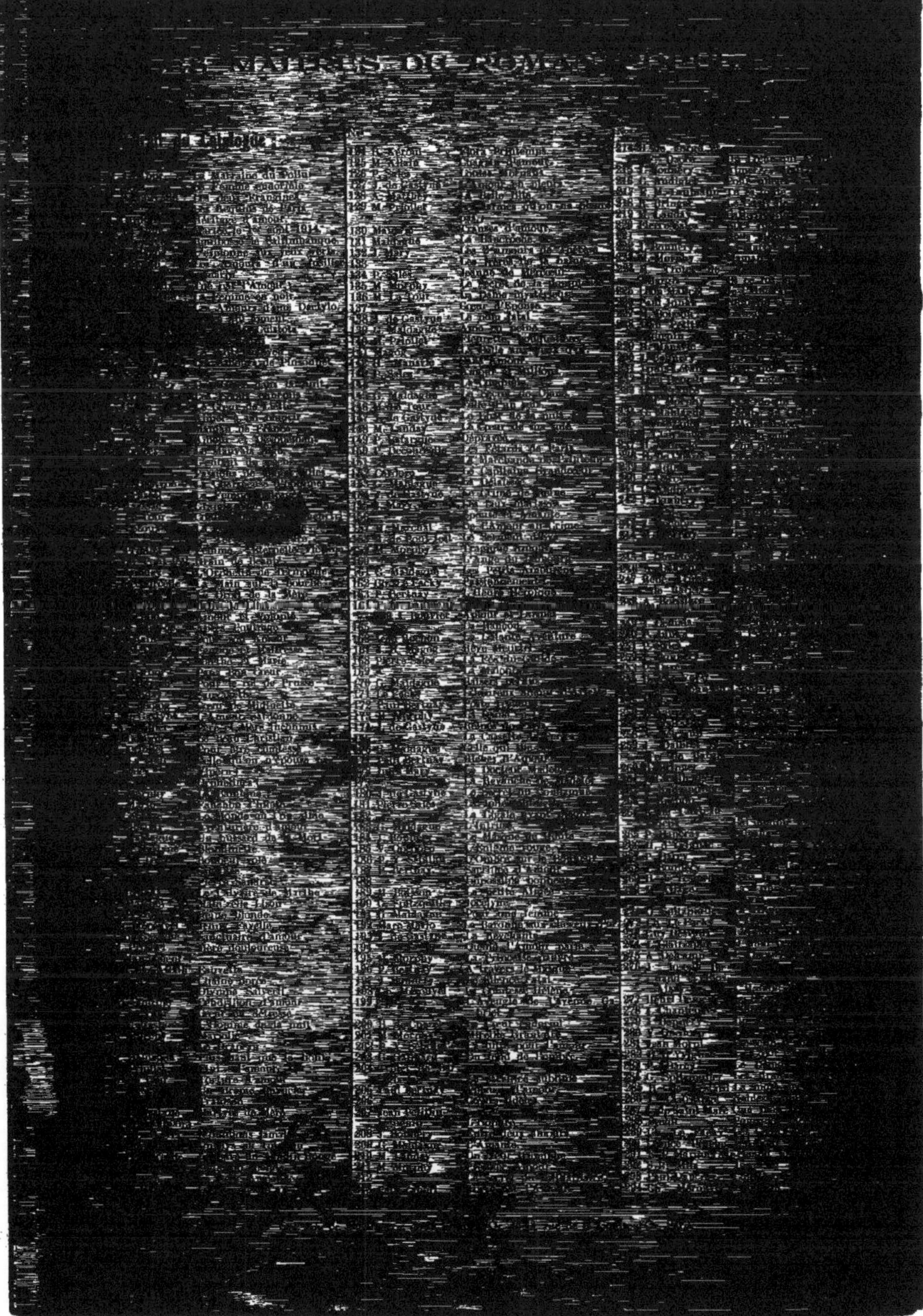

www.ingramcontent.com/pod-product-compliance
Ingram Content Group UK Ltd.
Pitfield, Milton Keynes, MK11 3LW, UK
UKHW021647260726
13994UKWH00003B/1317

9 782329 089607